장미회 제명 사건

장미칼 씹는 마진

이청 해 소설

민음사

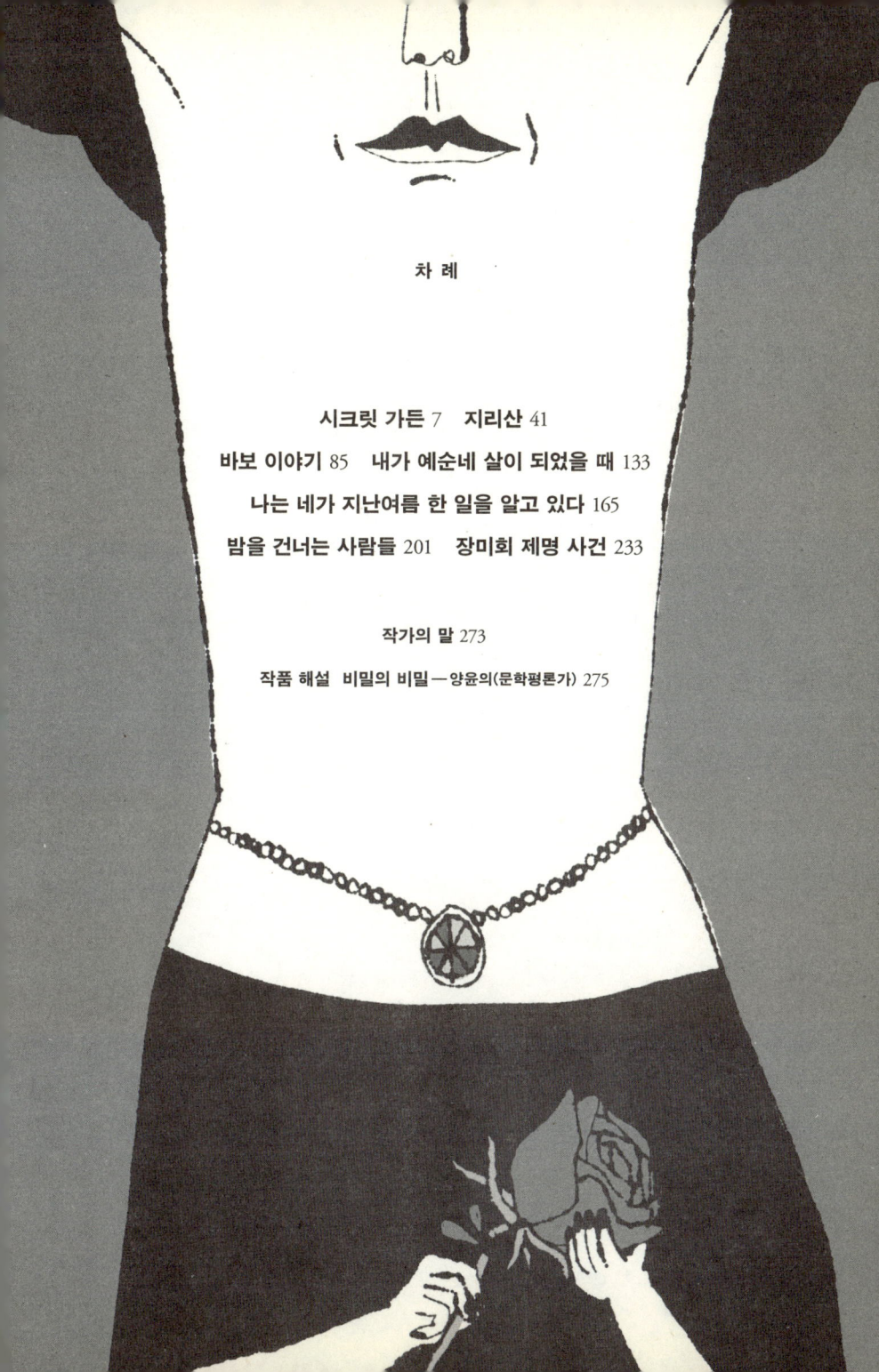

차 례

시크릿 가든 7   지리산 41
바보 이야기 85   내가 예순네 살이 되었을 때 133
나는 네가 지난여름 한 일을 알고 있다 165
밤을 건너는 사람들 201   장미회 제명 사건 233

작가의 말 273
작품 해설 비밀의 비밀―양윤의(문학평론가) 275

시크릿 가든

궁문을 들어서자 진노랑과 담황색의 물결이 흐벅지게 시선을 빨아 당겼다. 풍성한 단풍의 향연 사이사이로 위엄 있는 기와지붕들의 물매가 어슷어슷 공간을 분할했다. 과연 늦가을의 고궁이었다.

안내원이 11시에 입장한 관람객들을 인솔해 안내판 앞으로 갔다. 일행을 향하여 돌아선 그녀의 입이 돌연 요술 방울처럼 움직이며 매끄러운 영어를 쏟아 냈다. 놀라웠다. 새겨들을 마음이 전혀 없는 내게도 '시크릿 가든'이라는 단어가 호두 알처럼 굴러 들어왔다. 그래, 영어로는 비원이 시크릿 가든이지. 시크릿 가든…… 순간 커다란 자물쇠로 잠긴 비밀의 화원 문이 떠오르며 한때 귀가 헐도록 들었던 그룹 시크릿 가든의「어웨이크닝」선율이 수양버들처럼 나를 휘감았다. 나는 휘청거렸다. 어젯밤 잠을 못 잔 탓이야. 스스로에게 그렇게 뇌까렸다. 안내원의 영어 설명은 가물가물 계속되었고, 시크릿 가든이라는 단어가 적어도 열 번 이상 반복되었다. 다른 궁들과는 달리 저 뒤의 숲이 아주 비경인 모양이지. 나는 궁 뒤편 산을 응시했다. 어떤 비의(秘義), 신비함 같은 게 느껴지는 듯했다. 불가사의한 느낌 가운데로 무엇인가가 휙 날아왔다. 비익조였다. 날개와 눈이 하나씩이어서 짝을 짓지 않으면 날지 못한다는 거대한 새가 휘장처럼 떨어트리고 간 것은 비장한 한숨 소리였다. 왕비와 후궁들의 은밀한 한숨, 상궁과 나인들의 숱한 한숨, 망한 왕조의 깊은 한숨…….
"가자!"
선영이 내 손목을 잡아채 앞으로 이끌었다. 안내원이 앞서서 전각들 쪽으로 걸어가고 있었다. 베이지색과 밤색으로 고풍스럽게 배색한 개량 한복에 넓은 챙 모자를 쓴 안내원의 몸은 풍성한 옷에도 불구하고 가냘펐다. 40킬로그램쯤이나 될까? 나는 그녀의 벗은 몸을, 그 겨드랑이와 복부를, 살짝 솟았을 젖가슴과 한 주먹에 쥐어질 두 개의 엉덩이를 상상했다. 뭐야, 내가 왜 또 이런 생각을 하는 거지? 레즈비언도 아니면서. 나는 급히 도리질을 쳐서 탁한 마음을 털어 냈다. 삼사십 명가량의 관람객들이 안내원을 집어삼킬 듯 뒤따랐다. 반 정도는 서양인으로 보였는데, 겉모습이 한국인인 사람들도 거의가 교포인 듯 영어나 일어를 중얼거렸다. 한국에 사는 한국인은 나 하나뿐인 것 같았다. 선영도 지금은 미국 국적이니까. 그녀는 미국인답게 태도가 자신만만하고 오만했다. 몸도 예전보다 더욱 팽팽했고, 쉰이 넘었는데도 청바지에 노란 운동모가 썩 잘 어울렸다. 두 살 아래라는 옆의 리처드보다 훨씬 젊어 보였다.
선영이 미국에 가기 전에, 그러니까 스물 몇 해쯤 전에 우리는 둘이서 이곳에 왔다. 그때도 가을이었던가. 당시 이 궁은 훼손을 우려해 완전 개방을 꺼렸고 내국인에게는 하루에 한 번인가 두 번밖에 관람시키지 않았다. 그런 인색함이 오히려 권위처럼 느껴져 사람들의 관람 욕구를 부추겼다. 궁 안에 어떤 볼거리가 있는지 제대로 알지도 못하고 어서 가서 꼭 보아야 할 것 같은 강박감이 시중에 떠돌았다. 이민을 떠날 사람들이나 고국으로 여행 온 교포들도 예외 없이 창덕궁을 첫 번째 관광 코스로 삼던 때였다. 선영과 나도 남들에 뒤질세라 궁 관리소에 전화를 걸어 개방 시간을 확인하고 돈화문 앞에서 만났던 것 같다. 그랬던 느낌이 아까 택시에서 내려 돈화문 현판을 올려다보는 순간 어슴푸레 살아났다. 그러나 궁 안의 모습에 대해서는 이상할 정도로 아무것도 기억나지 않았다. 하루 종일 내리쬐었을 햇볕도, 세월을 견딘 나무들도, 궁의 뜰이나 연못도. 세계 문화 유산으로 지정되기까지 한 이 모든 것들이 캄캄한 동굴 속으로 사라져 버렸다. 단지 어떤 감정, 당시 내 마음을 안돌던 비참하고도 절실한 기분만 뇌간에 선명히 찍혀 있다.

무엇이 그리도 비참했던가?

시기로 추정해 보건대 그것은 보나마나 내 파혼이었으리라. 선영도 그즈음 실연을 겪었던 것 같다. 필경 그랬을 것이다. 그 말상의 남자한테서. 우리는 둘 다 자기 안의 우물에 빠져서 나뭇잎이 살랑거리는 것도 보지 못하고 목석처럼 걸어다녔던가 보다.

나는 선영을 곁눈으로 훔쳐보았다. 그녀도 아마 그때의 감정이 떠올라서 여기 다시 와 보자고 했을까?

어제저녁, 주말이라 모처럼 소파에 누워 텔레비전을 보는데 선영에게서 전화가 걸려 왔다. 내가 25년째 다니고 있는 철도기술연구원은 올 하반기부터 토요 휴무제를 실시한 터였다. 선영은 보름 전 한국에 온 뒤 리처드와 함께 누비고 다닌 우리 강산에 대해서 쉴 새 없이 지껄였다. 그러나 나는 그녀의 말을 건성으로 들으면서 눈으로는 보던 영화를 계속 좇고 있었다. 돈 주고 남자를 사는 서양 할머니의 얘기였는데, 가슴에서 드럼 소리가 짙어지면서 도저히 눈을 뗄 수가 없었다. 노르웨이나 스웨덴쯤의 독립 영화인 것 같았고, 평생 처녀로 산 할머니가 죽기 전에 하도 소원이 돼서 남창을 부르는 설정이었다. 고객의 집을 찾아간 직업 남자는 자기를 부른 고객이 과연 누구일까 궁금해하며 할머니의 뒤를 두리번두리번 살핀다. 집 안에는 단조로운 청결함과 할머니뿐. 할머니가 바로 오늘의 고객이라는 것을 알게 되자 남자는 깜짝 놀란다. 그러나 직업인으로서의 도리상 이러지도 못하고 저러지도 못하고 난감해한다. 돈은 거기 놨우. 소녀 취향의 청순한 잠옷을 입은 할머니가 침대 탁자를 가리키며 말한다. 남들은 주로 밤에 하지만 우리는 낮에 하게 됐구려. 머리가 하얗게 센 할머니가 레이스 커튼을 내리고 침대에 똑바로 눕는다. 아프우? 아니요, 때에 따라서는요. 남자가 옷을 벗는다. 할머니에게서는 부끄러움이라든지 로맨틱함, 사랑의 열정, 욕망 따위의 분위기가 전혀 느껴지지 않는다. 나이를 먹어서라기보다 애초에 그런 것을 모르는 것이다. 그저 초등학교 아이들이 시험 문제에 열중하듯 단순하게 팬티를 벗고 남자를 맞는다. 그러나 노력해도 남자의 물건이 서지 않는다. 남자는 당황해서 이런 일은 처음이라고 쩔쩔매며 변명한다. 할머니는 괜찮다고, 나중에 다시 해 보자고 남자를 안심시킨다. 남자가 땀을 흘리며 행위를 다시 시도하는데, 음악이 깔리면서 엔딩 자막이 올라갔다. 나는 웃었다. 까르르 깔깔…… 너무도 우스웠다. 선영은 자기 얘기에 대한 반응인 줄 알고 더욱 신나서 서양 남자와 한국 여자인 자기네 부부가 서해 오지에 가서 겪은 무용담을 장황하게 늘어놓았다. 나는 응, 그래, 헛대꾸를 해 주며 마음으로는 계속 영화를 생각했다. 불과 10여 분짜리 영화였지만 내게는 충격적이었다. 가슴 저 안쪽이 둔하게 쓰라리며 눈가에 물기가 배어 나왔다. 나는 눈물을 질금거리며 계속 웃었다. 미친 사람처럼 웃어 대며 눈물을 줄줄 흘렸다.

"얘, 얘, 그만 웃어라. 허파에 바람 들어간다. 그렇게 우습니?"

"우습네."

나는 겨우 웃음을 다스렸다.

"근데 우리 내일 오후 5시에 떠나. 그러니까 비원에서 얼굴 한번 다시 보자구. 오전에."

선영의 목소리가 변성된 기계음처럼 들려왔다. 그 낯섦에 나는 한참을 가만히 있었다. 내가 어디로 나가서 누구를 만난다는 사실이 비현실적으로 느껴졌다. 솔직히 요즘 나는 나 아닌 다른 일에 신경 쓸 겨를이 없었다. 내 몸에 일어난 변화 때문에 가슴에서 연이어 북소리가 나고 하늘이 오로라처럼 색을 바꾸었다. 2주 전쯤 선영이 한국에 발을 디뎠을 때 잠깐 얼굴을 보기는 했다. 하지만 그건 임시적인 만남이었고 제대로 다시 만나 길게 회포를 풀어야 한다는 과제가 남아 있었다. 과거에 둘도 없이 친한 친구였지만 그러나 선영 역시 타인이었다. 따로따로 살아온 세월이 우리 사이에 강처럼 놓여 있지 않은가. 나는 안간힘을 쓰며 마음을 고쳐먹었다. 이번에 만나지 않으면 다시 20여 년이 흐르기 십상이고 그때쯤이면 아마 죽어 있을지도 모른다는 생각이 들었다. 정확히 말해 둘 중 하나가, 아니면 둘 다 이 세상 사람이 아닐지도 모르는 것이다. 사는 것과 죽는 것이 교미하는 뱀처럼 뱅뱅 꼬여 돌아갔다. 나는 어지러움을 참으며 간신히 대꾸를 밀어냈다.

"응, 그래."

수화기를 내려놓고 나는 멍하니 앉아 있었다. 그러다가 풀썩 소파에 엎어졌다. 쿠션을 가슴에 틀어박고 훌쩍훌쩍 울었다. 한참을 정말로 울었다.

온갖 잡생각들로 혼미한 밤을 지새우고, 오늘 아침 나는 허청허청 비원으로 왔다.

선영의 걸음걸이는 경쾌했다. 20여 년 전과는 판이하게 그녀는 지금 무척 고양돼 있었다. 바라고 바라던, 새로운 사랑을 쟁취한 탓이리라. 한쪽엔 내 손을 잡고, 또 한쪽엔 리처드의 손을 잡고 득의양양, 보무도 당당했다.

나는 선영의 손에 끌려 억지 춘향 격으로 걸어가고 있었지만 발걸음이 둥둥 뜨고 눈앞이 뽀얬다. 내 몸의 변화에 또다시 생각이 미쳤다.

'아니야, 아닐 거야. 이대로 끝날 수는 없어. 나라는 사람도 조물주가 만들었는데 설마 그냥 가게야 하겠어? 꽃은커녕 망울도 틔워 보지 못했잖아. 이대로는 아니지.'

허공을 바라보다가 병아리처럼 발치를 내려다보았다. 영화 속의 할머니 모습이 보도블록에 피어났다. 내가 그 할머니처럼 된다는 건 어불성설이었다.

'아암, 아니고말고. 그냥 없어지다니 말이나 돼? 확실한 무슨 선이 있겠지.'

그러나 아무리 반론을 뱉어 내도 쉰셋이라는 나이를 부정할 수 없었고, 확실하게 나타난 현상 또한 무시할 수 없었다. 어째서 평생 변함없던 생리가 달을 거르고, 몇 방울 꽃 점처럼 왔다가 사라져서 또 소식이 없느냔 말이다.

'병원에 가 봐야 해. 그래야 확실히 알지. 공연히 떨 거 없어.'

억지로 불안을 눌러 앉혔다. 그러나 또 하나의 소리가 굵게 메아리쳤다.

'뭘 더 의심해? 네가 바보야? 눈 가리고 아웅 해 봐야 자신만 속이는 거야. 세상이 다 안다구!'

확신이 술기운처럼 온몸으로 퍼졌다. 다리에 힘이 죽 풀렸다. 무릎이 휘청거려 걸을 수가 없었다. 이대로 정말 끝나고 마는 건가. 허공을 날아다니던 새가 갑자기 땅바닥에 패대기쳐진 것 같았다. 털퍼덕 주저앉아 어릴 때처럼 싫어, 싫어, 싫어, 하고 아망 부리고 싶었다. 그래 봐야 소용없다는 판단이 점차 분노로 응결되었다. 억울함이 뭉글뭉글 꽃구름처럼 피어났다. 부모에게로, 주변에게로, 세상에게로 향하던 화살이 나 자신에게 향했다.

'너란 인간은 도대체 뭐냐? 네 삶을 어떻게 주무르고 있었어? 아깝지도 않아?'

상욕이 뒤따라 나왔다. 나는 나 자신에게 실컷 욕을 해 댔다. 아는 욕을 모조리 읊어 댔지만 직성이 풀리지 않았다. 급기야 남의 시선이 되어 나를 향해 이죽거렸다.

'누가 결혼하지 말랬어? 지금이라도 홀라당 연애에 빠져 보지 그래? 더 늦기 전에 남자하고 자 보라구! 영화 속 할머니처럼 되지 않으려면.'

얼굴이 화끈거렸다. 누가 내 마음을 들여다봤을까 봐 염려되었다. 백주 대낮에 이 무슨 해괴한 사념이란 말인가? 리처드와 선영을 힐끔 바라봤다. 다행히도 두 사람은 서로를 애무하느라 정신이 없었다. 나는 누구와 저런 짓을 해 보지? 내겐 언제나 그 대상이 문제였다. 오늘 아침에 택시에서 내리면서도 나는 운전기사를 곰뜯어 보았다. 이 남자하고 자 봐? 어디에서? 어떻게? 순간적으로 그런 생각을 한 게 사실이었다. 운전기사는 검자주색 얼굴에 개기름이 흘렀고, 같이 대화를 주고받을 수 없을 만큼 천박한 기운을 풍겼다. 그렇지만 않았다면 좀 더 상상을 이어 갔을 것이다. 이렇게 요즘은 남자만 보면 특정 부위 쪽으로 시선이 가고, 우선 섹스에 대한 생각부터 들었다. 저 남자하고는 어떨까? 저 남자하고는? 저런 남자는 그거 할 때 어떨까? 거리를 걷든 차를 타든 볼일을 보러 가든 남자만 의식에 들어오면 나이나 생김새를 불문하고 그 사람과의 잠자리를 떠올렸다. 조금 전에 리처드가 포옹하며 인사했을 때도 그로서는 일상적인 행위였지만 나에게는 털이 부숭부숭한 팔뚝과 앞으로 불룩 솟은 그곳이 깜짝 놀랄 만큼 육감적으로 다가왔다. 2주 전에 잠깐 만나고 헤어질 때도 그가 자연스럽게 내 어깨를 감싸 안으며 잘 가라고 툭툭 두드렸는데, 온몸에 소름이 쫙 돋으며 감미로운 물결이 가슴골로 쏴르르르 내려갔다. 나는 그 전율에 한참을 몽롱해 있었다. 남자들은 3초 간격으로 섹스를 생각한다더니 그게 맞는 말인지는 모르겠지만 내가 지금 그 짝이었다. 그러나 이것은 옛날처럼 한 상대를 머릿속에 그리며 사랑 속에서의 섹스를 상상하는 것이 아니라 일종의 무조건적인 집착 같은 욕구였다. 원하던 것을 이루지 못한 사람이 끝에 와서 갖게 되는 강박적인 집착.

 무리의 움직임이 둔해지더니 선두에서부터 차례로 멈추어 섰다. 안내원이 관람객들을 햇볕 아래 세우고 설명을 시작했다. 금천교라는 돌다리 위였다. 안내원의 영어 억양은 허공 속을 졸졸 흐르는 시냇물 같았다. 선영과 리처드는 어깨와 허리를 꼭 끌어안고 안내원의 설명을 열중해 듣고 있었다. 가슴에서 또다시 북소리가 울렸다. 그 소리가 커지고, 빨라졌다. 나는 안간힘을 쓰며 안내원의 발음을 쫓았다. 1411년에 이 다리가 축조됐다고 말하는 것 같았다. 그러니까 태종 11년이라는 덧붙임. 현재 서울에 남아 있는 돌다리 중 가장 오래된 것이라는 영어 설명이 내 귀에도 해득되어 들어왔다. 가슴속의 북소리가 자진모리로 넘어갔다. 나는 주변의 남자들을 이리 훑어보고 저리 훑어보았다. 원치 않는데도 시선이 자꾸 허리 아래로 내려갔다. 저 남자는 어느 쪽 가랑이에 그것을 넣었을까? 저 남자는? 오른쪽일까? 왼쪽일까? 오른쪽이 불룩한 것을 보니 오른쪽으로 넣었나 봐. 옛날 영국에선 맞춤 양복을 지을 때 손님에게 일일이 묻는다고 했다. 오른쪽이십니까, 왼쪽이십니까? 예의 삼아 묻지만 양복장이는 손님의 물건이 휜 것으로 이미 어느 쪽인지를 안다고 했다. 지금도 그럴까? 한국에서도? 그렇다면 기성복을 주로 사

입는 요즘엔 다들 어떻게 하는 건가? 땡볕이 사람들의 정수리에서 어지럽게 튀었다. 나는 리처드의 허리 아래에서, 면바지를 입은 청년의 허리 아래에서, 궁 정리 요원의 허리 아래에서 내 시선을 떼어 내느라 온몸에 힘을 주고 고개를 뻣뻣이 돌렸다.

사람들이 우르르 몰려 다리 아래를 내려다봤다. 나도 그들을 따라 눈길을 옮겼다. 다리를 떠받치고 있는 두 개의 아치 틀이 만나는 중심 기석에 귀신의 얼굴이 조각돼 있었다. 아기 같기도 하고 할아버지 같기도 한 친근한 그 형상이 나에게 말을 걸었다. 너, 괜찮아? 안색이 그게 뭐니? 인생 별거 아니야. 정도(定道)가 있는 게 아니라구. 정말? 나는 물었다. 너무 마음 쓰지 마. 하다 정 안 되면 이리로 내려오든지. 나는 웃었다. 어떻게 내려가? 내려가서 수백 년 동안 네 옆에 서 있어? 선영은 리처드에게 도깨비에 대해 열성적으로 얘기하기 시작했다. 두 손을 폈다 오므렸다 하며 한국 사람과 도깨비의 관계를, 도깨비의 해학적인 성격을 이해시키려고 애쓰고 있었다. 안내원의 손길이 기반석 아래에 놓여 있는 두루뭉술한 돌로 향했다. 자세히 보니 해태상이었다. 다리 남쪽에는 해태상이, 북쪽에는 거북상이 수백 년의 세월을 견디고 무심한 듯 엎드려 있었다. 정교하던 등짝의 문양은 시간에 마모되어 없어지고 전체적인 형체도 둥그렇게 원만함을 되찾아 오히려 편안해 보였다. 애초 석공이 그에게 주었을 특별한 형상, 고유의 존재, 그 의무와 책임에서 벗어나 원래의 돌덩이로 돌아간 여유가 느껴졌다. 나는 그들이 부러웠다. 나이 들어 가는 게 저런 것이라면…… 자연으로 회귀해 가는 노정이라면…… 그래서 편안하고 초연하다면…….

인정문 쪽으로 걸어가며 다시 돌다리를 돌아보았다. 다리는 견고하고 장중했으며, 햇빛에 하얗게 빛나고 있었다. 500년이 아니라 1000년을, 아니 억겁을 그렇게 서 있었던 것 같았다. 나 개인의 일쯤은, 몸 안에 일어난 변화 같은 것은 아주 사소해 보여 우습기까지 했다.

인정문을 들어서자 인정전이 나왔다. 창덕궁의 본전(本殿)이라고 했다. 그러나 어둡고 우중충해서 옛 영화가 실감 나지 않았다.

청기와를 얹은 선정전을 둘러보고, 동남쪽 방향에 맞붙어 있는 희정당으로 갔다. 인정전이 왕의 즉위식이나 사신 접견 등 대외적인 업무를 보는 장소요, 선정전이 내정을 보는 곳이라면, 희정당은 왕의 사적인 처소인 모양이었다. 왕들이 여기서 잠을 잤다는 사실을 상기하자 무엇인가 구물대는 듯한 느낌이 들었고, 갑자기 온몸이 근지러웠다. 목이며 허벅지에 개미가 기어가고 있었다. 숨 막히는, 매캐한 향내가 곰팡내에 섞여 물씬 풍겨 왔다. 왕의 맨다리, 속옷, 상투 풀어 헤친 두상이 드럼 세탁기 안의 빨랫감처럼 빙빙 돌았다. 중앙 문에 몰려 서 있던 사람들이 옆문으로 옮겨 갔다. 그쪽 방 안에는 고종이 사용하던 소파와 테이블, 피아노가 세월의 더께를 덮어쓰고 우중충하게 서 있었다. 길고 무거운 한숨 소리가 집기들을 들썩이며 들려오는 것 같았다. 고종의 고민은 무엇이었더라? 국호를 고치고 황제로 등극하며 일제의 손아귀에서 벗어나려고 갖은 노력을 다했지만 몰래 파견한 이준 열사는 만국평화회의에서 뜻을 이루지 못하고 죽고 말았지. 그러고는 결국 강제 퇴위 당하는 불운을 맞았다. 그는 폐위당한 날 밤 명성황후를 품에 안았을까? 아니면 다른 후궁을? 절체절명의 위기에 섰을 때 부부란 어떤 사이일까? 당시의 슬픔을 전해 주는 듯 커다란 묵화 두 점이 거실 양편에서 나를 굽어보았다.

희정당 뒤에는 왕비의 침소인 대조전이 있었다. 왕비의 침소를 곤전이라고 부르는데, 곤전은 반드시 임금의 정침 바로 뒤에 위치해야 하므로 희정당 뒤에 대조전이 있다는 설명을 어디선가 읽은 적이 있다. 안내원의 손가락은 대조전 지붕과 다른 전각들의 지붕을 번갈아 가리키고 있었다. 짐작하건대 대조전 지붕에는 용마루가 없고 인정전, 선정전, 희정당의 지붕에는 용마루가 있다는 얘기 같았고, 용마루는 아마도 임금을 상징하나 보았다. 아닌 게 아니라 대조전의 공기는 왕이 기거하는 곳들과는 어딘지 달랐다. 왕비의 침소라고는 하지만 해묵은 화려함 뒤에 체념과 인내로 비단을 짠 비애의 기운이 농밀하게 들어차 있었다. 왕은 궁 안의 모든 비빈과 상궁들, 무수리들과 합법적으로 동침할 수 있는 특권을 가진 사람이지만 왕비는 대조적으로 성적인 면에서는 아무런 권한이 없었다. 오히려 국모라는 위상에 부과된 현숙함 때문에 어떤 후궁들처럼 추파를 던질 수도 없었을 터였다. 그녀는 자기 육체와 성의 주인공으로서 능동적으로 선택하는 것이 아니라 간헐적으로 선택받는, 오직 그러길 바라는 비참한 존재였다. 대조전 안에는 역대 중전의 억눌리고 좌절된 욕망이 끈끈하게 떠돌고 있었다. 성종, 인조, 효종, 현종, 철종, 순종 등의 왕 이름이 차례로 들려왔다. 그들이 이곳에서 죽었다는, 승하했다는 설명이었다. 왕들도 죽을 때는 왕비의 침소로 오나? 나는 의문에 젖었다. 그렇다면 왕과 왕비도 애틋한 여느 부부 비슷하지 않은가? 왕은 천상천하 존귀한 몸이므로, 그의 외도는 정당하고 보장된 것이었으므로 모든 과거는 강물처럼 흘러가고 죽을 때가 되어 그는 아무 일 없었다는 듯이 중전의 침소로 왔는가. 중전은 원망은커녕 자기에게 온 것만도 감읍하며 삭정이 같은 몸을 보듬었던가. 관람객들이 대조전을 완전히 떠날 때까지도 나는 왕비의 침소에서 발을 떼지 못했다. 여자들의 슬픔, 한숨, 안타까움이 긴 회오리로 나를 붙잡았다.

희정당 앞으로 나왔다.

길 건너에 수직으로 어차고가 있었다. 순종이 타던 캐딜락과 다임러벤츠가 잘 닦인 채 관람객들을 맞았다. 리처드의 얼굴이 빛났다. 그의 입에서 빠른 영어가 속사포로 쏟아져 나왔다. 선영은 연신 고개를 끄덕이며 호응하고 있었다. 그러나 다 알아듣는 것 같지는 않았다. 사람들이 너무 많이 몰려 있어서 나는 캐딜락 앞의 단으로 올라섰다. 돌출된 헤드라이트와 커다란 앞바퀴를 보는 순간 미세한 느낌이 내 몸을 관통해 지나갔다. 기시감 비슷한, 아아, 여기에 왔었구나 하는 바로 그 느낌. 나는 과녁에 날아가 박힌 화살처럼 이삼 초 동안 몸을 떨었다. 20년 전에 이 어차고를 지나던 장면이 꽃피듯 선명히 피어났다. 우리나라 임금도 저런 걸 탔구나 하고 감탄하던 일, 저런 외국차가 배에 실려 몇 달이나 걸려 이 땅으로 왔겠네 하던 생각, 그때 선영이 입었던 드레시하면서도 야릇한 느낌의 옷…… 지금 선영은 청바지에 노란 운동모를 쓰고 리처드의 자동차 강의를 듣고 있지만 20년 전에는 뭐라 형용할 수 없는 표정에 프릴이 너울거리는 시폰 블라우스를 입었었다. 목이 파이고 몸의 굴곡이 은근히 전해지는, 살색과 연갈색과 흐린 자줏빛이 어우러진 부드럽고도 그윽한 느낌의 블라우스였다. 거기에는 사람을 그냥 지나치지 못하게 하는, 화려하거나 대담하지 않지만 오히려 마음을 잡아끄는 안타깝고도 애절한 분위기가 안개처럼 서려 있었다. 당시에 그녀는 너무나도 사랑을 갈구하고 있었지만 바람과는 달리 현실에서는 거지 같은 남자에게서 버림까지 받은 처지였다. 처연한 애처로움이 배어 있던 그녀의 모습이 새삼 떠올랐다. 풍성하게 늘어뜨렸던 파마머리와 함께. 선영은 지금도 그렇지만 이목구비가 정연한 편이었다. 소위 인물이 좋은 아가씨였는데, 이상하게도 사랑은 번번이 이루어지지 않았다. 야릇한 것은 그 오랜 바람 끝에 사랑이 이루어진 지금은 그녀의 표정이 오히려 단순하고 맥없어졌다는 사실이었다. 행복한 탓일까. 모든 걸 다 표현해 버려 감칠맛 같은 게 사라진 걸까. 화투장에 그려진 목단 꽃 같았다. 행복의 모습이 옆 사람에게는 매력 없고 맛대가리 없다는 것이 역설적이었다.

　낙선재에 들어서자 옛 기억이 술술 풀려나왔다. 방자여사가 여기서 살았구나 하고 주고받던 대화들이 어제 일처럼 생생하게 떠올랐다. 선영이 끼고 다니던 칠보반지도 생각났다. 방자여사가 직접 구웠다는 반지였다. 영왕비 방자여사는 한국에 온 뒤 남편의 뜻을 이어 신체장애자들을 위해 사회복지 활동을 했고, 그 자금을 충당하느라 1년에 한 번씩 자신이 구운 칠보 액세서리들을 반도아케이드에서 판매하곤 했다. 월급 몇 푼 받지 않던 우리에게는 꽤 나가는 가격들이었다. 그러나 방자여사의 칠보는 당시 국산 유약으로는 흉내 낼 수 없는 깨끗한 세련미와 청아함을 지니고 있어 보통 칠보 물건들과는 확연히 구별되었다. 선영은 그 매력에 결국 지갑을 통째 열었다. 그렇게 산 반지를 소중히 끼고 다니며 선영은 비운의 왕비를 자기네 인척처럼 얘기하곤 했다. 방자여사가 구운 거야. 마치 여사가 그걸 하나만 구워 특별히 자기에게 준 듯이.

"너 지금도 그 칠보반지 있니?"

"있어. 은이 꺼멓게 변했지만."

선영도 낙선재를 둘러보며 반지 생각을 하고 있었던 것 같았다.

"미색 빛이 기막히게 깨끗했지."

"그건 그대로야. 틀만 변색됐지. 다시 세팅할까 해."

"반지에 아예 붙은 게 아니야?"

"아냐, 칠보 판을 은반지에 붙인 거야. 떼면 될 거야."

"화이트골드 같은 데 보석처럼 끼우면 되겠네."

"그렇겠지. 요즘 그런 스타일이 유행하지 않아서 세팅할 때 조심해야겠지만 끼고 다니면 오히려 괜찮지 않을까?"

"그럴 거 같애."

선영은 금방 고개를 돌려 리처드에게 자신의 칠보반지와 방자여사에 대해 얘기하기 시작했다. 리처드가 어깨를 으쓱하며 오우! 라는 감탄사를 토해 냈다. 나는 안내판 앞으로 갔다. 낙선재는 애초 헌종이 사랑하는 후궁 김씨를 위해 지은 것이라고 씌어 있었다. 후궁 김씨에 대해서는 별로 들어 본 바가 없었다. 아마도 그녀는 왕의 총애를 받으면서도 장희빈이나 장녹수처럼 나대지 않고 조용히 산 모양이었다. 그 뒤에는 국상을 당한 왕후와 후궁 들이 살았고, 마지막 왕비였던 순정효황후가 기거했으며, 이방자여사와 덕혜옹주가 1989년까지 살았다고 적혀 있었다. 불과 17년 전까지 황실 사람들이 산, 살아 있는 집이었다. 새삼 문살 하나하나까지 온기가 느껴졌다. 이구 씨가 별세했을 때의 기사들이 두서없이 떠올랐다. 어떤 신문에서는 순종비였던 순정효황후에 대해서 자세히 소개하고 있었다. 아무도 괘념해서 기억하고 있지 않지만 그녀는 조선의 마지막 왕후로서 꿋꿋이 제 역할을 다한 것 같았다. 서른셋에 청상이 되었고, 일제시대에 옥새를 감춰 두고 내놓지 않았고, 6·25 때는 인민군들에게 "여긴 나라의 어머니가 사는 곳이다!"라며 내쫓았고, 누구 하나 황후라고 돌보아 주는 이 없는 수복 전의 공산 치하에서 혹독한 가난과 고독을 자존심과 기품으로 이겨 냈고, 성북동에서 셋방살이를 하면서도 왕후로서 왕조를 지켜 내지 못한 것에 대해 늘 사죄했다는 것이다. 그녀는 이승만 정부와의 끈질긴 싸움 끝에 낙선재를 되찾아 일본에 있던 영친왕 내외와 덕혜옹주를 불러들였다고 했다. 그렇게 해서 방자여사와 덕혜옹주가 귀국한 것이었다. 나는 그런 배경을 전혀 모르고 있었다. 내 기억 속에 있는 것은 신문에 흐릿하게 난 덕혜옹주의 바보 같은 사진이었다. 몽타주처럼 퉁퉁 부은 얼굴, 얼빠진 표정, 조바위를 쓴 우스꽝스러운 모습······ 초등학교 저학년이었던 나는 무슨 공주가 이런 모습인가 어이없어 하면서도 왠지 가슴이 짠하고 아팠었다. 우리나라 공주라는 이유 때문인지 그 느낌이 오래도록 사라지지 않았다. 이구 씨가 타계한 뒤 신문 기사를 읽으면서야 나는 비로소 덕혜옹주의 기구 박절한 삶과 조우했다. 고종의 외동딸로 귀여움을 독차지하고 자랐지만 열두 살 때 일본에 볼모로 끌려갔고, 열일곱에 어머니가 돌아가시자 충격을 이기지 못하고 정신병을 일으켰고, 병세가 호전된 스무 살 무렵에 대마도주의 아들과 강제로 정략결혼 당했고, 결혼 생활 3년 만에 극심한 우울증에 실어증까지 겹쳐 폐인의 몸으로 귀국, 운명하기까지 사람을 알아보지 못한 불행한 여인. 덕혜옹주 주변으로 왕실 사람들이 겹겹이 모여들었다. 하나같이 '비운의' 라는 수식어가 붙은 사람들. 민비, 고종, 순종, 은왕, 영왕, 그리고 이구…….

어느새 선영이 옆에 와 서 있었다.

"변기에 앉아 숨을 거두었다지."

"누가?"

"마지막 황세손 이구 씨."

"그랬어?"

"몇 해 전 여름인가? 우리도 뉴스 보고 알았지. 마지막 황세손인데도. 일본에서 태어나 고등학교 때 혼자 미국에 건너가 MIT 공대까지 다녔대. 그런데도 결혼, 사업, 인간관계 모두 실패하고 방랑하다 결국 일본 땅에서 죽은 거야."

"참 안됐네. 엄마는 일본인이고 와이프는 또 미국인이었잖아. 황손이."

"마음잡고 귀국하려 할 때마다 모종의 음모들이 있었대. 우리가 모르는…… 정치적인 거겠지. 그래서 황손의 삶을 포기하고 사업 같은 걸 하려 했나 보지. 이도 저도 안 됐지만."

"자기 아버지는 기억상실에 걸려 말도 못하고……."

"그랬지, 참. 영왕 이은."

이은, 이구, 방자여사, 덕혜옹주, 순정효황후…… 불운으로 점철

된 왕족들이 모두 이 낙선재에 머물다 저세상으로 갔다는 걸 생각하자 가슴이 오스스해졌다. 물론 궁궐은, 집은 대대로 누군가가 죽고 태어나는 곳이리라. 수많은 죽음과 탄생이 깃들이는 곳. 앞으로도 누군가가 계속 죽거나 태어날 곳……. 그러나 다른 전각에 들어갈 때는 별생각이 없었는데 유독 낙선재에서는 애처로운 생각이 쉬지 않고 피어올랐다.

"가슴이 저릿저릿해."

선영이 리처드를 찾아갔다. 나는 그 자리에 서서 눈을 감았다. 벽들이 술렁거리고 기둥들이 우왕좌왕하며 비비리 비비리 말을 걸어왔다. 우렁찬 목소리들이 엇갈리고, 기품 있는 음성들이 깔리고, 교태스러운 콧소리들이 섞여 들고…… 지붕 속 벽 속 저 깊은 곳에서 신음 같은 한숨이 새어 나왔다. 어느새 가냘픈 날숨들이 끼어들었다. 그것들의 수효가 많아지고, 호흡도 뚜렷해지더니, 비 오는 날의 풀잎처럼 하나하나 세차게 몸부림쳤다. 소나기가 쏟아지며 풀잎들이 더욱 미친 듯 팔랑거렸다. 제발 우리를 보아 주세요. 그냥 가지 마세요. 우리의 열정을 알아주세요. 우리도 여자요, 사람이랍니다. 저기, 이보세요! 우리의 영혼을 구해 주세요. 평생 임의 터럭 한번 만져 보지 못한, 얼굴 한번 바로 보지 못한 우리의 삶을 헤아려 주세요. 이 구중궁궐에서, 갖은 앙탈과 시비 속에서, 허드렛일만 도맡아 하면서, 허리 굽히고 매까지 맞아 가며, 오직 볕뉘 한 가닥을 기다렸건만 끝내 임의 손길은 오지 않았답니다. 우린 숫처녀들이에요. 검은 나날들과 암흑의 세월. 덧없는 게 삶이라지만 너무 허망해요. 허탈해요. 정말 억울해요. 웃전의 영화에 가려진 숱한 외로운 밤들,

끝없는 외곬 사랑. 지금이라도 우리를 보듬어 하늘로 데려가 주세요. 여기서 떠도는 건 이제 지긋지긋해요. 제발, 제발……. 귀가 먹먹했다. 나는 눈을 떴다. 옷이, 머리가 사방으로 당겨서 움직일 수가 없었다. 생각시들의, 나인들의, 무수리들의 삶에 나는 충격을 받았다. 가슴이 미어지는 것 같았다. 그들의 댕기 머리가, 남치마에 자주 끝동이, 아청색(雅靑色) 무명옷이 어지럽게 오락가락했다. 그들은 왕과 비빈의 화려한 삶을 연출하기 위한 부속품이요 벌레들이었다. 죽은 뒤 오랜 세월이 흘러서야 비로소 터져 나온 그들의 넋두리 열창에 전각이 뿌리 뽑힐 듯 흔들거렸다. 우린 숫처녀들이에요, 우린 숫처녀들이에요……. 나는 부르르 몸서리를 쳤다.

  안내원과 관람객들이 이미 언덕길로 올라가고 있었다.

  비원의 입구가 나타났다.

  전각들이 뒤로 멀어지며 숲길이 시작되었다. 단풍이 풍신하게 눈을 적셔 왔다. 아름다운 수채화 속으로 걸어 들어가는 것 같았다. 노릇노릇 불긋불긋한 나무들이 상록수들 사이에서 매혹적인 때깔을 뿜냈다.

  "저기 저 나무가 무슨 나무지? 잎이 세 쪽으로 갈라진 것 말야. 단풍나무만 빨갛게 되는 줄 알았는데 저 나무가 더 화려하네."

  "복자기래. 아까 어떤 사람이 관리인한테 물어봤어. 복자기라고 하던데."

  "복자기? 그런 나무도 있어?"

  "응, 복자기. 나도 처음 들어 봤어. 나도박달이라고도 한다나."

  "너도박달이 아니고 나도박달이야?"

"그렇대. 나도박달."

"하여간 굉장히 예쁘네. 저거 봐. 처음에는 노랗게 되다가 나중에 빠알갛게 되나 봐. 홍자색으로. 노란 것도 어쩌면 저렇게 색깔이 곱지?"

"그래, 은행잎보다 더 여릿여릿하게 예쁘네."

일행은 자귀나무, 매화나무, 귀룽나무, 엄나무, 시무나무 등이 온갖 빛깔로 어우러진 숲길을 계속해서 올랐다. 복숭아꽃 핀 봄의 숲을 무릉도원이라고 했지만 가을의 이상향은 바로 이런 숲일 것 같았다. 등성이 전체가 지상의 물감으로는 도저히 흉내 낼 수 없을 만큼 그윽하고 풍요로웠다. 리처드와 선영은 한국 정원의 아름다움에 감읍하여 남들의 시선은 아랑곳하지 않고 미국에서처럼 엉켜 붙어 걸었다. 슬픈 건 나누어 가지면 반이 되고 기쁜 건 나누어 가지면 곱이 된다던가. 나는 경험해 보지 못한 정서였다. 앞으로도 경험할 가능성이 없을까? 사랑은 대체 무엇일까? 심리학 책에는 친밀감과 열정, 투신이 사랑을 이루는 조건이라고 씌어 있었다. 그 첫 번째 조건, 즉 친밀감에서 나는 번번이 브레이크가 걸리는 것 같았다. 누군가와 가까워질 기미가 보이면 우선 겁을 먹고 도망치는 것이다. 왜일까? 모르겠다. 모르겠다고밖에 대답할 수가 없다. 어쨌든 나도 속으로는 사랑을 바라고 열망한다. 그러면서도 어쩐지 두려워서 뒷걸음질 치곤 한다. 아니다. 아닌 것 같다. 바라고 열망할 만한 대상이 없었기 때문이다. 열정을 바쳐 투신할 만한 상대를 만난 적이 없다. 연애에 능한 친구는 내 고백을 듣고 진단했다. 이 바보야, 그게 벌써 마음이 닫혀 있는 거야. 넌 미리 까다롭게 상대의 조건을 정해 놓고 거기에서 눈곱만큼이라도 벗어나면 아니라고 퇴짜 놓잖아. 이 세상에 사람이라고 생긴 형상은 모두 네 상대라고 생각해봐. 안 될 게 뭐 있니? 그러나 그렇게 말한 친구야말로 500번도 더 선을 보고 의사에게 시집을 갔다. 나는 운명에 대해 특별한 주관을 갖고 있지 않다. 그러나 사춘기 시절의 아버지에 대한 내 감정이 운명의 상징처럼 불쑥불쑥 상기되곤 한다. 유년 시절까지는 아버지와 나는 그저 보통의 부녀지간이었다. 사춘기가 되자 나는 어쩐지 아버지가 싫어졌고, 아버지가 가까이 오면 몸을 뒤로 빼게 되었고, 아버지와 되도록 멀리 떨어져 있고 싶었다. 당시의 아버지는 수년간 고시에 낙방해 백수가 되어 버린 큰오빠에 실망해 연일 술을 마셨다. 나는 아버지의 몸이며 오줌에서 노린내가 나는 것 같았고, 그것이 역겨워 숨을 쉴 수가 없었다. 반대로 나와 연년생인 여동생은 사춘기가 되면서 오히려 아버지를 전보다 더욱 좋아했고, 아버지의 체취를 싫어하기는커녕 정겨워해서 아버지만 나타나면 목소리 톤이 높아지면서 전에 없던 몸태를 부렸다. 그러더니 대학 1학년 때 클래스메이트와 결혼해 지금은 서른 살 먹은 아들을 둔 중후한 여인이 되었다. 나는 남자라든지 결혼에 대해 생각이 미치면 늘 사춘기 시절의 참을 수 없던 느낌이 떠오르곤 한다. 의도하지 않았고 나도 어쩔 수 없었던, 동생과는 사뭇 다른 아버지에 대한 야릇한 느낌. 그 어름에 나도 밝혀낼 수 없는 비밀이 숨어 있는 듯하다.

비스듬한 언덕을 내려가자 장방형의 연못이 나타났다. 모두들 입을 벌리고 감탄사를 토해 냈다. 부용지라는 이름도 꽃다웠지만 그 모습이 눈에 넣어도 아프지 않을 만큼 아리따웠다. 빼어난 미모의

아가씨가 가장 고운 옷을 입고 예쁘게 웃는 것 같았다. 연못 한가운데에는 작은 섬이 하나 있었는데, 가지를 멋들어지게 벌린 소나무와 분재처럼 기묘하게 굽은 향나무, 새빨간 단풍나무가 어울려 발레리나가 아라베스크 동작을 하듯이 우아하게 서 있었다. 연못 밖으로도 형형색색의 나무들이 그림물감이 가당키나 하냐는 듯이 자연색으로 물들어 있었고, 물그림자가 아른아른 나무들의 자태를 흔들었다.

안내원이 휴식 시간을 갖겠다고 알렸다. 선영과 리처드가 내 옆으로 왔다.

"무슨 연못이 요렇게나 이쁘니? 미국에는 이런 건 없어. 모두 다 엄청나게 크지."

그렇게 말하고 나서 선영은 리처드에게 뛰어올라 키스했다. 리처드도 선영을 마주 안아 여러 번 쪽쪽댔다. 그들은 화장실에 가면서도 옆구리를 끌어안고 갔다.

나는 나무 그늘에 앉아 연못 가운데로 시선을 주었다. 바람이 스스스 불어왔다. 동그란 섬에 서 있는 단풍나무 잎사귀들이 오후의 역광에 새빨갛게 빛났다. 눈이 부셨고, 고혹적이었다. 바람이 장난치듯 다시 불어왔다. 내 쪽으로 팔을 뻗친 단풍나무 가지가 빨간 잎사귀 다발을 요사스럽게 흔들었다. 새빨간 단풍 잎새들이 후루루 떨어져 내렸다. 그것들이 물 위로 가볍게 떠갔다. 흰 목면 위로 붉은 선혈이 꽃처럼 피어났다. 점점이, 몽글몽글 넓게 번져 갔다. 엄마, 엄마…… 그때가 열네 살이던가. 다달이 선홍색 손님은 찾아왔고, 그때마다 가슴이 붓고 입술이 말랐다. 호르몬은 예외 없이 역할을 수행했다. 나는 밤마다 잠자리에 누워 미구의 남자를 갈구했다. 남자에게 안기는 꿈, 남자에게 눌리는 꿈, 남자와 엎치락뒤치락 섹스하는 꿈…… 몇 년간은 구체적으로 어떤 한 남자를 떠올리며 잠자리에서 헐떡였다. 그러나 그 남자는 내가 자기를 짝사랑하는 줄도 모르고 아래턱이 나온 유치원 보모와 결혼해 딸을 넷이나 낳았다. 시간이 사뭇 흐른 뒤에, 단 한 번뿐이지만, 나도 결혼할 뻔한 적이 있다. 이상하게도 결혼하려는 그 상대에게서는 성적인 느낌이 묻어나지 않았다. 뭔가 석연치 않다는 직감 때문이었을까. 그쪽에서는 꽤 열을 올리는데도 내 몸이 응해지지 않았다. 얼굴이 미술실에 있는 줄리안 석고상처럼 잘생기고 키까지 큰 남자였다. 지금 생각하면 여간 다행스러운 일이 아니었다. 그 남자의 호적에 이미 다른 여자의 이름이 올라 있는 것을 알았을 때 나는 단호히 결혼을 접었다. 이미 청첩장을 300장이나 돌린 뒤였다. 일단 결혼해서 그 여자를 밀어내 보지 그러느냐고 충고한 친구도 있었다. 몸이 끌렸더라면 필경 그렇게 했을 것이다. 당시만 해도 처녀가 청첩장을 돌렸다는 것은 규수로서의 상품적 가치를 다하고 육순을 맞았다는 거나 마찬가지였으니까. 더구나 그 남자가 자기의 첫 결혼을 무효라고 주장하며 혼인 무효 소송이 진행 중이라고 우겼기 때문에 충분히 끌려갈 수 있었다. 그러나 나는 결혼식이 진행될 시간에 한강 둔치로 갔다. 사람들이 결혼식장에 꾸역꾸역 모여들고 있으리라는 상상이 나를 지옥 속으로 밀어 넣었다. 심장이 투근 투근 콘트라베이스 소리를 내고 있었다. 나는 표를 끊고 유람선을 탔다. 사람 몇 명 태우지 않은 배가 뚝섬을 지나고 한남동을 지나고 동부 이촌동을 지났다. 하객들은 텅 빈 결혼식장에서 서로 얼굴만 쳐다보다가 별 해괴한 일도 다 있다는 듯이 돌아가고 있으리라. 나는 그들 사이를 유령처럼 배회했다. 그들이 돌아가면서 지껄였을 말, 그들이 그날 내게 품었을 생각을 나는 평생 잊지 못한다. 내가 그 뒤 얼마나 남의 이목에 신경 쓰면서 살아왔는지 아무도 모를 것이다. 여의도 선착장에 도착해 배에서 내렸을 때, 해는 뉘엿뉘엿 서산으로 지고 있었다. 나는 내 인생도 바야흐로 유람을 끝내고 서산으로 지고 있다는 환상에 젖었다. 하객들은 이제 집에 돌아가 그날의 헛걸음에 대해 툴툴거리며 부좃돈을 꺼내 탕수육이나 양념 치킨을 시켜 먹을지도 몰랐다. 특별 메뉴 삼아 평소 내 성격, 내 생김새, 가정환경, 북희라는 내 이름을 자근자근 씹으리라. 동서남북 방위에나 쓰는 글자를 어째서 여자애 이름자에 썼을까? 북희가 뭐야, 북희가? 그러니 팔자가 이렇게 꼬이지. 튀김 닭은 식고 느끼해졌고 탕수육은 눅눅해졌으리라. 빈 단무지 접시를 나무젓가락으로 건드리던 얼굴이 말한다. 걔 생긴 것도 좀 암상이잖아? 즈이 오빠도 폐인이나 마찬가지고. 인생이 술술 잘 풀릴 것 같지는 않았어. 목소리에 날이 서고 이마에 주름이 잡혀 있다. 여자는 일어나서 그릇을 치우고 남편은 가래침을 뱉고 물을 마신다. 그들은 새삼 자기 아이들의 이름을 곱삭이고, 얼굴을 다시 한 번 바라보고, 미지의 운명에 불안하게 두 손을 갖다 모은다. 하느님, 우리 경자, 미애에게 복을 가져다주소서. 태희, 순명에게도 환한 빛을 내리비쳐 주소서……. 나는 붉은 해를 바라보며 흑흑 흐느껴 울었다. 모든 것이 끝나고 이제 죽어 관에 들어갈 일만 남은 것 같았다. 눈물의 맛은 찝찔하면서도 입에 달라붙었다. 애초 그것은 나의 것이었다. 나는 강으로, 바다로 하염없이 떠내려갔다.

방정맞은 예감 때문이었을까. 다시는 불발이나마 결혼이 진행되지 않았다. 나는 다니던 연구소에 적극적으로 뿌리를 내렸고, 올케에게서 쫓겨난 어머니와 함께 긴 살림을 꾸렸다. 아버지는 이미 술로 세상을 하직한 터였다. 서른대여섯까지는 그나마 될 듯 말 듯 중매나 소개팅 비슷한 얘기들이 오고 갔다. 그러나 마흔을 넘기면서부터 사람들은 나를 벽처럼, 무생물처럼 보았다. 다달이 배란은 되었지만 난자는 짝을 맞지 못하고 선홍색 손님으로 흘러나왔다. 연구소에서는 한 해 한 해 호봉이 올라갔고, 아쉽게나마 지위도 올랐다. 그러나 개인적인 삶에는 전혀 변화가 없었다. 그렇게 아침이면 해가 뜨고 저녁이면 해가 졌다. 한 달이 지나고 1년이 가고 10년이 갔다. 10년이란 시간은 생각처럼 길지 않아서 또 한 번의 10년이 후딱 지나가 버렸다. 쉰셋이 된 지금까지도 나는 어머니와 여일하게 살고 있는 것이다. 앞으로 10년 20년도 금방 흘러가 버릴 것임에 틀림없다. 그럼 내 인생도 끝나는 것이다.

죽어서, 저승길에, 헤르메스가 저 아래 강으로 데리고 가며, 살아 있을 동안 가장 기억에 남는 일을 한 가지만 대라고 하면 뭐라고 할까?

눈이 날린다. 춥다. 진눈깨비가 날린다. 비가 내린다……. 내 인생은 어쩐지 이렇게 계속 뭐가 내리는 것 같다. 눈발 사이로, 진눈깨비 사이로, 빗줄기 사이로 새파란 잎사귀 하나가 날아든다. 나는 얼른 그 잎사귀를 잡는다. 연둣빛 내 소중한 기억. 남자와 함께 호텔 방에 있는 장면이다. 어떻게 그런 일이 벌어졌는지 지금 생각해도 신기하기만 하다. 나는 가끔 그게 사실이었을까 꿈처럼 더듬는다. 창문은 동화 속 그림처럼 육각형이었고, 자줏빛 이중 커튼이 쳐 있었다. 남자는 두꺼운 바깥 커튼을 한 뼘쯤 걷고 커튼 뒤로 창문을 열었다. 신선한 공기가 얇은 레이스 커튼을 흔들며 들어와 이마를 간질였다. 나는 침대 가에 앉아 숨을 몰아쉬었다. 나는 만취한 상태였다. 남자가 내 등을 통통 두드렸다. 남자의 감색 바지가 눈앞에서 왔다 갔다 했다. 더 앉아 있지 못하고 침대에 벌러덩 누웠을 때, 날뛰는 파도를 탄 듯 어지러웠고, 천장의 등 불빛이 알알이 눈을 파고들었다. 기억은 그것뿐이다. 이튿날 깨고 보니 샹들리에를 흉내 낸 자그마한 등의 유리알들에는 때가 끼어 있었고, 남자는 가고 없었다. 나는 화들짝 아랫도리부터 살폈다. 바지는 어제 여민 그대로였다. 윗옷도 구겨지긴 했지만 그대로였다. 그러나 앞섶에 토물 흔적이 있었고, 그 흔적은 카펫에도 여기저기 나 있었다. 남자는 토물을 치우고 걸레를 빨아 내 옷이며 카펫을 닦은 게 분명했다. 그러고는 아무 일 없이 먼저 갔다고 짐작할 수밖에 없었다. 어떤 전갈이나 메모도 없이. 안도감과 고마움, 미안함이 밀려들었다. 나는 그저 가만히 앉아 있었다. 너무 힘이 없어서 더 이상 생각할 수가 없었다. 오래된 카펫이 깔린 복도를 걸어 호텔을 나왔다. 접수대에는 아무도 없었다. 그 뒤 며칠간 그가 누구인지, 어떻게 함께 호텔에 갔는지 사력을 다해 기억을 더듬었지만 헛수고였다. 그날 밤 일행 중의 하나였다는 것만 알 뿐. 까마득한 시간 저쪽의 일이었다. 통행금지가 있던 시절, 내가 연구소에 다닌 지 서너 해쯤 지나서였고, 지금은 호주로 이민 간 고등학교 적 친구가 동화를 써서 일간신문의 신춘문예에 당선된 즈음이었다. 고등학교 1학년 때 우리는 짝이었는데, 같은 중학교에서 콩나물시루처럼 올라온 동교 진학생들 가운데서 타교 진학생인 우리를 지켜 내느라 마음이 각별히 통했던 사이였다. 그 뒤 서로 다른 길을 갔지만 예민하던 사춘기 시절 같이 뭉쳤던 결속감은 오래도록 강한 유대로 남았다. 그래서 나이가 들어서도 꽤 친했던 친구였다. 그 친구의 신춘문예 시상식이 있던 날 밤, 누가 누군지 서로 모르는 상태로 술자리가 벌어졌고, 분위기가 화기애애하게 무르익어 갔다. 그 친구는 번잡한 성격인 데다 연극까지 하고 있어서 연극판 친구들과 대학 친구들, 고등학교 중학교 친구들, 영어 학원 친구, 고향 친구, 심지어 그녀가 당시 살고 있던 미아5동 소방서 골목 사람들까지 50여 명은 족히 모여들어 너 나 구분 없이 어울렸다. 나는 고등학교 동기생 두 명과 함께 갔지만 그 애들은 밤 10시가 넘자 슬그머니 일어나서 가 버렸다. 나는 어쩐 일인지 맥주를 정신없이 마셨다. 나와는 상관도 없는 신춘문예라는 행사가 돌처럼 자꾸 가슴에 걸렸고, 공부를 못하던 그 친구한테 질투심이 무럭무럭 일었다. 나는 3차 4차까지 따라가게 되었다. 정작 주인공은 어느 순간부터 모습이 보이지 않았지만, 아마도 연극판 사람들과 미아리 사람들이, 아니면 고향 사람들과 학원 친구들이, 그것도 아니면 중학교 동기들과 연극판 친구들이, 하여간 구성을 판독하기 어려운 조합이 엇섞여 끝까지 간 모양이었고, 희한하게도 내가 거기에 끼어 있었다는 결론이었다. 누구를 따라 어떤 경위로 묻어갔는지 나도 알 수 없었다. 어디서 그런 용기가 났는지, 이후에도

시크릿 가든 35

이전에도 없던 일이었다. 와중에도 꿈인지 생신지…… 길에 서 있던 생각, 택시가 획획 지나쳐 가던 장면이 먹통 같은 기억 속에 번개처럼 번뜩였다. 통행금지 때문에 불가항력적인 상황이 생기지 않았을까 짐작될 뿐이었다. 며칠 뒤 나는 결국 추적을 포기했다. 더 이상 알아내려면 필경 그날 밤 호텔에 갔던 일을 공표해야 할 것인즉, 그것도 한두 사람에게 은밀하게 알려서 될 일이 아니었다. 당시만 해도 호텔 어쩌고 하는 소문은 처녀가 애를 낳는 것과 맞먹었다. 또 주인공을 찾는다 해도 그저 계면쩍게 만나 고맙다는 말을 한마디 던지는 것 외에 다른 도리가 없었다. 그렇게 되면 오히려 상큼한 추억이 추저분한 인상들로 개칠될 것 같았다. 아무리 귀를 열고 기다려도 그 남자 쪽에서 말을 내는 것 같지 않았고, 나는 그것이 고마웠다. 남 흉보는 데 북 치고 장구 치는 세정을 감안하면 여간 무거운 입이 아니었다. 나는 메모도 없이 먼저 가 버린 심정에 대해서 두루두루 곱씹었다. 싫고 구역질이 나서 뒤도 돌아보지 않고 가 버렸겠지. 처음에는 물론 그렇게 생각했다. 그날의 내 표정, 입은 옷들, 술잔을 기울이는 자세, 받아쳤을 말들을 떠올리며 괴로워했다. 그러나 옷섶이며 카펫의 오물을 닦아 주고 간 것을 어떻게 해석해야 하는가? 그는 분명히 뒤처리를 깨끗하게 해 주고 말없이 간 것이다. 나는 결론에 도달했다. 아무리 생각해도 그는 인간의 도를 다한 신사였으며, 인정미 넘치는 사람이었다. 나는 그를 보물 함에 넣어 봉해 버렸다. 내 보물 함은 갑자기 불룩해졌다. 마음이 든든했다. 그다음부터 나는 남자라는 대상을 떠올릴 때마다 그의 신사도를 떠올리며 싱긋 웃었다. 이날 이때까지 남자 하나 없이 살아왔지만 향훈 한 가닥을 가슴에 지니게 된 것이다. 겨울나무도 지난봄의 따스한 날을 기억하고 있듯이 말이다. 정 많고 진실한 사람과 속 깊은 연애를 한 것 같았다.

참으로 이상한 일이었다. 나를 이렇게 조금이나마 추슬러 준 것은 결혼할 뻔한 상대도 아니었고, 짝사랑하던 남자도 아니었고, 서른다섯이 될 때까지 나와 이렇게 저렇게 말이 오간 남자들도 아니었다. 뜻하지 않은 어느 하룻밤에 생판 모르는 남자가 평생 고독 속을 걸어갈 여자에게 등불을 선사한 것이다. 간간이 무력증에 휩싸여 나락 속을 헤매다가도 나는 문득 이 일을 떠올리고 빙긋 웃었다. 호텔에 들어가 봤다는 것, 가족 친지들과 휴가 때나 여행할 때 들어가 본 것이 아니라 남자와 단둘이서 한밤중에 호텔에 들어가 봤다는 것, 그것이 나를 연애한 듯하게 만들었다. 호텔에 들어갔다는 것은 사실 연애에 있어서 결정타였고, 과정의 꽃이었다. 그래서 나는 으레 남자 경험이 있는 것처럼 두루 말해 왔다. 연애에 대한 얘기들이 오고 가면 다 듣고 있다가 맨 나중에 "연애 한번 안 해 본 사람이 어디 있어?" 하고 여유 있는 대사를 날렸다. 그러면 사람들은 놀라서 자기들끼리 눈짓을 교환하며 실없는 얘기들을 주워 담았다. 내처 나는 마음 내키면 당장이라도 호텔에 갈 듯이 강펀치를 날리기도 했다. 상대방은 이 여자가 숙맥은 아니구나 넘겨짚으면서 성적인 것으로 희롱할 생각을 걷었다. 그런 탓에 선영도 정작 내가 처녀라는 사실을 모르고 있었다. 짧지만 진한 연애를 한두 번은 한 것으로 여기고 있는 것이다.

새빨간 단풍잎이 물결 따라 코앞으로 흘러왔다. 나는 손을 뻗었다. 둑은 생각보다 깊었다. 나는 허리를 꺾었다. 손이 닿을 듯 닿을 듯 닿지 않았다. 상체를 더욱 구부렸다. 어쩐지 안타깝고 아쉬웠다. 한 장이라도 꼭 건지고 싶었다. 너무 용을 쓴 나머지 손이 바들바들 떨렸다. 대학 시절에 신춘문예 친구 집에 놀러갔다가 읽은 소설이 생각났다. 결코 여성으로 살지 않겠다고 맹세한 여자가 산부인과에 가서 자궁을 적출하고 돌아오는 일본 소설이었다. 갈 때는 자궁만 없으면 남자처럼 살 수 있을 줄 알았는데 막상 자궁을 들어내고 돌아오면서는 자궁이 없는 데서 오는 여성 본연의 생래적인 비감에 젖어 어쩔 줄 모르는 내용이었다. 지금의 내 심경이 그와 비슷하다고나 할까. 생리가 있었을 때는 별 필요도 없었다. 솔직히 매달 귀찮기만 했다. 성욕도 나날이 휘발되어 건조한 생활이 편하고 좋았다. 여자로서의 마지막 징조가 오기 전까지는. 그러나 막상 생리가 없어지려 하자 나는 당황했고, 화가 났고, 때아니게 아쉬움과 열망이 밀려왔다. 이건 아니었다. 이렇게 끝날 수는 없었다. 물론 내가 새삼 남자를 사귀어 아기를 낳을 것도 아니었다. 그러나⋯⋯ 그러나⋯⋯ 나는 화를 주체할 수가 없었다. 세상을 뒤집어엎고 싶었다. 거대한 포클레인으로 지구 중심부까지 푹푹 떠서 갈아엎고 싶었다. 이건 아니었다. 이렇게 끝날 수는 없었다. 정말 이래서는 안 되었다. 아직 내게는 뭔가가 남아 있어야 했다. 언젠가 이루어질 사랑을 위하여. 단 한 번의 섹스를 위하여. 조금이라도, 한 방울이라도⋯⋯. 나는 감정이 북받쳐 밤마다 꺼이꺼이 울었다. 후딱 가 버렸다가 두어 달 뒤 다시 찾아오고, 여섯 달이 지나 조금 살짝 신호를 보내오는 그것이 안타까워 간이 졸았다. 밥을 하다가 아직 뜸도 들이지 않았는데 전기가 나가 버린 꼴이었다. 남들은 잘 익은 밥을 모두 퍼서 먹고 있는데 나만 생쌀밥을 바라보며 어쩔 줄 모르고 있었다. 나는 상체를 더욱 수면으로 기울였다. 손가락 끝이 물에 닿을락 말락 했다. 나는 손 갈퀴질로 물을 거푸거푸 끌어당겼다. 단풍 잎새들이 조금씩 달려왔다.

"빠집니다! 어쩌려고 이러세요?"

관리인이 달려와 나를 붙잡았다.

"아이, 아이, 저걸 한 장 건지려고 그러는데······."

나는 버둥질 치며 끌려나왔다. 내 손등에는 해진 단풍잎이 한 장 묻어 있었다. 방금 전에 떨어져 내린 것이 아니라 어제나 그제 떨어져 내렸을, 암갈색으로 변한 단풍잎이었다.

나는 철퍼덕 주저앉았다. 걸레 같은 단풍잎을 손에서 떼어 내 버렸다. 관리인이 민망해하며 돌아간 뒤에도 나는 맥없이 앉아 있었다.

물비늘 위로 태아의 손바닥만 한, 샐러드용 나무 포크만 한 새빨간 단풍잎들이 둥둥 떠다녔다. 나는 그것을 바라보았다. 무력했다. 서글펐다.

부용정 쪽으로 고개를 들었다.

정자 안에서 언뜻 사람의 모습이 보였다가 사라졌다. 맨상투와 비단 소매가 잔상에 남아 야릇한 느낌을 몰고 왔다. 아, 아아······. 그들은 순간 부끄러워하는 것 같았고, 옷깃을 여미는 것 같았고, 후대의 낯선 이들에게 치부를 보이고 싶지 않은 것 같았다. 나는 눈을 비비고 다시 부용정을 바라보았다. 임금은 저렇게 예쁜 집에서 섹스를 하신 건가. 하긴 천상천하 높은 분이니 누가 뭐라고 하겠는

가. 낚시를 하던 곳이라고 하지만 낚시만 하고 책만 읽었을까. 마음에 드는 여인을 불러 같이 꽃구경을 하며 또 단풍을 보며 사랑도 나누었겠지. 임금의 침소 밖 애정 행각은 숱한 소문과 질투를 불러 일으켰을 것이다. 바람이 시간을 거스른다. 소요가 일어난다. 발걸음들이 빨라진다. 울분과 언쟁, 분노, 고독, 고통이 강물처럼 번진다. 너무 억울한 비밀들은 날아가지 못하고 숲에 응결되어 둥지를 튼다. 북악 쪽 비원에서 깊은 숨소리가 들려온다. 남자들의, 여자들의 비탄이 이 골짝 저 골짝에서 꿈틀댄다. 500년간 숲에 갇혀 있었던 비밀들이 으으 신음을 내뿜는다. 중전마마의, 빈들의, 상궁의, 내시의, 대감의…… 궁궐 전체의 사생활이 와글와글 끓어오른다. 통한의 목소리, 질투의 비명, 쑥덕거림, 푸념, 소리 죽인 울음소리, 땅이 들썩하는 한숨, 성애의 교성…… 묻힌 사생활들이 수백 년의 사슬을 풀고 아우성치며 날아다닌다. 어지럽다. 무수리와 나인의 비밀들도 결박을 풀고 숲으로 날아간다. 생각시들이 구슬픈 곡성으로 울부짖는다. 우린 숫처녀예요. 우린 남자와 한 번도 자 보지 못했어요. 성은을 입지 못한 모든 궁녀들이 합세한다. 허벅지의 이 상처를 좀 보세요. 곰팡이 난 제 샅을 보세요. 그녀들의 비밀도 강요된 침묵에서 벗어나 숲으로 날아간다. 나의 꽃잎도 빨간 단풍잎이 되어 날아가 섞인다. 이제 숲은 잠겼던 비밀들을 보태어 보다 풍성하게 되었다. 비밀들이 애절할수록 숲은 아름답다.

  비원의, 금원의 숲이 촉촉이 습기를 머금고 있다.

지 리 산

1

고속버스에 막 올랐을 때 노무현 전 대통령이 봉하마을 사저 뒷산에서 사망했다는 소식이 흘러나왔다. 우리는 깜짝 놀라 천장에 매달린 텔레비전을 쳐다보았다. 긴급 편성된 뉴스의 아나운서와 대담자도 당황해서 허둥대고 있었고, 현장 나와라, 병원 나와라 불렀다가 응답 없이 되돌아오는 등 진행도 산만하고 두서없었다. 처음에는 자살이라고 하더니 사인을 모른다는 쪽으로 말을 몰고 가는 꼴이 자살인지 실족인지 아직 확인되지 않은 모양이었다.

"실족이야, 실족. 자살일 리가 없어."

한 방 맞은 표정에서 깨어나며 강 형이 말했다. 그는 당혹스러워했고, 사뭇 억울해하는 빛이었다. 그건 물론 슬픔이나 안타까움에서 나온 것이 아니었다. 죽음에 대한 외경심 따위도 아니었다. 아마도 막연한 전복의 느낌, 이 사건이 가져올 사회적 파장, 시정의 분위기가 일시에 뒤집어져 진보 좌익 진영이 득세할까 봐 지레 겁을 내는 것이었다. 빨간 꽃들이 함성처럼 터지는 장면이 내게도 연상되었다. 강 형이 불안해하는 만큼 나는 마음이 가라앉았다. 어차피 사람은 한 번 죽는 게 아닌가. 그냥 그런 생각이 들었다. 사건은 충격적이지만 이미 일어난 일이었다.

강 형이 배낭을 발치에 밀어 넣고 자리에 앉았다. 우리는 우등 고속버스의 통로 오른쪽에 세로로 배열된 독립 좌석을 세 자리 끊었다. 강 형 뒤에 내가, 내 뒤에 송이 앉았다.

"조금 전 MBC에서는 자살이라고 합디다."

통로 옆 저쪽에 앉아 있던 사내가 강 형 쪽을 바라보며 말했다. 그는 시커먼 얼굴에 농사꾼 같은 행색이었는데, 우리보다 먼저 버스에 올라 그 뉴스를 줄곧 보고 있었던 것 같았다.

"MBC는 죄다 조작이에요. 송아지 낳고 쓰러지는 소를 찍어 광우병이라고 한 놈들이잖아요? MBC를 어떻게 믿어요? 완전 적자라 광고가 하나도 안 들어오는 방송을!"

강 선배의 독설이 네이팜탄처럼 터졌다. 나는 놀라서 나도 모르게 일어났다 앉았다. 독설이 퍼져 나가지 않도록 물막이라도 하고 싶은, 거의 무의식적인 동작이었다. 버스 안의 사람들이 일제히 우리 쪽을 쳐다보았다. 창피했고, 조마조마했다. 전쟁이 터지기 직전 같았다.

다행히도 통로 옆 사내는 이런 경우를 숱하게 당한 듯 못 들은 척 앞만 보고 있었다.

버스가 출발했다.

강 선배와 나 사이의 문제는 바로 이것이었다. 그의 용어로 '극우'니 '극좌'니 하는 것. 거기에서 비롯된 개코 같은 생각들. 그것만 빼고는 우리는 같이 산행하는 데 환상의 복식조였다.

2

강 형을 다시 만난 것은 넉 달 전 상해에서였다. 꼽아 보니 딱 30년 만이었다. 나는 아내와 급작스럽게 이혼한 상태였고, 퇴직 3년 반 만에 시도하는 것마다 실패를 보아 삶에 대지진을 겪은 형국이었다. 지친 심신을 추스르고자 나는 여행사의 싸구려 중국 여행에 몸을 실었다. 될 대로 되라는 심정이었다. 타고 가는 비행기가 떨어지기를 차라리 바랐고, 그렇게 되면 돈 좋아하는 아들놈 딸년이 보상금을 받겠지, 그럼 아버지를 좋은 기억으로 회상할까 자포자기식 망상에 젖었다. 일행으로 묶인 열두 명 중 일곱 명이 동대문시장의 상인들이었다. 그들은 불경기에 대해 업종별로 진단하면서 경제학 교수가 쓰는 용어로 비관적인 결론을 내렸다. 가게에 손님이 오지 않는 내내 텔레비전의 경제 프로를 눈이 짓무르도록 본 모양이었다. 대부분 장사에서 그다지 성공한 것 같지는 않았고, 성공의 가장 큰 요인으로 운을 꼽았다. 운. 나는 운에 대해서 생각했다. 분명한 것은 퇴직 후 내게 운이 따르지 않았다는 점이었다.

마지막 날 상해 옛 거리에 갔을 때였다. 명청 시대의 찻집과 상가를 재현해 놓았다고 했지만 거긴 그냥 시장판이었다. 관광버스가 쏟아 놓은 관광객과 내지인 들로 대혼란 상태였다. 나는 일행의 맨 뒤에 서서 어정어정 걸어가고 있었다. 앞서 가던 이가 불쑥 향 제품을 파는 가게로 들어갔다. 일대가 너무 혼잡하기 때문에 흩어져서는 안 된다고 가이드한테 주의를 들었던 터라 다른 사람들도 그 가게에 어깨를 들이밀었다. 모두들 공연히 향 세트를 하나씩 샀다. 중국인 주인은 한국말을 제법 했고, 한국 돈도 받았다. 보라색 막대 향을 싸 받으며 나는 농담을 건넸다.

"당신은 여명을 닮았어. 잘생겼어!"

정말 영화배우 여명처럼 길쭉하게 미남인 인상이었다. 나는 엄지 손가락을 세워 보였다.

"여명?"

그가 의아스럽게 나를 쳐다보았다.

"첨밀밀도 안 봤어? 왕가위 영화."

그가 멀뚱멀뚱 나를 다시 쳐다보았다. 그때야, 아 참 여기가 공산권이지, 개방된 지 얼마 안 되니 그런 영화는 안 봤겠네, 생각했다.

"등려군을 물어봐야지. 티엔미미, 티엔미미……."

누군가가 뒤에서 거들었다. 우리 뒤에 몰려 들어온 한국 관광객들 중의 하나였다. "티엔미미 니샤오더 티엔미미……." 장난스럽게 노래를 흥얼거렸다. 식당 같은 곳에서 「야래향」이나 「첨밀밀」을 들었던 것도 같았다. 중국인 주인이 머리를 끄덕이며 새 손님들 앞으로 갔다. 정말로 등려군이 부른 그 노래를 안다는 것인지 그저 '티엔미미'라는 중국어를 알아들은 것인지 아리송했다.

"저 혹시……."

누군가가 내 소매를 잡았다. 짙은 눈썹과 긴 눈이 낯익었다. 누구지? 얼른 생각나지 않았다. 젊어서는 일란성 쌍둥이도 금방 분간해 냈는데 요즘은 비슷하지도 않은 사람을 혼동하는 경우가 잦았다. 덕수궁 화장실에서 나오는 배우 안성기에게 꾸벅 인사한 적도 있었다. 순간 연예인인지 깨닫지 못하고.

"혹시 청설모……."

그쪽에서 먼저 내 별명을 댔다.

"아! 맨발 형?"

"응, 나 맨발, 강여흠."

우리는 너무 반가워서 두 손을 잡고 마구 흔들었다. 근질근질한 웃음이 어깨를 거쳐 팔꿈치로, 손바닥으로 퍼져 나갔다. 그것은 곧 얼굴로 올라와 뇌를 잠식했다. 우리는 일행들과 헤어져 그날 밤 둘이서 밤새워 술잔을 기울였다. 이야기가 봇물처럼 터져 나왔고, 옛 기억들이 만국기처럼 펄럭였다. 강 형과 나는 대학 시절 같은 암벽 동아리의 멤버였었다.

서울에 오자마자 우리는 둘이서 산행을 시작했다.

강 형은 결혼과 함께 미국에 건너갔다. 한국으로 돌아온 지 꽤 되었다고 했다. 자세히는 말하지 않지만 그동안 어머니가 사시던 점촌에서 지냈던 것 같았다. 그의 어머니는 우리가 대학에 다닐 때에는 점촌의 버스 터미널에서 매점을 하셨다. 매점을 도운 건지 다른 일을 한 건지 알 수 없었다. 하여간 어머니가 돌아가신 뒤 서울로 올라왔다고 했다. 처자를 미국에 두고 들어온 모양이었고, 소식을 주고받는 것 같지는 않았다.

나 역시 가족과 헤어져 혼자 지내고 있었다.

송은 우리보다 한참 아래인 40대 초반이었다. 강 형 동네에 살고 있었고, 강 형과는 포장마차에서 안면을 튼 사이라고 했다. 그는 세 번에 한 번꼴로 우리의 산행에 따라붙었다. 시나리오 작가라고 했지만 알 만한 영화 대본을 쓴 것 같지는 않았다. 그는 아직 결혼도 안 한 총각이었다.

홀홀한 단신인 데다 구속받을 게 거의 없다는 조건이 우리를 강하게 묶었다. 외로움 비슷한 것이 찾아들라치면 우리는 산 아래에서 만났다. 하루거리로 북한산, 도봉산, 수락산, 불암산, 사패산에 올랐다. 가끔은 쉬운 암벽 코스나 암릉을 타기도 했다. 송은 등산 경험이 없었지만 아직 한창때였고 또한 가붓한 체격이라 암벽도 암릉도 곧잘 소화해 냈다.

우리는 장거리 산행에 나서기 시작했다. 덕유산, 설악산, 대둔산에 이미 다녀왔고, 지리산은 이번이 두 번째였다.

강 형은 내년이면 회갑이었고 나는 두 살 아래였다. 의식적인지 무의식적인지 모르겠지만 우리는 나이 든 것에 대해 별생각을 하지 않았다. 남들이 쳐다보는 시선에서 가끔 나이를 느끼기는 했다. 그러나 그것으로 그만이었다. 강 형도 나도 아직 건강했다. 가정이 파탄 난 것과는 역행하는 현상이었다. 강 형은 밥하고 빨래하고 청소하는 일이 이 세상에서 가장 쉽다고 했다. 계집 비위 맞추는 것에 비하면 식은 죽 먹기라는 것이다. 나도 그를 닮아 가고 있었다. 열심히 요리하고 청소하고 세탁기를 돌렸다. 좀 귀찮기는 하지만 차라리 속 편하다고 여기고 있었다.

  강 형은 어머니가 사시던 집을 통장과 바꾸어 우선 생활하고 있는 눈치였다. 송은 시나리오 이외에 개인들이 찍은 동영상을 DVD로 변환해 주는 일로 약간의 수입을 얻고 있는 것 같았다. 나도 그저 최소한의 생활을 꾸려 가고 있었다. 우리 모두 언제라도 무슨 일이라도 해 볼 생각이었지만 월급 받는 자리는 나타나지 않았고 장사나 투자는 역부족이었다. 가만히 있는 게 이나마의 푼돈을 유지하는 일인지도 모른다고 자위하며 하루하루를 보냈다. 신은 만복을 주는 게 아니어서 평상의 삶에서 비껴 난 우리에게도 즐거운 나날을 선사했다. '무슨 천복을 타고나서'라고 서로를 부추기며 우리는 산에 오르곤 했다.

  이런 생활이 자유요 외로움이라는 것을 알아 가는 중이었다.

3

  고속버스는 예정보다 빨리 구례터미널에 도착했다. 11시 15분이었다. 성삼재행 시외버스가 구례터미널에서 출발하도록 바뀌어 있어서 아주 반가웠다. 몇 년 전까지만 해도 그 버스를 타려면 커다란 배낭들을 택시에 싣고 구시렁대는 소리를 참으며 이동해야 했다. 하루에 몇 편밖에 운행되지 않는 터라 서울에서 내려오는 내내 강 형은 바로 연계해 타지 못할까 봐 노심초사했다. 그런데 갈아타기 딱 맞춤하게 11시 35분에 출발한다고 붙어 있었다.

표를 사고 나자 강 형의 얼굴이 비로소 펴졌다. 그는 시간 낭비를 제일 싫어하는 사람이었다. 실업자인데도 습성은 어쩔 수 없는가 보았다. 성삼재행 버스를 적시에 갈아타지 못하는 것에 대비해 그는 제2안, 제3안의 계획을 이미 세워 놓고 있었다. 그는 모름지기 계획의 왕이었고, 최고의 효율로 움직여야만 직성이 풀렸다.

20분간의 짬을 이용해 우리는 이른 점심을 먹기로 했다.

비슷비슷해 보이는 음식점들 가운데 하나를 강 형이 골라 짚었다. 출입문 앞 평상에 야영 짐이 든 빵빵한 배낭을 올려놓고 강 형이 먼저 들어갔다. 나도 그를 따라 배낭을 벗어 놓고 들어갔다. 송이 삐딱하게 던져 놓고 들어오자 강 형이 인상을 썼다. 송은 얼른 뛰어나가 자기 배낭을 우리 것 옆에 수직으로 붙여 세웠다. 산에만 오면 강 형은 카리스마 넘치는 제왕이 되었다. 송과 나는 신하처럼 따르는 편이었는데, 그건 강 형의 판단과 결정이 적절하거나 옳다는 것을 번번이 경험하기 때문이었다. 음식은 어디에서 무얼 먹을지, 어느 쪽으로 올라가서 어디로 내려올지, 물이나 식품, 장비는 얼마나 가지고 가고 어디에서 쉬고 잘 것인지 그는 산행에 관한 한 본능적인 감각을 지니고 있었다. 낯선 고장에서 음식점을 택하는 재주도 수준급이었다. 언제나 그가 선택한 음식점에 들어가서 먹어 보면 맛도 있고 값도 쌌다. 배타심 강한 시골에서 도시인이 어떻게 행동해야 할지에 대해서도 나름의 수칙이 있었다. 지금도 그는 송에게 이렇게 말한 거나 다름없었다. 우리가 이 집에 몇 푼 팔아 주지도 않으면서 필경 영업에 방해가 될 산더미만 한 배낭을 산만하게 늘어놓아서야 되겠느냐고. 그의 지나치다 싶은 조심성이 우리를 여러 번 곤경에서 구해 준 게 사실이었다.

생태찌개가 나왔다. 급하게 수저질을 했다. 밑반찬들이 입에 짝짝 달라붙었다. 물을 마시고 서둘러 계산을 했다.

성삼재행 버스에 올랐다. 전 대통령의 사망 소식이 여전히 버스 안을 채우고 있었다. 뉴스에서 벗어나 있었던 20분 동안 더 진전된 내용은 없었다. 이미 들어 아는 내용들이 계속 반복되었다. 충격적인 죽음도 노란 햇볕에 숙성되어 쉰내가 나려고 했다.

한낮의 더위가 들판으로 피어올랐다. 아직 5월인데도 무더운 기운이 대지를 잠식하고 있었다. 차창 밖으로 녹음이 지나갔다. 버스가 구불구불 산을 오르기 시작했다. 운전기사가 기어를 바꾸었고, 엔진이 부웅붕 신음 소리를 냈다. 유서가 발견되었다는 아나운서의 말이 엔진 소리를 가르고 들려왔다. 모두들 귀를 세웠다. 그러나 궁금증만 유발시켜 놓고 다음 설명 없이 하던 얘기로 돌아갔다.

"뭐야? 있다는 거야, 없다는 거야?"

송이 불만스럽게 내뱉었다. 취재원이 확실치 않거나, 혹은 아직 보도하면 안 되는 시점인지도 몰랐다. 권력자가 순간 개입한 것인지도.

"유서는 얼어 죽을 유서? 암만 생각해도 이번 일은 노사모 쪽에서 저지른 거야. 그래 가지고 덮어씌우는 거지. 죽음까지도 극대화하면서 여론 몰이를 하려고."

"형은 어떻게 머리가 그렇게 돌아가? 아직 아무것도 밝혀진 게 없는데."

"그 인간이 자살을 하겠어?"

"유서가 있다잖아. 못 들었어?"

"유서 조작하는 거야 일도 아니지."

"필체가 있을 텐데."

"컴퓨터로 쓰지 않았을까요?"

"분명 조작이야. 냄새가 나."

"뭐가 불만이야? 그토록 싫어하던 사람이 죽었으니 끝난 거 아냐? 좋아서 만만세 부를 줄 알았더니 아니시네? 뭐가 맘에 안 들어 그렇게 비트는 거지?"

"좌파는 입 다물어!"

"자살이어서 형이 손해 보는 거 있어? 왜 그렇게 무서워 벌벌 떨어?"

"벌벌 떨긴 임마, 다 나라를 걱정하는 거지."

"형이 걱정 안 해도 잘 굴러가고 있잖아. 원하던 대로 보수가 대통령도 되었고."

"자 자 자, 그만들 하세요. 꿈에 그리던 지리산이 품을 펼쳤습니다."

송이 변사처럼 읊었다. 강 형과 나는 마지못해 입을 다물었다. 더 다투다가는 이번 산행이 개판이 될 거라는 걸 둘 다 느끼고 있었다.

성삼재 주차장에 도착했다.

배낭을 짊어지고 노고단 쪽으로 오르기 시작했다. 시멘트 길이어서 산 맛이 느껴지지 않았다. 마주 오는 사람들마다 전 대통령의 죽음을 화제로 삼고 있었다. 강 형과 나는 서먹한 채로 앞서거니 뒤서거니 걸어갔다. 나는 내가 극좌라고 몰리는 이 상황을 견딜 수 없었다. 나는 극좌는커녕 좌익도 아니었다. 아니 정치 자체에 관심이 없었다. 나는 대한민국에서 가장 특수한 사람일지 몰랐다. 말하자면 생래적으로 정치에 거부감을 갖도록 만들어진 인물이었다. 아버지 일생이 사상 때문에 매몰된 집안의 자손으로서 목숨을 부지하기 위해서는 그저 기술 같은 걸 배워 천지개벽이 나더라도 밥 벌어먹고 살아야 한다고 체질로 굳은 개체였다. 나는 우익, 좌익이라는 말이 아직도 쓰인다는 데 기함을 금치 못했다. 관심도 없었던 단어들이거니와 나는 그것들이 1990년에 완전히 무덤으로 들어간 줄 알았다. 동구권이 무너지는 뉴스를 보며 그렇게 생각했고, 아 이제는 정말로 냉전이 끝났구나, 자유스러움을 느꼈다. 그때의 느낌을 상해에서 오랜만에 만난 강 형에게 어쩌다 토로한 것이 잘못이었다. 그 말을 하며 아버지의 과거를 털어놓았던 게 크나큰 실수였다. 평생 아무에게도 하지 않던 말을 왜 그날 강 형에게 발설했는지 알 수가 없다. 아마 외국이었고, 공산권 국가였고, 20년 전에 이미 냉전은 끝났고, 강 형이 너무 반가웠으므로 나는 턱없이 감상적이 되어 마음속 깊이 가두어 두었던 말들을 풀어 놓았으리라. 처음에는 내가 내뱉은 말들이 어떤 결과를 초래했는지 알지 못했다. 강 형은 내 어깨를 두드려 주었고, 내 기분에 공감해 주었다. 아니 그러는 것 같았다. 새벽녘에 나는 꺼이꺼이 울기까지 했다. 그러나 결과적으로 그날 이후 나는 강 형에게 좌익을 넘어 극좌로 낙인찍혀 버렸다. 무슨 말을 하면, 어떤 견해를 피력하면 그것이 곧 정치적 사회적 입장으로 확대되어 좌익이며 극좌라고 몰리는 상황이 벌어졌다. 왜 번번이 그렇게 되는지 알 수가 없었다. 강 형은 내가 겪어 본 사람 중 가장 양심적인 부류에 속했다. 그는 겸손했고, 무엇이든 솔선수범했으며, 옆 사람을 배려했고, 남을 이용하거나 부려 먹지 않았다. 까칠함만 빼고는, 아니 까칠하기 때문에 진심이 느껴지는 사람이었다. 그의 까칠함은 철저함이랄까 완벽을 추구하는 성향으로 자기 자신을 벼랑까지 내모는 성벽이었다. 당연히 얼렁뚱땅 행세하는 사람들을 싫어했다. 그는 또 매우 소심해서 자기를 향한 적대감을 눈곱만큼도 견디지 못했다. 그런 성격이 아내와의 관계에서 문제를 일으키지 않았을까 짐작되었다. 그런데 유독 정치에 대해서만큼은 미치지 않았나 싶을 정도로 그악스러웠고, 남의 입장이나 의견을 전혀 수용하지 못했고, 토론 자체가 아예 불가능했다. 정치에 관한 한 항상 자기가 옳았고, 번번이 감정을 억제하지 못하고 폭발했다. 나는 내가 극좌로 몰릴 때마다 속으로 놀라 따져 보곤 했다. 내가 정말 좌익이고 극좌인가. 강 형의 말에 의하면 우리 아버지의 일생이 좌익 쪽이었기 때문에 나도 어쩔 수 없이 편향된 시각을 갖는 거라고 했다. 좌익이라는 건 좀 뭣하지만 솔직히 어떤 사안은 진보 진영의 입장이 옳다고 여겨지기도 했다. 그러나 나는 선거를 한 번도 해 본 적이 없는 사람이었다. 평생 한 번도 투표하러 가지 않았다. 나뿐만 아니라 누이들도 동생들도 그러했다. 그러라고 시킨 사람도 없었고 누구의 눈초리를 느껴서도 아니었다. 그러나 우리 형제는 모두 저절로 그렇게 했다. 아버지의 일생이 너무 참혹했으므로. 그것이 우리들에게 미친 영향이 너무나 끔찍했으므로. 자연적으로 그렇게 한 것이다. 그래서 비정치적 체질이라고, 그것이 생래적이라고 말하는 것이다.

노고단 대피소를 지나 돌계단을 올라갔다. 숨이 턱에 차올랐다. 씩씩대며 가까스로 오르자 노고할매의 조바위가 꼭대기에 얹힌 것 같은 우스꽝스러운 돌무더기 탑이 나타났다. 애초 화랑들이 쌓았다고 했지만 어디선가 심술궂은 웃음소리가 컬컬 들려오는 것 같았다. 노고할매는 대차고 강인하며 심보 사나운 여인 같았다. 큰 산의 단 위에 서서 수만 년 세월을 견뎠을 그네를 생각해 보았다. 숱한 칼바람과 어둠, 말발굽 소리, 아우성…… 잠깐 살고 가는 내가 어찌 그네의 심정에 가 닿으랴? 돌탑 주변을 시계 방향으로 세 바퀴 돌았다. 제사상 앞에서 향로 위로 술잔을 세 번 돌릴 때처럼.

"한 장 박아라. 우리도 한 장 찍고 가자."

강 형이 말했다. 송이 카메라를 꺼내 들었다. 옆 사람한테 부탁해서 셋이 함께 사진을 찍었다. 찰칵, 시간이 고정되었다. 노고할매 위에, 화랑들 위에, 2010년 강 형과 나와 송의 현재가 겹쳐졌다.

돼지령으로 향했다. 강 형은 시간이 빡빡하다며 쉴 짬을 주지 않았다. 그는 만에 하나 있을지도 모르는 사고에 대비해 세심한 주의력과 고도의 집중력으로 산행을 이끌어 나갔다. 오후에 산을 오르기 시작했으므로 노루목까지 가서 반야봉에 들렀다가 다시 내려와 주 능선을 타고 화개재까지 가자면 시간이 급하긴 했다. 그러고도 길디긴 뱀사골 계곡을 하염없이 내려가야 하는 것이다. 자정쯤 되어야 야영장에 도착할 것 같았다.

임걸령 샘터에서 먹을 물을 병에 담고 세수를 했다. 해가 서쪽으로 기울어 가고 있었다.

노루목 삼거리에서 방향을 틀어 반야봉으로 올랐다. 계속되는 오름에 지쳐 속도가 나지 않았다. 한 걸음 한 걸음 오직 발에만 신경을 집중했다. 땀범벅이 되어 겨우 정상에 도착했다. 반야봉이라고 쓰인 두 뼘 정도의 조그마한 정상석이 나를 보고 피식 웃었다. 뭐 그 정도를 가지고 힘들어하느냐고. 1732미터의 우람한 반야봉에 비하면 이름표는 작은 야생화 같았다. 햇볕에 하얗게 바랜 채 구름밭을 밟고 서서 야무진 얼굴로 저 멀리 세속을 굽어보았다. 바람이 불어왔다. 퍼덕이는 소리가 들렸다. 반달곰을 만났을 때의 수칙이 적힌 플래카드가 나무에 매여 있었다. 사람 쪽에서 먼저 먹이를 주거나 남은 음식을 버리면 안 되고, 등을 보이고 도망가서도 안 되고, 촬영을 하면 위험천만이라고 했다. 플래시같이 번쩍이는 움직임을 위협으로 알아 공격한다는 것. 침착하게, 시선을 피하지 말고 곰의 움직임을 주시하면서 천천히 뒤로 물러나라고 했다. 금속성 소리를 싫어하기 때문에 호루라기를 가지고 다니면 좋다고도 씌어 있었다.

"호루라기를 사 오는 건데 그랬네."

"지리산에서 자는 건 이제 틀렸어. 열세 마린가 방사했다지? 실제 어떤 상황인지 모르니까. 곰은 무서워. 가다가 어두워지면 텐트를 칠까도 생각했지만 암만해도 위험해. 우리가 음식을 갖고 있기 때문에 더욱더 안 돼."

강 형은 미국에서 죽을 뻔했던 얘기를 연이어 했다. 회색 곰을 직접 만났다는 것이다. 혼자 산에 오르는데 회색 곰이 쫓아왔고, 죽었다고 생각하는 순간 어쩐 일인지 녀석이 갈림길 저쪽으로 갔다고 했다. 아마 새끼가 그쪽 어딘가에 있지 않았을까 짐작하면서 천

운이었다며 진저리를 쳤다. 회색 곰은 특히 덩치가 크고 어깨에 혹이 있고 성질이 사나운 데다 힘이 엄청나다는 말도 덧붙였다.

「그리즐리 맨」이라는 영화가 생각났다. 회색 곰을 너무나 사랑하는 곰 연구가가 캐나다 어느 산림에서 곰들과 생활하다 결국 곰에게 잡아먹히는 기록영화였다. 잡아먹힌 직후 동료들이 달려가 녀석을 총으로 사살하고 배를 갈랐을 때, 옷 입은 채 토막 나 들어간 연구가와 그의 여자친구 시신이 절단 난 인형들처럼 들어 있었다.

"곰 위험지역에서는 야영할 때 모든 음식물을 밀폐 용기에 담아야 해. 그걸 보관하는 장소가 따로 있어. 텐트 안에는 식품을 전혀 두지 않고. 미국이 역사가 짧다고 하지만 국립공원 같은 건 기초가 다져진 지 100년이 넘어. 원체 광활한 나라니까."

강 형은 요세미티, 자이온, 옐로스톤 등으로 꽤나 돌아다닌 모양이었다.

"어디가 제일 커요?"

"면적 비교하는 거야 의미가 있나 뭐."

"어디가 제일 좋아요?"

"과달루페에서 내려다보던 황원이 많이 생각나. 거긴 남부 쪽인데 해발 1000미터가 넘어. 정상에 올라 아래를 굽어보노라니 서부극에서 봤던 황원이 끝없이 펼쳐져 있는 거야. 뭉클했지. 단지 영화에서 봤을 뿐인데도 그런 게 그리움이 되나 봐. 내가 주인공이 되어 흙먼지를 날리며 마구 말을 몰아 달리는 것 같았어. 자랄 때 서부극을 너무 보았나 봐. 참, 뭐였더라? 황야가 붉게 물들면 카우보이는 짐을 꾸린다? 그 비슷한 문구가 저런 플래카드에 씌어 있었어."

우리들은 웃었다. 강 형의 결혼 생활은 길지 않았던 것 같았다. 슬하에는 딸 하나뿐이고, 한국 교민들이 많은 로스앤젤레스가 아니라 샌프란시스코에 살았다고 했다. 자영업으로 성공한 적도 있지만 귀국할 때는 빈털터리였던 것 같았다. 한국에 돌아와서는 어머니 옆에서 소리 없이 살았고, 산에 다니고 싶어서 서울로 이사 왔다고 했다.

사실 서울 근교의 산만큼 다채롭고 재미 진 산들은 없었다. 암벽을 할 사람은 암벽을 하고, 암릉을 할 사람은 암릉을 하고, 워킹을 할 사람은 워킹을 할 수 있었다. 장년기 화강암인 인수봉과 선인봉이 불멸의 자태로 떡 버티고 있고, 북한산 도봉산을 에워싸고 있는 암릉 코스가 각각 열 개가 넘었다. 산정으로 이르는 길은 수십 수백 개였다. 북한산만 일별해 보더라도 인수봉, 백운대, 만경대, 숨은 벽, 염초봉, 노적봉, 의상봉, 원효봉, 향로봉, 비봉 등 숱한 봉우리들이 시시때때로 모습을 바꾸며 바라보는 사람을 유혹했다. 참 이성계가 도읍을 정하긴 잘 정했어, 무학대사가 탁월한 풍수 안목을 지닌 거지, 산에 갈 때마다 모두들 감탄하게 되었다.

반야봉을 내려왔다. 노루목 삼거리에서 다시 주 능선을 탔다. 이미 많이 올라와 있는 터라 오르내림이 심하지는 않았다.

삼도봉에서 배낭을 내려놓고 전라북도, 전라남도, 경상남도의 경계를 알리는 삼각뿔을 배경으로 사진을 찍었다.

참을 먹고 가기로 했다.

송 군이 집에서 얼려 가지고 온 햄버거를 꺼냈고, 내가 역시 얼려 온 맥주를, 강 형이 육포와 초콜릿을 꺼냈다. 석양빛 아래 빛나는 만찬이 시작되었다. 햄버거는 알맞게 녹아 부드러웠고 아직 얼음덩이를 간직하고 있는 맥주는 시원했다. 운해를 뚫고 불어오는 바람이 귓불을 스치고 지나갔다. 반야봉이 머리 위에서 아버지처럼 우리를 지켜 주고 있었다. 저 멀리 남부 능선들이 아득하게 보였고, 동쪽으로 촛대봉, 연하봉, 천왕봉 줄기가 산맥처럼 뻗어 있었다.

"육포 맛있네."

내가 말했고,

"이모님이 해 주셨어."

강 형이 대답했다.

"감칠맛 나는 게 정말 맛있네. 느끼하지 않고."

"미국 육포는 진짜 맛없어."

"기름기 있는 고기를 치덕치덕 썰어 말려 누린내 나지요? 무식하게 두껍고."

"한국 참 잘살게 되었어. 산에 와서 고기도 먹고."

"옛날엔 쌀밥에 고기반찬이 최고였는데. 명절날에나 먹어 볼까. 지금은 뭐 쌀밥에 고기 못 먹는 사람 있어? 먹기 싫어서 못 먹지."

"왜 그래도 고기가 비싸요."

"얌마, 넌 요리해 놓은 거 사 먹어서 그렇지. 싸디싼 수입 고기가 천지야."

"우리 어릴 땐 정말 가난했어. 굶는 집도 많았고. 거지도 있었잖아."

"있었고말고. 많았지. 아침저녁으로 깡통 들고 다니고. 상이군인들도 있었지."

"갈고리 손 쑥 내밀면 모두들 무서워서 떨었지."
"미국 덕분에 잘살게 되었어."
"?"

내가 웃었다. 그저 웃은 것이었는데, 피식 비웃었다고 생각한 모양이었다. 강 형의 이마에 주름이 모였다.

"소련에 붙어먹은 이북을 봐라, 다 굶어 죽게 되었지."
"그렇게 단순하게 말할 수 있나?"
"또, 또, 또, 저런다! 이놈의 나라는 하여간 좌익의 나라야. 기독교의 나라고. 뿌리를 캐 보면 전부 그것들이야."

강 형이 또 폭발하려고 했다. 더 건드리면 단번에 발광 수준이 되기 때문에 나는 나를 누르고 가만히 있었다. 이러다가는 조만간 강 형과 의절을 하고 산행을 그만둘 수밖에 없을 것이다. 그러나 아무리 생각해도 산행 파트너로서 강 형만 한 상대가 없었다. 그는 우선 활력이 넘쳤고, 계획과 진행을 완벽하게 했으며, 언제나 스스로 책임을 다했다. 나는 나를 가라앉혔다. 비겁하긴 하지만 실리를 취하자고 마음먹었다.

강 형은 자기가 이민 가서 살던 미국에 대해서는 별로 좋은 감정이 아닌 것 같았다. 그러나 정치적 사상적 차원에서는 언제나 친미 극우 보수였다. 송의 말에 의하면 조선, 동아, 중앙일보를 다 본다고 했고, 매일 한 글자도 빠짐없이 탐독한다고 했다. 그 때문인지 모르는 게 없었다. 특히 시국 사건 같은 것에 대해서는 그 태동부터 원인, 발단, 전개, 결말, 향후 영향에 이르기까지 낱낱이 꿰고 있었다. 촛불 시위라든지 동두천 여중생 사건, 이태원 살인 사건 등에 대해 누가 한마디라도 할라치면 대번에 대포를 쏘아 대며 싸움을 벌였다. 그는 거침없이 미국을 두둔했고, 미국의 입장과 미국인의 상식, 미국의 관습에 대해서 주한 미국 대사처럼 말했다. 그의 논지는 주둔국에서는 항용 그런 일이 일어나기 십상이라는 것. 그들은 떠나면 그뿐이지만 우리는 그들을 절대 필요로 하므로 우리 쪽에서 대가를 지불할 수밖에 없다고 했다. 기가 막혀서 형은 미국인이냐고, 아직도 그쪽 국적이냐고, 그래서 그렇게 편드는 거냐고 내가 대들면, 세상 이치를 그렇게 모르느냐고 우물 안 식 국수주의를 비난하며 한국인의 촌스럽고 감정적인 반응에 분통을 터트렸다. 내가 수긍하지 않자 화가 나서 조센징은 어쩔 수 없다고까지 싸잡아 비하해 댔다. 형은 조센징이 아니냐고 따져야 했지만 칼부림이라도 날까 겁이 난 내가 그쯤에서 입을 다물곤 했다.

나는 가끔 진지하게 따져 보곤 했다. 강 형은 도대체 왜 저렇게 정치에 흥분하고 적개심으로 미쳐 날뛰는가. 별 이득도 상관도 없어 보이는데. 정치 얘기만 나오면 꼭 거기에 목숨을 건 사람 같았다. 이건 뭐 반대하고 지지하는 차원이 아니었다. 상대편에 대해 분노를 넘어서서 증오심을 지니고 있었다. 강 형의 일생을 더듬어 보았다. 평범한 삶이었다. 정치적으로는. 집안에 정치인이나 정치 희생자도 없어 보였다. 무엇이 강 형을 저토록 강짜로 만드는지 의아스러웠다.

짐을 챙겼다. 배낭을 메고 다시 능선 길을 걸었다.
"어느 논둑에 파묻었대요? 우리 찾으러 갑시다."
"봉하마을 논둑이겠지 뭐."

"1억 원짜리래요, 1억 원!"
"피아제 시계가 그렇게 비싼가?"
마주 오는 사람들이 그런 대화를 흘리고 갔다.
"찾기만 하면 1억 원이네."
송이 그들의 말을 넘겨받았다.
"두 개니까 2억 원이야, 임마."
강 형이 희희낙락 맞장구쳤다.
"상품권은 찢어 버렸다지요?"
"그걸 믿을 사람이 어디 있어? 거짓말을 하려면 좀 그럴싸하게 해야지. 서민의 대통령이라는 작자가 초호화 시계를 받다니!"
"형들은 그 시계 봤어요? 좀 큰가?"
송이 강 형을 돌아보고 또 나를 쳐다보았다.
"얌마, 비싸다고 크냐?"
강 형과 송은 계속해서 지껄였다. 비열한 내용이 한없이 이어졌다. 나는 이 야유의 분위기가 싫었다. 어쩌다 그런 일이 일어났는지, 당사자가 법원 앞에서 국민들에게 말했듯, 정말 면목이 없었다. 대통령이란 자리는 그런 일들로 점철돼 있는지 대통령이 되어 보지 않아서 알 수 없었다. 어쨌든 본인이 오늘 아침에 죽었지 않은가. 죽은 날만이라도 저 조롱을 멈출 수 없겠는가.

해가 지고 있었다. 공기는 서늘해졌고, 산마루를 넘어온 바람이 등을 밀었다. 석양을 등에 지고 우리는 검은 실루엣으로 점, 점, 점 걸어갔다.

눈 아래에 평원이 보였다. 화개재였다. 뱀사골 대피소가 저녁 어스름 속에 나무다리처럼 서 있었다. 건물이 아니라 지붕 없는 쉼터 같은 구조물이었다. 걸음을 빨리했다. 인적은 끊겼고, 새들도 둥지로 돌아갔는지 조용했다. 이 세상에서 제일 작은 꽃들이 눈 내린 듯 하얗게 평원을 덮고 있었다.

대피소 바닥에 배낭을 내려놓고 의자를 하나씩 차지하고 앉았다. 저녁 이내가 내리기 시작했다. 물병을 꺼내 돌아가며 물을 마셨다.
"저 아래가 어디예요?"
송이 남쪽 골짜기를 가리켰다.
"목통골. 더 내려가면 화개."
"그래서 여기를 화개재라고 하는군요?"
"형 고향이 화개 아니야?"
내가 물었다. 화개 얘기를 강 형에게서 들었던 기억이 났다.
"고향은 딴 데야. 하동서 자랐지."
"하동? 하동이 화개 옆이야?"
"근방이지."
"그럼 더러 여길 올려다보았겠네?"
"그랬지. 애들하고 노상 들로 산으로 쏘다녔으니까."
"그리운 곳이네?"
"산에 풀이 소복하게 자란 곳들이 있었어. 대개 바위 옆이었고 철모와 총이 나뒹굴어 있었지. 삐비라는 거 알아? 삐라기라고도 하는 풀. 시체가 거름이 되어 무성하게 자란 걸 모르고 살찐 삐비 순을 쪽쪽 뽑아 먹었지. 땅을 파 보면 해골과 다리뼈 같은 것들도 막 나오고. 해골에 구멍이 나 있는 것도 있었어. 그런 걸 가지고 다니면서 던지고 차고 놀았어."

"언제까지 여기 살았는데?"

대학 시절에는 그의 집이 점촌이었다는 것을 떠올리며 내가 물었다.

"초등학교 5학년."

"그때 점촌으로 이사 간 거야?"

"아니. 다른 데 좀 살다가……. 점촌이 어머니 친정이셨지."

강 형의 표정이 아련해졌다. 좀 슬픈 것도 같았다. 나는 말을 잘못 했나 싶어 얼른 화제를 돌렸다.

"유년 시절 기억은 다 여기 있겠네."

"응. 중요한 건 다 여기 있어. 예쁜 선생님 생각도 나고."

"첫사랑?"

"글쎄…… 그쪽으로 몰아가기에는 너무나 모성적인 사랑이라고 나 할까. 초등학교 1학년 땐지 아무튼 굉장히 어렸을 땐데 대원사 골짜기로 소풍을 갔어. 개울을 건너야 했는데 선생님이 우리들을 한 명 한 명 전부 업어서 건네주셨지. 선생님 등에서 내려 작은 키로 바라본 골짜기가 너무나 아름다웠어. 주황 노랑으로 풍성하게 무르익은 단풍이며 습습한 기운, 근원 모를 숲의 깊이……. 내 평생 더 이상 아름다운 경치를 본 적이 없어. 가슴이 저리고 눈물이 났지. 자연을 향한 내 행보가 그때 시작되었던 것 같아. 너무도 그리워서 5학년 여름방학 때 친구들을 데리고 다시 거길 찾아갔어. 굉장히 멀었지. 아이들이 도보로 갈 수 없는 거리였어. 친구들을 부추기며 하루 종일 걸어서 갔던 생각이 나. 중학교 때도, 고등학교 때도 가 보았어. 그때부터는 늘 혼자였지."

"왜 이사 간 거야?"

어머니 친정 쪽으로 갔다는 게 마음에 걸려 결국 묻고 말았다.

"아버지가 전근 가셨으니까."

"전근? 아버님이 월급쟁이셨어?"

"응, 공무원."

"공무원?"

나는 놀랐다. 처음 듣는 얘기였다. 강 형 하면 항상 홀어머니가 조그만 장사를 한다는 애처로운 느낌 비슷한 것이 이면에 묻어 있었다.

무슨 공무원을 하셨을까? 당시에는 공무원이라고 해 봤자 이런 시골에서 뭐 별거 없을 것 같았다. 면 서기 같은 걸 하셨나? 그래서 강 형이 노상 여당 쪽을 지지하나? 막연히 그런 생각이 들었다. 강 형이 우리 아버지의 이력 때문에 나를 좌익으로 모는 것처럼 나도 그의 아버지를 떠올리며 그의 여당 성향을 짐작해 보았다. 면 서기든 뭐든 그 시절에는 국가의 하수인 노릇을 하지 않을 수 없었을 것이다. 선거 때 사람들에게 고무신을 나눠 주고 막걸리를 사 주며 한 표 찍으라고 강요하던…… 반대파를 감별해 내 불이익을 주던…… 그런 부모의 행동이 성장기의 아이에게 영향을 미치지 않았을 리가 없다.

벌써 어둑어둑해져 있었다. 밤안개가 무릎 아래로 깔리기 시작했다.

멀리서 불빛들이 일렁거렸다.

강 형은 떠날 생각을 하지 않았다. 남쪽을 바라보다가, 북쪽을 바라보다가, 또 천왕봉 쪽을 바라보았다. 그러고는 다시 남쪽 난간에 기대어 하염없이 화개 쪽을 내려다보았다. 송과 나도 긴 의자에 누워 나른한 피곤을 달랬다. 이제 랜턴을 켜고 내려갈 일만 남아 있었다.

어둠이 점점 짙어졌다. 큰 산의 숨소리가, 밤의 숨소리가 쉬익쉬익 들려왔다. 우리들의 숨소리도 밤에 스며들어 들리지 않았다.

"넌 어쩌다 털어먹었냐? 마누라는 어째서 보냈고?"

멀리에서 날아온 듯 갑자기 강 형의 목소리가 들려왔다. 표현은 거칠었지만 애상이 담겨 있었다.

"어째서 보내긴. 탈탈 털어먹었으니까 보냈지."

나는 후후 웃었다.

"그래도 평생 산 부부가 아니냐? 넌 결혼 잘했다고 생각했는데."

"사람은 철저히 현실의 동물이야. 아무리 좋았던 과거도 참패한 현실 앞에선 힘을 발휘하지 못해."

"서로 애석해하며 등 두드려 주고 살 수는 없었을까? 좀 여의치 않아도."

"어려워. 그게 어렵던걸."

"퇴직금까지 다 없애 버렸어?"

"이리저리 다 녹았지. 위자료 주고."

나는 입맛을 다셨다. 어색했다. 강 형과 나는 이런 대화를 나눠 본 적이 없었다. 같이 산에 다녔지만 옛날에나 지금에나 사생활에 대해 깊이 얘기하지 않았다. 왜 그랬는지는 모르겠다. 하여간 우리 사이의 분위기가 그랬다. 나는 생각해 보았다. 왜 탈탈 털어먹었을까?

맨 처음 3층짜리 건물을 샀던 게 잘못이었다. 아니 운이 없었다고 해야 옳았다. 동대문시장 상인들의 진단처럼. 나는 결혼을 늦게 했고 퇴직 당시 아이들이 대학생이었기 때문에 퇴직금을 야금야금 빼서 쓰는 생활 방식을 택할 수 없었다. 물론 퇴직 전부터 마음의 준비를 단단히 했다. 각오와 결의와는 달리 다달이 생활비와 교육비가 팽팽하게 들어갔다. 대기업에 다니는 가장의 가족으로 한껏 높아져 온 식구들의 씀씀이는 고정적인 수입이 중단됐는데도 결코 낮아지지 않았다. 나는 퇴직 전과 마찬가지로, 아니 그 이상의 수입을 올려야 했다. 가장 안전한 방법이 자그마한 건물을 하나 사서 임대료를 받는 것이었다. 나는 발바닥이 부르트도록 돌아다닌 뒤 3층짜리 낡은 건물을 샀다. 내가 가진 모든 것을 투자해서. 전 재산을 던지지 않고는 건물이라고 이름 붙은 것을 살 수 없었다. 그러나 그건 너무 쉬운 방법이었고, 모든 쉬운 일에는 함정이 도사리고 있었다. 임대료는 계산대로 나오지 않았고 담보대출 이자는 춤을 추며 올라갔다. 결정적인 망조가 든 것은 옷 가게를 한다고 해서 들인 여자가 밤에 몰래 술집을 차려 난잡한 영업을 하다가 영업정지 처분을 받은 일이었다. 명도 소송까지 벌여 그 여자를 내보내는 동안 건물 이미지가 추락되어 다른 세입자들까지 장사가 안 된다고 임대료를 잘라먹었다. 건물을 세놓고 사는 게 그토록 어려운 일인 줄 처음 알았다. 아니 운이 없었다. 그 옆 건물은 임대료가 꼬박꼬박 나오고 있었으니까. 옆 건물의 주인은 심지어 한 다리가 불편한 노인이었다. 임대 수입이 대출이자보다 적게 나오자 건물을 내놓지 않을 수 없었다. 약점을 알고 악랄하게 치고 들어오는 선수를 당해 낼 재간이 없었다. 투자금은 가루가 되어 뭉텅뭉텅 날아갔다. 애초 건물 대신 펀드를 사자고 졸랐던 아내는 나를 비난하고 헐뜯었다. 어디서 들었는지 교도소 안 얘기를 들려주기까지 했다. 출소를 앞둔 사기 전과범들은 수십 년 직장 생활을 접는 멍청이의 이름과 주민등록번호를 수천만 원을 주고 산다는 것이다. 이름과 주민등록번호만 알면 수개월 내에 멍청이의 퇴직금을 송두리째 꿀꺽 삼킬 수 있으므로. 내가 그런 경우에 걸려든 거라고 아내는 우겼다. 그러나 아무리 생각해도 그건 운이었다. 생머리를 얌전하게 뒤로 묶은 여자가 불법 술집을 차려 난잡한 영업을 할지 누가 알았겠으며, 한국은행장까지 나서서 내려간다고 장담하던 대출이자가 연속 상승할지 누가 알았겠는가? 아내는 쇳소리로 따졌다. 당신이 사람들을 무자비하게 가차 없이 다룰 수 있어? 독종 중의 독종이라야 남의 돈을 받아먹고 사는 거라고! 아내는 어렸을 때 자기 어머니가 시장판에서 일수놀이 했던 것을 몸서리치게 기억했다. 여러 이유로 다른 직업을 택할 수 없었던 장모는 소액의 돈으로 일수 장사를 시작했는데, 하도 떼어먹혀 매일매일이 싸움판이었다고 했다. 아내는 자기 이외의 사람들을 믿지 않았다. 한심하다는 듯 나를 바라보며 말했다. 회사에서야 당신 지위가 있고 계통이 서 있으니까 아랫사람들이 말 잘 듣지, 바깥에서도 그럴 거라고 생각하면 큰 오산이야. 우리 같은 물렁뱅이가 상대할 수 있는 건 그저 은행 정도라고! 그녀의 판단은 옳았다. 그러나 그녀가 시키는 대로 했다 해도 증권은 폭락했고 펀드는 녹아 버렸다. 그러니까 운이 없었다고 할 밖에. 나는 패자부활전을 꿈꾸었다. 피시방을 인수해 다섯 달간 뼈 빠지게 운영했고, 주방일을 직접 배워 한우 소고기집을 차렸다. 모두가 계산 착오라는 게 밝혀졌다. 뒤늦게 내가 깨달은 것은 돈을 벌려고 아등바등하면 할수록 돈이 사라진다는 사실이었다. 아무 일도 하지 않는 것도 말하자면 운이고 재주였다. 나는 밤낮없이 공부해 또 공인중개사 자격증을 땄다. 자본 없이 돈 벌기 위해서 할 수 있는 최선의 선택이었다. 그러나 오랜만에 취직해 양복 입고 출근해 보니 내게 떨어진 첫 업무가 실제로는 있지도 않은 땅을 사기로 파는 일이었다. 나의 진로는 거기서 멈추었다. 나는 이튿날 출근하지 않았다. 우리 가족은 공황 상태에 빠졌고, 소위 신빈곤층으로 전락했다. 식구 모두 가난에 대한 내성과 대처 능력이 전혀 없었다. 우리는 모두 화가 났고, 현실을 받아들일 수 없었고, 나날이 형편이 더 어려워지는 것이 상대 탓인 것만 같았다. 처음에는 서로 마주치면 시선을 피했지만 나중에는 이를 드러내고 으르렁거렸다. 아르바이트라도 하라고 딸년에게 소리친 날 아내는 내 따귀를 후려갈겼다. 순간적으로 내 오른발이 아내의 뱃구레를 걷어찼다. 하필이면 그때 내 입에서 "당신은 똥 만드는 공장이냐."라는 말이 나갔다. 미리 생각한 것은 아니었다. 단지 그 말이 똥처럼 괄약근 밖으로 쑥 미끄러져 나갔을 뿐이다. 평생 품어 온 감정이었다. 가만히 집에 앉아 온갖 비판만 해 대지 말고 직접 나가 벌어 보시지 그러느냐는, 내 분노가 결집된 말이었다. 어쨌든 그 말은 좀 심했고, 입 밖으로 내서는 안 되는 말이었다. 아내의 눈동자가 순간 하얗게 굳어졌다. 그것으로 끝이 났다.

아내는 발딱 집을 나가 이혼 소송을 제기해 왔다. 모든 방법을 동원해 용서를 구하고 화해를 청했지만 아내는 요지부동이었다. 아내에게는 모욕이 문제가 아니었다. 아내는 다만 내게서 현재를, 희망을 잃었던 것이다. 그녀는 혼자서라도 희망을 찾아야 했다.

이 모든 일이 퇴직 후 몇 년 동안에 속사포로 일어났다.

상해에 갔을 때는, 내일 아침 눈을 뜨는 순간 죽어 있었으면 좋겠다는 심정이었다. 강 형을 만나지 않았다면 지금처럼 홀홀해졌을지 의문이었다.

"사는 게 다 그래……."

여운을 두며 강 형이 말했다. 그는 상념에 잠겨 있었다. 밤바람이 불어왔고, 나뭇잎들이 스산거렸다.

"아버지가 중학교 2학년 때 돌아가셨지. 오래 앓으시다가……."

강 형은 여전히 시간 속에 잠겨 있었다.

"공무원 하셨다며?"

내가 되물었다.

"재직 중 다친 게 화근이 되어……."

"재직 중에? 무슨 공무원이셨는데?"

대답이 없었다.

희미한 짐승 소리가 들렸다. 약간 칭얼대는 듯한 소리였다.

"저게 무슨 소리지? 오소리일까?"

"큰 짐승인데."

강 형이 밤 속으로 귀를 기울였다.

"곰이야. 새끼 곰이 어미한테 투정 부리네."

"정말? 이 근처에 곰이 있을까?"
"농장에서 키우는 걸 거야. 밤이라 멀리까지 소리가 들리는 거지."
"곰 키우는 데가 있어?"
"몇 군데 있어. 올무에 걸린 것 같지는 않잖아."
"그러게."
우리는 투정 섞인 칭얼거림을 한참 동안 듣고 있었다.

4

급하게 하산한 여세를 몰아 텐트를 치고 나니 11시 50분이었다. 자정이 아직 안 되었다는 생각에 일찍 숙제를 마친 학생처럼 마음이 가벼웠다. 이로써 오늘 할 일은 다 한 셈이었다.
"길 저쪽에 슈퍼마켓 있던데 갔다 올까?"
강 형이 말했다.
"문 닫았겠지."
"내려오다 보니까 열었더라고. 음식점을 겸하는지 메뉴도 씌어 있었고. 심야에도 하는 것 같아."
"그래? 그럼 가 보지 뭐. 출출하기도 하고."
강 형과 나와 송은 나란히 야영장 입구로 나갔다. 커다란 배낭을 벗어 놓은 터라 몸이 가벼워 새가 날아가는 것 같았다.
길 건너 쪽으로 슈퍼마켓이 불을 밝히고 있었다. 야영장 손님 때문에 24시간 영업을 하는 모양이었다.

미닫이문을 밀고 들어갔다. 50평쯤 되어 보이는 커다란 홀을 반으로 갈라 한쪽에는 슈퍼마켓을, 다른 한쪽에는 음식점을 차려 놓고 있었다.

"라면 먹을까? 정식 식사는 좀 과한 것 같지?"

"도토리묵도 있네요."

"그래? 그럼 그걸 먹지. 막걸리하고."

주문을 하고 우리는 둥그런 양철 테이블에 둘러앉았다. 텔레비전에서는 자정 뉴스를 하고 있었다. 아침에 사망한 전직 대통령의 모습들이 화면으로 지나갔다. 낙향한 후 맥고모자를 쓰고 동네 사람들과 어울리는 모습, 자전거 뒤에 손녀를 태우고 달리는 모습, 봉하마을을 찾은 손님들에게 뭐라 말하며 웃는 모습……. 가슴이 쩡했다. 저렇게 펄펄한 사람이 돌연 사라지고 없다는 데 대한 무상함이 밀려왔다. 체격이 크진 않지만 땅땅하고 두툼해서 그런지 그 존재감이랄까 실체감이 듬쑥했었다. 때문에 죽음과 대비해 생각해 보지 않은 것이다. 어쨌든, 누가 뭐라 하든, 어떤 평가를 내리든, 격정적인 삶이었던 건 분명했다.

도토리묵이 나왔다. 우리는 술을 따르고 마셨다. 너무 슬퍼하지 마라……. 아나운서의 음성이 고즈넉해졌다. 삶과 죽음이 모두 자연의 한 조각 아니겠는가. 미안해하지 마라. 누구도 원망하지 마라. 운명이다……. 우리 셋은 고개를 들고 텔레비전을 바라보았다. 우리가 산에 있는 동안 유서가 공개되어 반복해 보도되는 것 같았다. 나는 술을 한 모금 들이켰다.

"자살한 거 맞네."

젓갈로 묵을 집으며 내가 말했다.

"원망하지 마라?"

강 형의 입매가 비틀어졌다.

"웃기는 놈. 박현차에게 한 말이야. 허드슨 강의 그 아파트 수사 물 건너갔네."

"그렇겠지요? 그거 가지려고 자살한 거 아닐까요? 자손한테 물려주려고."

"그렇다고 죽어? 죽으면 본인은 사라지는 건데. 넌 그런 경우에 자식한테 뭐 남겨 주려고 죽을 수 있어?"

"그거야 모르죠."

송이 말꼬리를 꼬았다. 비아냥의 기운이 느껴졌다. 송과 강 형은 이런 때 한패였다. 나는 또 술잔을 끌어당겼다.

"토종꿀 좀 묵어 보소. 오늘 땄는 긴데 한 숟갈씩 내 서비스하지예."

주인 사내가 주방 쪽에 있는 커다란 양푼을 가리켰다. 그는 이미 불콰하게 술이 올라 있었다. 길고 긴 밤, 술로 장사를 버티는 것 같았다. 나는 일어나서 꿀 양푼 앞으로 갔다. 밀랍을 젖히고 꿀을 한 숟갈 듬뿍 떠서 입에 넣었다. 까무러칠 정도로 달고 맛있었다. 어르르 취기가 돌았다. 나는 어정어정 슈퍼 매대로 갔다. 공연히 과자와 라면을 꺼내 보고, 맥고모자를 써 보고, 칫솔과 비누를 만지작거렸다.

"털어서 먼지 안 나는 사람이 어디 있습니까? 우리의 대통령이었는데 예우를 해 드려야지요. 사람이 사는 데는 덕이 필요한 법이지요……."

말이 점잖았다. 나는 뒤돌아보았다. 여든은 되어 보이는 노인이 화면에 떠 있었다. 순백의 머리에 세련된 차림이었고, 해외 동포인 것 같았다. 각계각층의 반응을 연이어 보도하는 모양이었다.

나는 내 자리로 돌아가 앉았다. 노인의 말에 힘입어 속안에 힘이 생겼다. 덕이란 게 아직도 있는지, 그게 유용한지 알 수 없긴 했다. 뇌물 받은 것을 옹호하고 싶지는 않았다. 아무리 대통령이지만 부정한 짓을 저질렀으면 의당 처벌을 받아야 한다는 생각이 칠팔십 프로쯤 되었다. 그래야 국민에게 거울이 될 터였다. 그러나 그 이면에서 여러 가지 생각들이 꿈틀거렸다. 나는 술을 따르고, 혼자 들이켰다.

"저 혼자만을 위해 죽은 거지. 나쁜 놈. 딴 사람 생각은 안 하고."

강 형은 변함없었다.

"애초 판단을 잘못한 거지요. 부정이 처음 드러났을 때 자기 불찰이라고 했으면 될 것을 뭐 마누라가 받았느니 어쨌느니 비겁하게 굴다가 아예 골로 간 거죠."

"끝까지 잘난 척하더니!"

"대통령을 했으면 축적된 노하우 같은 게 있을 텐데 말예요. 그죠? 그 귀중한 걸 정리해서 넘겨주고 죽든지 할 것이지. 딴 건 뭐 아까운 게 없는데 그게 아깝네요."

"사실 우린 관심도 없어. 제 놈이 죽었든지 말았든지. 남자들은 모이면 박지성 축구 얘기나 하지 자살 따윈 관심도 없다고."

"장례를 국민장으로 한다 해도 최대 규모가 될 거라는데 그거 다 국가가 비용 내겠지요?"

"그럼 국가가 내지 네가 내랴?"

"국고 낭비네."

"한 일은 하나도 없으면서. 물의만 일으키고."

"왜 하나 있잖아요? 쌍꺼풀 수술!"

강 형과 송이 박장대소 웃음을 터트렸다. 너무 야비했다. 내 가슴에서 커다란 불덩이가 일렁였다. 간이 서서히 부풀어 올랐다. 그것이 점점 더 커져 배 밖으로 나왔다.

"그만! 그만해!"

나는 버럭 소리를 질렀다.

"사람이 죽었는데 왜들 그렇게 킥킥거려? 예의라는 게 있는 법 아냐?"

"어유, 성인군자 나셨네."

"그래, 시곈지 돈인지 받았다 쳐. 100억이라며? 그 전 대통령들에 비하면 미미한 거 아냐? 몇천억씩 훔친 놈들도 버젓이 살고 있는데. 시계니 상품권이니 쪼잔한 것들까지 들춰내 망신을 줘야 해?"

"수사관이 그럼 뭐는 수사하고 뭐는 수사 안 하냐?"

"논두렁이라는 말 왜 나왔겠어? 몰아치니까 나왔겠지. 그걸 가지고 씹어 대는 이쪽이 더 꼴불견이야."

"대한민국 검찰이 얼마나 철저한데. 대만에서도 부러워 난리들 아니냐?"

"저희 놈들은 매일 밤 룸살롱에 가서 즐기고 검은돈 받아 쓰면서. 사회 각계각층은 또 어떻고? 다들 가슴에 손 얹고 생각해 봐야 돼."

"잘못한 놈 두둔하는 건 네가 처음이다!"

"나라의 경제 규모가 얼만데? 최고 권좌에서 그만한 일이 없었겠어? 더한 일도 많았겠지. 100억이래야 강남 아파트 한 채 값 아냐?"

"아파트 한 채 값?"

강 형의 눈초리가 꿈틀 곤두섰다.

"타워 팰리슨가 어딘가 100억 한다면서?"

"경제 규모가 크면 그에 걸맞게 부정해야 한단 말이냐?"

"단위에 대한 감도가 달라질 거라는 얘기지."

"이해심 박사 나셨네. 청와대 대변인 하지 지금까지 어디 엎드려 있었냐?"

"대통령 연금이 얼만데 그런 걸 받아먹어요? 연금만 갖고도 잘 먹고 잘 살 텐데요."

"눈 좀 똑바로 뜨고 살아, 이놈아. 그 인간은 1987년 아시아 요트 개인 챔피언이야. 마누라는 골프 여제고. 아시아에서 제일 리치한, 리첸시아라고!"

"가난했던 사람이 변호사 되어서 좀 유복한 생활을 누리면 안 돼? 형 말이 사실인지는 모르지만."

"누가 누리면 안 된대? 호화판 생활을 하면서 서민의 대통령입네 이중 탈 쓰고 꼴값하는 게 역겹다 이거지. 뭐 눈물 한 방울 쇼해 가지고 노사모 돼지 저금통 털어 대통령 된 게 잘한 일이냐?"

"형은 꼬였어. 꼬여도 아주 배배 꼬였다고. 형이 말하는 건 전부 왜곡이고 모함이야. 왜 그렇게 심보가 고약하게 돌아가? 정치에 관한 한 형은 미쳤어. 액면 그대로 믿는 게 하나도 없잖아."

"너 같은 바보들이나 믿지, 이 멍청아. 유모차, 광우병, 촛불 시위 그런 거 다 돈 받고 하는 거야. 용산 참사 일으킨 전철연은 조폭 고용한 전국철거민연합이잖아. 그 사람들은 그게 밥 먹고 사는 직업이라니까!"

"형은 정신병자야. 완전히 돌았어. 분노와 원한으로 뭉쳐진 괴물! 도대체 왜 그러는 거야? 형이 뭐 상관이나 있어? 지킬 재산이 있어, 강남에 살길 해? 나처럼 서민 중의 서민 아냐? 무엇 때문에 그렇게 그쪽 편을 드는 거지?"

"옳은 걸 옳다 하는 거지, 임마."

"형은 매사에 이미 심정이 정해져 있잖아. 어떤 일이 일어나도 사실인지 아닌지 살펴볼 마음도 없고. 이미 감정이 정해져 있으니까 왜곡해서라도 거기 맞추는 거고."

"극좌는 입 다물어!"

"극좌? 그 구린내 나는 단어 좀 그만 쓸 수 없어? 우익이니 좌익이니 하는 말도 낡아 빠진 판에. 그런 단어를 입에 올리는 사람조차 썩어 문드러진 시체 같아!"

"이게 정말!"

강 형이 눈 깜짝할 사이에 내 멱살을 잡았다. 나도 반사적으로 팔을 뻗었다. 순간적이었다. 우리는 출입문 쪽 공간으로 나동그라졌다. 바깥으로 나갈 짬도 없이 우선 치고받았다. 강 형의 주먹은 셌고 내 주먹은 잔챙이로 빨랐다. 나는 학교 때 별명이 청설모였다. 동작이 빠르다고 해서 붙은 별명이었다. 엎치락뒤치락 바닥을 구르며 주먹질을 했다. 천장과 벽과 테이블이 빙빙 돌았다.

"잠깐, 잠깐, 잠깐!"

주인 사내가 손가락을 입에 대며 가까이 왔다. 조용히 하라는 신호였다. 그는 바깥에 눈을 준 채 긴장하는 기색이었다. 강 형과 나는 동작을 멈추고 뱀처럼 고개를 들었다. 슈퍼 앞 길가에 순찰차가 멈추어 있었다. 강 형이 슬그머니 팔을 풀고 일어났다. 나도 옷을 털며 일어났다. 우리는 아무 일 없었던 듯이 자기 자리로 돌아갔다. 테이블은 술만 조금 엎질러졌을 뿐, 그대로였다.

"두 분 활극 좋아하시네!"

송이 호호 웃었다. 턱 근처가 얼얼했고 어깨가 욱신거렸다. 주먹에도 가격한 흔적이 남아 있었다. 손바닥으로 양 볼을 쓸어내렸다.

"여당이시라 경찰 앞에서는 꼼짝 못하시네?"

남은 감정을 강 형에게 날렸다.

"그래 임마, 우리 아버지 경찰이었다!"

"?!"

나는 깜짝 놀라 입을 벌린 채 얼어붙었다. 강 형을 쳐다보다가, 밖을 내다보다가, 다시 강 형을 쳐다보았다. 면 서기가 아니고 경찰이었다? 하얀 공백 상태가 왔다. 기억들이 의미를 바꾸며 재편성되느라 머리가 북북거렸다. 그래서…… 그래서…… 탄식이 잇새로 새어 나갔다. 씨줄 날줄이 만나며 뭔가가 맞아떨어지고 있었다. 장면 하나가 수십 년 세월을 뚫고 불쑥 솟아올랐다. 정말 이상했던, 어쩐지 석연치 않았던, 저 형이 왜 저러나 의아스러웠던…….

대학 시절이었다. 암벽 산행을 마치고 수십 명의 산악대원들이 시내로 돌아가고 있었다. 여름이었고, 아직 오후의 햇빛이 남아 있었다. 여학생들도 섞여 있어서 모두들 조금쯤 들떠 있었을 것이다. 버스 안에는 다른 손님이 별로 없었다. 뒤쪽에 진을 치고 앉은 우리는 버스를 전세 낸 듯 노래를 불렀다. 통로 이쪽에서 선창하면 저쪽에서 받아 부르며 손뼉 치고 박자 맞췄다. 언제나 우리들은 그랬다. 당시만 해도 대학생들은 숫자가 많지 않아서 사회적으로 부러움을 사는 분위기였다. 공중도덕에 대한 자각도 생기기 전이었다. 손님들이 하나둘 더 탔다. 우리는 그들을 염두에 두지 않았다. 오히려 우리의 여흥을 재미있어할 거라고 여기고 있었다. 4·19 탑 근처에서 늙은 순경이 한 사람 버스에 올랐다. 금방 내릴 모양으로 출입문 근처에 앉았다. 그도 우리처럼 승객 신분으로 버스를 탔을 뿐이었다. 우리가 하도 시끄럽게 놀자 그가 돌아보며 조용히 하라고 했다. 그때뿐 우리는 다시 시끄러워졌다. 그가 재차 돌아보며 조용히 하라고 소리 질렀다. 여학생들이 까르륵 까르륵 소리 죽여 웃었다. 남학생들의 농담이 화답하듯 슬쩍슬쩍 밑으로 깔리고, 장난스러운 젊음의 열기가 다시 버스 안을 채웠다. 모욕당했다고 느낀 순경이 일어나서 운전기사에게로 갔고, 버스를 인근 파출소로 직행시켰다. 우리는 쭈르르 파출소 앞에 내리지 않을 수 없었다. 우리는 부당하다고 느꼈고, 자유를 침범당해 그 억울함으로 가슴이 들끓었다. 우리 중 몇 명이 대들었고, 그가 냅다 내 따귀를 후려갈겼다. 어떻게 수습이 되었는지 생각나지 않지만 강 형이 한쪽 구석에서 그 늙은 순경에게 빌던 모습이 선명하게 기억에 남아 있다. 가까이에서 마주 본 순경은 초라하고 볼품없었다. 어째서 저 형이 저런 말단 순경에게 평소와 다르게 저렇게 비굴하게 굴까 의아스러웠다. 강 형은 반질반질 밑창이 달은 워커만 신고도, 아니 맨발로도 인수봉과 선인봉의 주요 코스들을 훌륭하게 기어오르는 우리들의 우상이었으니까. 나중에 그 순경은 후탈을 없애기 위해 내게 은밀히 다가와 사과했다. 여러 명이 우르르 덤벼드는 순간 좌중을 휘어잡기 위해 어쩔 수 없이 바로 옆에 있는 나를 때렸다고. 자기의 입장을 이해해 달라고. 그는 수십 명의 대학생 중 고위층 자녀가 섞여 있을지 몰라 걱정하는 빛이었다.

그때…… 그래서…… 그랬나? 하는 느낌이 떨림처럼 지나갔다. 경찰의 아들이었다는 것이, 그런 아버지를 일찍 여의었다는 것이, 오랫동안의 연민과 그리움이 석연치 않은 장면을 연출해 내지 않았을까. 그런데 아까 얘기로는 아버지가 오래 앓다가 돌아가셨다고 했다. 아마도 지병으로? 그래서 더욱 애석함이 있었던 것일까?

나는 입을 다물었다. 강 형도 더는 얘기하지 않았다.

순찰차가 돌아간 다음 우리는 야영장으로 돌아갔다.

5

일찍 잠이 깼다. 텐트 안은 어두웠다. 새벽이 가까웠다는 것을 짐작할 수 있었다. 침낭에서 나와 겉옷을 꿰었다. 강 형과 송은 드르렁드르렁 코를 골며 곤하게 잠들어 있었다.

지퍼로 된 텐트 문을 찌익 열었다. 여명이 달려와 부드럽게 나를 감쌌다. 등산화들이 오므르르 플라이 안으로 들어와 있었다. 이슬에 젖지 않도록 강 형이 들여놓은 것이다. 취기 속에서도, 주먹질을 한 뒤에도 내 신발까지 들여놓을 기분이 났던가. 습관처럼 자기 할 일을 하는 강 형의 모습이 떠올랐다. 강 형은 바른생활 어린이의 성인판이었다.

턱이 무지근했다. 입을 크게 벌려 소리 나지 않게 '아에이오우'를 외며 얼굴 근육을 정돈했다.

밖으로 나서자 백양나무들이 시원스럽게 서 있었다. 전부 아름드리들이었고, 자태가 훌륭했다. 야영장은 크고 넓었다. 큰길과의 사이에 계곡물이 흐르고 있었다. 밤새도록 물소리를 들은 것도 같았다.

화장실에 들러 야영장 위쪽으로 가 보았다. 어젯밤에 들어올 때는 어두워서 몰랐는데 탐방 안내소라는 이름이 붙은 커다란 건물이 서 있었다. 지리산 탐방 안내소인 것 같았다. 탐방 안내소에 들어갈 생각은 없었지만 산책이라도 할까 하여 걸음을 뗐다. 산허리를 뚝 잘라먹으며 휴대폰 기지국이 서 있었고, 그 아래 조악한 조각물들이 보였다. 저게 뭐지? 나는 가까이로 다가갔다. 지리산 충혼탑이라고 씌어 있었다. 총칼을 든 군인들의 모습과 위기에 처한 민간인들의 모습을 형상화한 조각물이었는데 중고생이 학예회 때 만든 것처럼 어설펐다. 청동이 아니라 플라스틱으로 찍어 황토색 칠을 한 것 같았다. 거미줄을 헤치며 단 위로 올라갔다. '충혼'이라고 한문으로 새겨진 섬돌이 중앙에 자리 잡고 있었다. 운남 이승만 대통령의 친필이라는 주석이 붙어 있었고, 뒷면에는 헌시가 아로새겨져 있었다. 철자법이 옛날식인 데다 돌이 세월에 닳아 있어서 뜯어읽기 어려웠다. 아래쪽에 55년 을미 6월 1일이라고 표시돼 있었다. 이 충혼탑은 1955년에 남원 광한루원에 세워졌고, 그것을 1987년에 뱀사골로 이전했는데, 낡고 마모가 심해 2007년에 다시 건립한 것 같았다.

눈을 들었다. 뒤쪽 벽면에 빼곡히 쓰인 글자들이 보였다. 나는 그리로 갔다. 전부 사망자 이름이었다. 거미란 놈들이 한적한 그곳을 접수해 왕국을 건설해 가고 있었다. 나는 거미줄을 엑스 자로 걷어내며 글자들을 읽어 나갔다. 군인 일등 상사 서울 김상옥, 이응근, 중령 최남기, 이등 상사 김용근 김용선…… 총 7283명이었고, 군인이 1231명, 경찰이 3340명, 민간인이 2712명이었다. 울컥해지며 전율이 왔다. 그 자리에 서서 나는 몇 초간 읍소했다. 슬픔이 어깨에서 가슴으로, 가슴에서 머리로 올라왔다. 이렇게나 많이…… 꽃다운 나이에…… 죽은 이들의 숨소리가 빗살처럼 내 가슴으로 파고들어왔다. 코가 찡하고 어지러웠다. 나는 눈을 감고 울울울 시간에 떠내려갔다. 국민소득 2만 달러 시대 밑으로 IMF 구제금융, 월드컵, 올림픽, 고속도로, 군사혁명…… 이른 새벽의 첫 햇살이 죽은 이들과 나를 청아하게 내리비추었다. 아무도 없는 새벽의 충혼탑에서 나는 혼자 역사를 지긋이 마주 보았다.

돌아 나오면서, 다시 한 번 7283명이라는 숫자에 눈길을 주는 순간 그 아래 군경민별 도합 숫자에 의식이 미치면서 경찰이 군인보다 많은 데 놀랐다. 경찰이 군인보다? 이렇게 많이 죽었단 말인가? 강 형 아버지 생각이 났다. 지리산 하면 나는 빨치산을 우선 떠올렸는데 이 충혼탑은 빨치산과 괴뢰군을 토벌하다 죽은 군인과 경찰과 민간인의 명복을 비는 곳이었다. 이 지방에서는 이렇게 많은 사람들이 군경민의 신분으로 죽었구나 하는 생각을 처음으로 했다. 강 형의 아버지도 빨치산을 토벌하다 다치신 게 아닐까? 경찰이 저렇게나 많이 죽었으니? 그래서 오래 앓다 돌아가셨는지도 모르지 않는가. 확인한 바 없지만 그럴 가능성이 충분히 있었다. 강 형의 저 이해할 수 없는 분노를 이해하자면 억지로라도 그런 추정을 해 볼 수 있는 것이다.

나는 혼자 빙긋이 웃었다.

강 형을 조금쯤 이해한 것 같은 기분이 들었다. 만분의 일쯤은. 처음으로 그런 생각이 들었다.

개인이 가진 정보의 총합이 자아라고 하던가.

강 형의 정보는 어쩔 수 없이 자기 아버지와 관련된 것들이 많을 것이다. 또 내 정보는 인정하기 싫긴 하지만 우리 아버지와 연관된 것들이 많을 것이다. 게다가 사람은 자기가 듣고 싶은 정보만 들어 자꾸 추가해 간다.

후성유전이라는 말이 생각났다. 조부모 대에 기근을 겪어 식량이 부족했던 경험이 손자 대에 당뇨병을 유발한다고 했다. 학살당한 유대인들의 후손들도 부모와 똑같은 스트레스를 받는다는 것이 코티솔 분비량의 차이로 밝혀졌다는 것이다.

강 형과 나는 정치 성향에 관한 한 반목할 수밖에 없는 운명인지도 몰랐다.

기지국을 옮겨 달라고 민원을 넣어야겠다는 생각이 들었다. 아무도 돌아보지 않는 충혼탑이지만 기지국이 저렇게 볼썽사납게 혼령들의 지대를 끊어 먹으며 서 있어서야 되겠는가. 탐방소의 직원들에게는 기지국이 더 중요하겠지만.

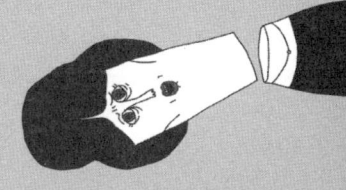

바보 이야기

1

 그 남자를 만나러 가야 해.. 근무시간엔 회사에 있겠지. 아기를 안고 가서 획 던져 주고 올 거야. 그 생각을 해내자 늪처럼 풀려 있던 몸에 돌연 힘이 돌았다. 살그머니 몸을 굴려 침대에서 일어났다. 팔다리며 어깨, 허리가 뻣뻣했다. 속가슴이 파들파들 떨려 수직으로 몸을 가눌 수 없었다. 앉은 자세로 약병부터 끌어당겨 푸른 알약을 한 알 꺼내 삼켰다. 서서히 가슴이 진정되면서 심장 소리가 귀 안 가득 울렸다. 끄윽 끄윽 아기 소리가 들렸다. 방바닥에 깔아 준 제 요 위에서 몸을 뒤집고 무거운 머리를 지탱하느라 용을 쓰고 있었다. 처지를 알아서일까. 요즘은 울지도 않고 이리 뒤집고 저리 뒤집으며 혼자 잘도 놀았다. 시선을 얼른 아기 쪽에서 거두어 버렸다.

부엌으로 나갔다. 새벽 6시였다. 아기의 입가에 끈끈하게 흘러내린 침과 누렇게 젖어 있던 기저귀가 잔영에 남았다. 신 김치를 꺼내 양파와 소시지를 함께 넣고 찌개를 안쳤다. 타이머를 맞춰 놓은 밥솥에서 김이 올랐다. 밑반찬들을 식탁 위에 늘어놓았다. 누렇게 젖은 아기의 기저귀가 성가시게 눈앞에 오락가락했다. 빨리 갈아 주지 않으면 엉덩이에 뻘겋게 피부염이 돋아날 터였다. 알 게 뭐람, 피부염이 나든지 말든지. 피부염이 나서 곪아 온몸이 한센병 환자처럼 되어 죽는다 해도 나하고는 상관없어. 아암, 그렇고말고. 다들 몰라라 하는데 나 혼자만 봉이야? 등이 오스스해졌다. 방금 한 생각이 끔찍한 것인지 피부염에 걸린 아기의 모습이 끔찍한 것인지 알 수 없었다.

냅킨을 접었다. 수선화 무늬가 있는 노란 냅킨이었다. 냅킨 위에 수저들을 하나하나 놓았다. 뺑 돌아가며 다섯 벌의 수저를 정성스럽게 놓았다. 아이들 넷과 내 것이었다. 남편은 집을 나가고 없었다. 평소와 다름없다는, 당신이 나가고 없지만 우리는 여느 때보다 단란한 일상을 보내고 있다는 내 마음의 표현이었다. 심상찮은 기척이 느껴졌다. 아기가 경대 앞까지 굴러가서 서랍 손잡이에 정수리를 박은 채 끙끙대고 있는 모습이 열린 문 안으로 보였다. 그대로 놔두면 위험할 것 같았다. 날카로운 금속 손잡이가 아기의 머리에 박혀 정맥이 터져 피를 뒤집어쓰고 죽는 장면이 순간적으로 연상되었다. 내가 왜 이러지? 마귀가 되어 가고 있는 거야? 급히 방으로 들어가서 아기를 번쩍 안아 올렸다. 궁둥이를 받친 손이 축축했다. 쯧쯧쯧쯧 소리가 저절로 나왔다. 아기를 요에 눕히고 기저귀를 살뜰히 갈아 주었다. 입가의 침도 닦아 주었다. 애가 무슨 죄가 있니? 나는 내게 지껄였다. 아직 이름도 가족부도 없는 아기였다. 녀석이 내 눈을 마주 보며 방긋 웃었다. 옹알이를 하려고 제가 먼저 짓을 거는 것이다. 여섯 달째 접어들면서 아기는 이제 내 얼굴 표정에 반갑게 반응하고 내 보살핌을 친숙하게 기다렸다. 내가 마음에 빗장을 걸어 가는 것과는 반대 모습이었다. 아기가 앙증한 손으로 내 손가락을 쥐고 버둥버둥 흔들었다. 마치 화해를 청하는 것 같았다. 나는 스르르 풀어지려는 마음을 얼른 되잡았다.

2

  빌딩은 그리 크지 않았다. 1층 경비실을 지나치는데 가슴이 조마조마해서 정신을 놓을 뻔했다. 엘리베이터를 타자마자 푸른 알약을 꺼내 삼켰다. 이제 괜찮아. 그 남자와 당당히 상대할 수 있어. 내가 겁낼 게 뭐가 있어? 오히려 자기 쪽에서 애걸을 해야지. 애걸한다고 내가 응해 줄까마는…… 쉬지 않고 스스로에게 지껄였다.
  어명출판사는 6층에 있었다. 출판사 이름이 기억에 남아 있어서 다행이었다. 인터넷에 들어가서 '어명'을 치자 출판사로는 서울에 하나밖에 없었다. 마포에 있는 걸로 보아 고모가 말하던 그 남자의 회사였다. 딩동 소리와 함께 6층에서 내렸다. 어명출판사라는 명패가 붙은 회색빛 문 앞에 잠시 서 있었다. 곰이 울타리를 치받듯 돌연 문을 밀고 들어갔다. 복도 양편으로 방들이 죽 늘어서 있었다.

끝까지 가 보았지만 영업부는 없었다. 문을 열고 나오는 사람한테 물어보았다. 영업부는 지하에 있다고 했다. 지하로 내려갔다.
텅 빈 사무실을 염소 같은 남자가 지키고 있었다. 수염을 빈약하게 기른 모습이 꼭 염소 같았다.
"김병일 부장님을 만나러 왔는데요."
나는 똑똑히 발음했다. 남자가 내 위아래를 훑어보았다. 술값을 받으러 온 여자인지 혹은 다른 문제를 일으키러 온 여자인지 탐색하는 눈길이었다. 평범한 내 외모가 검열을 통과한 듯했다.
"부장님 친척이에요?"
"네."
나는 대답했다.
"부장니임! 누가 찾아왔는데요오!"
안쪽의 칸막이 너머에 대고 그가 소리쳤다. 귀밑머리를 짧게 깎은 남자가 칸막이 옆으로 빠끔히 고개를 내밀었다. 자기를 찾아온 게 맞느냐고 나를 의아하게 바라보았다. 나는 침을 삼켰다.
"김병일 부장님이세요?"
"네, 그렇습니다만."
그의 어투는 경계심 때문에 딱딱하고 사무적이었다.
"손재희 올케인데요."
단숨에 말해 치웠다. 순간 남자의 얼굴이 굳어졌다. 난처한 빛이 그의 몸을 휩쌌다. 그가 자리에서 일어났다. 내게 따라오라는 턱짓을 하고 휴게실로 걸어갔다. 나는 따라갔다. 염소 같은 사내가 의식되었는지 그가 중간에 노선을 바꾸어 자기 자리로 돌아가서 슬리

퍼를 벗고 구두로 바꿔 신고 왔다. 그가 사무실 바깥으로 걸어 나갔다. 엉거주춤 기다리고 있던 나도 따라 나갔다. 그가 엘리베이터를 탔고, 나도 따라 탔다. 엘리베이터는 내려가지 않고 6층을 지나 7층으로 올라갔다. 내리고 보니 7층은 어수선하게 비어 있었다. 묘령의 회사가 사무실 임대가 끝나 이사 간 모양이었다. 그가 구석에 있는 계단으로 올라갔다. 나도 따라 올라갔다. 어쨌든 따라가는 수밖에 없었다. 죽든 살든. 그가 계단참에서 각도를 틀어 또 올라갔다. 나도 각도를 틀어 올라갔다. 삐걱, 쇠문을 열자 거센 바람이 몰아쳐 들어왔다. 눈부신 햇살이 어지럽게 쏟아졌다. 하얀 옥상이었다. 그는 아무도 없는 옥상을 택한 것이다. 나로서도 담판을 짓기에는 옥상이 나았다. 나는 그에게 망신을 주러 온 게 아니었다. 나는 해결을 원하고 있었다. 아기 문제 때문에 미칠 듯 화가 나 있었지만 사실은 이 남자에게라기보다 시누이와 내 남편한테였다. 똥 싼 시누이보다 나 몰라라 집을 나가 버린 남편을 더 용서할 수 없었다. 남자가 햇빛 속으로 저벅저벅 나아갔다. 나도 또박또박 나아갔다. 옥상 가운데쯤에서 그가 돌아섰고, 우리는 대치 상태가 되었다.

"애기 제가 데리고 있는 거 아시죠?"

나는 선수를 쳤다. 내 음성이 바르르 떨려 나가는 것을 나도 느낄 수 있었다.

"그래서요?"

남자의 얼굴이 비로소 보였다. 이목구비가 뚜렷했고, 살성이 희었다. 조명 좋은 곳에 잘 차리고 앉아 있다면 과연 이목을 끌 만한 외모였고, 시누이가 반할 법했다. 굵게 쌍꺼풀 진 눈에 노골적인 불

쾌함이 드러나 있었다. 언제 피워 물었는지 그는 담배를 뻑뻑 피워
댔다.

"어떻게 하면 좋겠어요?"

위축되지 않으려고 애쓰면서 나는 물었다.

"어떻게 하다뇨?"

시비조의 물음이 돌아왔다.

"어떻게 해야 될 거 아니에요?"

내 목소리가 날카로워졌다.

"어떻게 하든 말든 마음대로 하세요!"

그가 막 나왔다. 나는 그를 쳐다보았다. 독사의 눈빛이 저렇겠구
나…… 살기 도는 냉랭함이 온몸을 얼어붙게 했다. 싸늘한 적의에
나는 한발 물러났다. 하릴없이 에어컨 실외기들로 눈길을 보냈다.
강적이야. 야박하기 짝이 없고 살벌한 인간이야. 기분 내키면 천하
를 내줄듯이 호기를 부리다가도 수틀리면 단번에 상대를 깔아뭉개
는 남자야.

"아기를 안고 오려고 했어요!"

나는 마지막 카드를 던졌다. 더 밀릴 수는 없었다. 당신이 그렇게
나오면 나도 이 방법밖에 없다는, 당신 체면을 봐서 지금 그것만은
참고 있다는…… 그런 뜻이었다. 아기를 데리고 오면 내 상식으로
는 이 남자의 사회생활은 끝나는 거나 마찬가지였다.

"아기를 데리고 와요?"

남자의 입매가 비틀어졌다. 흙탕물이 분출했다.

"흥! 내 허락 받고 낳았어요? 요새 세상에 여자하고 몇 번 잤다

고 다 아이를 낳아요? 그래서 남의 발목을 잡아요?"

"이미 낳은 걸 어떻게 해요? 낳아서 아기가 자라고 있잖아요?"

"낳았다면 본인이 무슨 생각이 있어서 낳았겠지요. 서로 결혼한 처지에 아이를 낳는다는 게 말이 됩니까?"

"이혼하고 결혼한다고 했다면서요? 그랬으니까 그 순진한 것이 애를 낳지 않았겠어요?"

"순진 좋아하시네. 두 번만 순진했다가는 세상 뒤집어엎겠네."

"그게 아이 아빠가 할 소리예요? 최소한의 책임이라도 져야 하지 않겠어요? 하늘이 무섭지도 않아요?"

"오호! 지금 나한테 협박하러 온 거네? 그래서 애를 맡고 있는 거로군. 공갈 협박해서 한밑천 뜯어내려고."

"뜯어내요? 뭘 뜯어내요?"

"그럼 왜 찾아왔어? 뭘 바라고 왔어? 돈? 내 모가지?"

남자가 자기 머리를 내 가슴팍에 마구 들이밀었다. 나는 뒤로 밀려났다. 적반하장도 유분수지 이게 무슨 망측한 짓거리인가. 도대체가 상종 불가능한, 인간 말종이었다. 나는 기가 막혀 멍하니 서 있었다.

"자알 됐군. 실적 없어 사무실 닫기 직전인데 아주 잘 됐어. 멀쩡한 사람 꼬투리 잡아 작당해서 돈을 뜯어낸다, 너무 고루한 수법 아냐? 내가 그런 거에 당할 것 같아? 방법을 쓰려면 좀 그럴싸하게 써야지. 가서 곱게 기다리고나 있어! 명예훼손 죄로 걸어 넣을 테니까!"

남자가 담배꽁초를 내던지고 저벅저벅 옥상을 걸어 나갔다. 문이 쾅 닫혔다. 나는 남자가 서 있던 자리로 얼른 가서 불붙은 담배를 발바닥으로 비벼 껐다. 피어오르던 연기가 사그라졌다. 정적이 감돌았다. 오후의 햇살이 옥상에 하얗게 머물러 있었다. 어지러웠고, 뭐가 뭔지 정확히 인식되지 않았다. 가슴이 계속 쿵쿵 뛰었다. 푸른 알약을 꺼내 또 한 알 삼켰다. 심장병이 도지기 시작한 건 서너 달 전부터였다. 약 없이는 이제 두 시간도 버틸 수 없었다. 고개를 들어 멀리로 시선을 보냈다. 남빛 산들이 보였고, 서울의 스카이라인이 눈에 들어왔다. 빌딩 숲 아래 구불구불 한강이 흘렀고 주택가가 눈 아래 깔렸다. 빌딩 바로 아래 골목에서 아이들이 얼음 땡 놀이를 하고 있었다. '얼음'에 굳어 있던 아이가 '땡' 했는지 재빨리 움직였다. 또 '얼음'으로 정지되었다가 '땡'으로 풀렸다. 아이들의 움직임이 시냇물 속의 송사리 같았다. 나는 혼자였다. 낯선 건물의 옥상 위에 혼자 서 있었다. 대낮이었고, 고요했다. 음량 스위치를 꺼 버린 것처럼 귀가 먹먹했다. 불꽃 튀는 열정이라더니! 실소가 터졌다. 시누이는 말했었다. 이번 사랑은 진짜라고. 지금껏 숱하게 사랑을 해 봤지만 이렇게 진한 사랑은 처음이라고. 불꽃 튀는 열정에 뼈가 녹는 것 같다고. 그런 말을 다 믿었던 건 아니었다. 나는 다만 숨넘어가는 산모에게 잠깐 몸을 풀게 했을 뿐이었고, 갈 곳 없는 아기를 잠시 돌봐 줬을 뿐이었다. 그 결과가 이런 상황을 낳고 만 것이다.

3

어떻게 하면 아기를 우리 집에서 내보낼 수 있을까? 누구에게 줘

버리지? 어디에 갖다 주면 될까? 갖은 생각이 머릿속에서 들끓었다. 아이 아빠한테 데리고 가서 억지로 던지고 온다 해도 그 인간은 즉각 아기를 버릴 게 뻔했다. 그것도 궁리를 해서 가당하게 버리는 게 아니라 길바닥이나 쓰레기장에 아무렇게나 유기할 것이었다. 연약한 아기가 사람들의 발에 밟히고 리어카에 치일 것을 생각하자 끔찍했다. 그렇게 되느니 차라리 입양 시설로 보내는 게 나았다. 진작부터 내 마음속에 꿈틀거려 온 생각이었다. 의식주가 풍부한 선진국으로 가서 먹고 입고 자는 걱정 없이 자라는 게 영판 낫다는 계산이 들었다. 신촌 어디에 있다는 해외 입양 기관이 떠올랐다. 나는 전화기를 찾아 들었다. 114를 누르고 입양 기관을 말했다. 어쩔 수 없잖아, 다 제 팔자지. 스스로에게 뇌까렸다. 기계음이 또박또박 번호를 발음했다. 1번을 누르면 입양 기관과 직접 연결된다고 하였다. 나는 수화기를 놓았다. 불현듯 스카프가 눈앞에 너울거렸다. 입양 기관을 떠올릴 때마다 얇은 스카프가 바람 좋은 날의 깃발처럼 머릿속에 펄럭였다.

 벨기에 입양되어 거기서 자라 청년이 되어 친부모를 찾으러 한국에 온 청년이 있었다. 그는 나중에는 아예 한국에 눌러앉아 자취 생활을 하면서 장기전으로 부모를 찾았다. 갖은 노력 끝에 사람을 찾는 공중파 방송 프로그램에 출연하게 되었다. 다섯 살에 벨기에로 건너갔다는 그는 의외로 어린 시절에 대한 기억이 거의 전혀 없었다. 단지 한 장면만 선명하게 떠오른다고 했다. 어떤 여자와 바이바이를 하고 헤어졌는데, 젊은 여자였고, 원피스 같은 걸 입었다는 것. 헤어져 몇 걸음 걸어오다 어린 그는 뒤를 돌아봤고, 그녀도 마침 뒤를 돌아봤고, 두 사람은 눈을 마주치고 몇 초간 있었다고 했다. 그녀는 목에 스카프를 매고 있었고 머리칼이 부드럽게 흘러내리고 있었다. 아마도 아름다웠을 그녀와 헤어지던 장면이, 두 사람이 눈을 마주치고 멈추었던 그 순간이 기억 속에 강한 인상으로 찍혀 있다는 것이다. 형용할 수 없는 느낌이 오고 간, 훗날 생각하건대 의미심장한 그 순간을 그는 보석처럼 끌어안고 거기에서 헤어나지 못하고 있었다. 청년은 스카프를 두른 여인에 대해 말할 수 없는 향수를 느끼고 있는 듯했다. 긴장되고도 슬펐던, 강물 같은 그 순간이 그의 일생을 지배하고 있음을 알 수 있었다. 스카프의 주인공이 어머니이지 않겠냐고 사회자가 물었고, 그는 어머니인지 이모인지 어머니의 친지인지 모르겠노라고 합리적 사회에서 자란 사람다운 대답을 했다. 그 여인과 헤어져 그는 입양 시설로 들어갔고, 두 달간 시설에 머무르다 벨기에에 간 것으로 서류에 기록되어 있었다.

　입양 기관을 떠올릴 때마다 그 청년이 말한 스카프가 눈앞에 펄럭거렸다. 그것은 내가 겪지 않은 상황인데도 이상하게도 내 마음을 파고들었다. 훗날 아기가 커서 고국으로 제 뿌리를 찾으러 왔을 때 녀석은 일그러진 얼굴로 도대체 누가 나를 버렸고 누가 나를 인종이 다른 나라로 보내 불행하게 했느냐고 분노에 차서 따질 것이었다. 그렇게 되면 내가 죄인이었다. 아이는 자기가 버려졌다는 데서부터 인생을 시작했을 것이고, 애초 사랑받지 못한 존재라는 것을 받아들여야만 했을 것이다. 아이는 누구도 짐작 못할 어두운 성장기를 거쳐 근원적인 고독과 소외감 속에서 폐인이 되어 일생을 마감할지도 모른다. 나는 내 손으로 아이의 장래를 결정짓는 게 두려왔다. 남편이 집을 나간 것도 이런 일에 가담하기 싫어서일 것이다. 결국은 죄책감으로 남고야 말 책임을 나한테 덮어씌우고 그는 혼자 탈출한 것이다.

아기는 우유를 양껏 빨고 깊이 잠들어 있었다. 창문 틈새로 바람 소리가 새어 들어왔다. 나는 장롱 앞으로 갔다. 서랍을 열고 형형색색의 스카프들을 꺼내 보았다. 초록색 물방울무늬 스카프를 꺼내 세모로 접어 목에 둘렀다. 아기 엄마의 심정은 어땠을까? 그날 아침, 화장을 하고 원피스를 입고 스카프를 목에 두른 뒤 아이 손목을 잡고 입양 기관 앞으로 갔겠지. 아마 무슨 사정이 있었으리라. 피치 못할, 안타깝고도 처절한…… 오죽하면 자기가 낳은 아기를 버렸겠는가? 그러나 아이를 버리는 여자들은 도처에 얼마든지 있었다. 제 아이를 죽인 여자도 있지 않은가. 그러니까 내 책임이 아냐, 다 팔자지. 서류에 내 이름이 기록되는 건 싫지만 어쩔 수 없잖아. 다시 결심을 하고 수화기를 들었다. 번호가 기억나지 않아 114를 눌렀다. 입양 기관의 이름을 댔고, 번호가 말해졌다. 시키는 대로 1번을 누르자 입양 기관과 연결이 되었다.

"여보세요?"

젊은 여자의 목소리였다. 나는 사정을 설명했다. 시누이가 아이를 낳았고 지금 잠적한 상태라고. 편하게 사실대로 털어놓았다. 상대가 눈앞에 보이지 않아 말하기 쉬웠다. 그녀는 내 말을 자르고 그런 아기는 받기 곤란하다고 말했다. 사정은 딱하지만 친부모가 있는 상태이므로 반드시 친부모가 아기를 데려와야 한다고. 친권 포기 각서를 써야 하기 때문이라는 것. 시누이가 나더러 입양해 키우라고 말했다고 급히 덧붙였다. 그렇더라도 후에 문제가 될 소지가 있기 때문에 반드시 친부모가 데려와야 한다며 단호하게 말을 잘랐다. 전화가 뚝 끊어졌다.
 난감했다. 전화 걸기 전보다 더 마음이 착잡했다. 마지막 보루가 무너진 것 같았다.
 어떻게 하면 좋을까?
 마음이 더 다급해졌다. 뭔가 행동을 취해야 한다는 생각이, 이대로 있다가는 기어이 내가 덤터기를 쓰고 죽을지도 모른다는 생각이 무겁게 가슴을 짓눌렀다.

4

 바람개비를 들고 막내가 돌아왔다.
 "배고프지?"
 "응."
 "손 씻고 와야지."
 녀석이 욕실에서 나와 궁둥이를 비비적거리며 식탁에 올라앉았다. 나는 방금 만들어 놓은 떡볶이를 접시에 담아 앞에 놓아주었다.
 "근데 엄마, 그 애기, 보육원에 갖다 줘."
 "보육원?"
 나는 놀라서 녀석을 쳐다보았다. 보육원이 뭔지나 알고 저런 소리를 하는 건가.

"우리 식구도 아니잖아. 고모가 낳았는데 왜 엄마가 맨날 맨날 업고 있어?"
"고모가 없으니까 그렇지. 불쌍하잖아. 자꾸 울고."
"그러니까 갖다 버려!"
섬뜩했다. 내 속내를 대신 표현한 것 같아 양심에 찔렸다.
"아기를 어떻게 버려? 살아 있는 것들을 버리는 건 큰 죄야."
"고모가 도망갔는데 왜 엄마가 대신 엄마 노릇을 해?"
"엄마 노릇을 하는 게 아냐. 고모 올 때까지만 봐주는 거지."
"고모는 안 와. 어디 있는지도 모르잖아."
아이들의 감각은 동물적이었고 정확했다. 단순 냉혹한 감각에 정신이 아찔해졌다. 나는 고개를 절레절레 흔들며 토를 달았다.
"사람을 어떻게 갖다 버려? 더구나 아기를. 그런 생각 하면 못 써!"
"헤헤…… 강아지는 버리는 사람도 많던데. 그치, 엄마?"
녀석은 금방 뒤바뀌었다. 어제 텔레비전 뉴스에 유기견 센터가 나왔었다. 버려진 수백 마리의 개들이 비참하게 안락사를 기다리고 있는 모습을 유심히 본 모양이었다.
"강아지도 버리면 안 돼. 절대 그래서는 안 돼. 죽어서 지옥에 가."
"지옥이 정말 있어?"
"있지, 그럼."
나는 대답하면서 정말 지옥이 있을까 하고 생각했다. 지옥에 떨어질까 봐 내가 이렇게 미적거리고 있는 건가.

"지옥에 가는 사람 많겠다, 그치?"

녀석이 히히 웃었다. 빠진 앞니 자리가 너무 커서 저기에 과연 이가 나서 채워질까 걱정되었다.

"어서 먹어."

접시를 밀어 주었다. 녀석이 코를 훌쩍대며 포크로 떡볶이를 찍어 먹었다. 금방 아기를 갖다 버리라더니 또 금방 지옥에 간다니까 그런 줄 아는 나이.

"매워?"

"아니. 더 매워도 돼."

녀석이 으스댔다.

"아이구, 우리 기찬이는 매운 것도 잘 먹어."

나는 녀석을 토닥거려 주었다.

"강아지는 예쁜데. 예쁜데도 막 갖다 버려, 응?"

녀석이 다시 유기견 얘기로 돌아갔다. 아무래도 석연치 않은 모양이었다. 아직 선악을 가리거나 가치 척도를 지닐 수 없기에 저 스스로도 답답한 것 같았다.

나는 딸기를 씻어서 떡볶이 접시 옆에 놓아 주었다.

"큰형 친구 경식이 형 있잖아. 그 형 동네에 보육원 있대. 거기서 빵이랑 초코파이 많이 많이 준대. 거기 애들한테."

"그런 거 먹고 싶어?"

"아니. 공짜잖아. 공짜로 자꾸 주는 거잖아."

나는 웃었다. 딴에도 이 세상의 득실을 한창 따져 가고 있는 것 같았다. 녀석의 셈이 맞을까. 녀석은 크면 영악한 어른이 될까.

"숙제 하고 놀아야지."

나는 녀석을 방으로 들여보냈다.

냉장고를 열고 고기와 야채를 꺼내 아이들의 저녁을 준비했다. 고등학생인 첫째와 둘째를 위해 소고기를 너비아니로 재우고 계란 찜을 안쳤다. 중학생 딸을 위해서는 과일을 깎아 랩으로 싸서 냉장고에 넣어 놓았다. 나는 아이가 넷이었다. 남들 다 하는 유산을 하지 못해 넷째까지 낳고 말았다. 늦둥이인 막내는 이제 겨우 유치원에 다니는 중이었다. 아이 넷과 이렇게 살고 있지만 남편이 집을 나가 버린 터라 장래가 어떻게 될지 불안했다.

"갔다 왔어요."

맏이가 돌아왔다. 모의고사를 치는 날이어서 좀 일찍 돌아온 것 같았다.

"잘 쳤어?"

나는 눈치를 보았다.

"대강."

아주 못 치지는 않은 것 같아 마음을 놓았다. 아기 때문에 얘기를 제대로 주고받지 못한 지도 벌써 여러 달째였다.

"애썼다!"

다는 등을 두드려 주었다. 녀석은 아기 쪽으로는 눈길을 주지 않고 망설망설하다가 제 방으로 갔다. 아마 용돈이 필요한지도 몰랐다. 뒤이어 돌아온 둘째는 안방으로 들어와서 아기의 볼을 톡톡 건드리고 어흥 어흥 사자 흉내를 내며 놀다 나갔다.

딸은 새침하게 안방을 쳐다보지 않고 제 방으로 들어가 버렸다.

나에 대한, 아기에 대한 불만의 표현이었다. 우리 식구끼리도 제대로 못 사는 주제에 왜 남의 자식을 돌보고 있느냐는 힐난이었다.

5

휴대폰 벨이 울었다. 알 수 없는 번호였다. 폴더를 열고 귀에 가져다 댔다.
"올케언니, 나야."
시누이의 목소리였다. 등골에서 땀이 바짝 솟았다. 그녀는 천하태평, 무슨 좋은 일이 있는 듯 흥분되어 있었다. 기가 막혔다.
"아니 고모, 집으로 와야지. 전화로 이게 뭐 하는 짓이야?"
"언니, 미안, 미안…… 근데 지금은 갈 수가 없어."
"올 수가 없다니? 나한테 짐 지워 놓고 이럴 수가 있어?"
"살짝 내려놔, 언니. 후후후후……."
"지금 웃고 농담할 때야? 당장 와서 애기 데려가!"
정수리로 피가 확 몰려들었다. 화산처럼 솟구치는 피를 손으로 연신 막았다.
"왜 화를 내고 그래?"
시누이가 볼멘소리를 냈다.
"지금 화 안 내게 생겼어? 고모 때문에 우리 집 풍비박산 났다구! 기찬이 아빠가 집을 나갔단 말야!"
"알아. 오빠 만났어."

"알아? 오빠를 만났어?"

심장이 거칠게 펌프 소리를 냈다. 이것들이 작당해 나를 갖고 노는 건가. 아기를 나한테 떠넘기고 둘이 가출해서 밖에서 랑데부 했다고? 심장이 요동쳐서 졸도할 지경이었다. 나는 벌떡대는 가슴을 누르고 급하게 푸른 알약을 찾아 삼켰다.

"언니, 나, 집으로 들어갈 거야."

종달새가 노래하듯 즐겁고 가벼웠다.

"뭐라고?"

"우리 집으로 들어간다고. 어제 그이를 만났어."

"아기는? 아기는 어떻게 하고?"

"언니가 입양해 키우면 되지. 지금처럼. 오빠도 그렇게 말했어. 이제 방황도 끝났어. 그거 얘기하려고 전화한 거야."

"그, 그, 그게……!"

너무 황당해서 혓바닥이 입천장에 붙어 버렸다. 나는 입에 손가락을 넣어 혓바닥을 떼어 냈다. 도대체 이런 경우가 어디 있나. 이게 저만 유리하게 결정해 일방적으로 통보할 일인가. 입양은 무슨 얼어 죽을 놈의 입양이며 이제 와서 제 남편한테 돌아가겠다니 그게 어디 식 발상인가. 아니 뭐 법적으로 부부 사이이니 돌아가든 말든 내가 상관할 바 아니었다. 그러나 내가 왜 제가 싼 똥을 덮어쓰고 인생을 처박아야 하느냔 말이다. 피가 싹 가셨다. 상대할 가치조차 없었다.

"애기 데려가! 데려가서 집으로 들어가든지 말든지 맘대로 해!"

내 목소리는 조용하고 냉랭했다. 말끝이 쉬어 거의 들리지도 않왔다. 인간이라는 종 자체에 환멸이 느껴졌다. 사랑이니 열정이니 불꽃이니 염병하더니 결국은 이 꼴이었다. 시누이의 바탕을 잠깐 잊고 있었던 게 탈이었다. 정 있고 붙임성 있는 애라고 귀엽게 봐 준 게 화근이었다. 시누이는 내가 결혼해 갔을 때 중학생이었다. 공부를 못했고, 성적이 전 학년에서 꼴찌에 가까웠다. 그 반사작용인 듯 강렬한 것, 불타는 것을 대단히 흠앙했다. 그래서인지 "불꽃 튀는 열정"이니 "영감이 충만", "에너제틱" 같은 말들을 입에 달고 다녔다. 10분만 같이 얘기하노라면 '열정'과 '에너지'라는 말을 서른 번 이상 사용했다. 시누이가 무척 강한 개성을 열모하는구나, 저런 건 본인이 입으로 발음한다고 해서 이루어지는 게 아닐 텐데, 하는 걱정을 했었다. 그녀는 무엇에 대해 얘기할 때도 일목요연하게 내용을 전달하지 못했고, 줄곧 버벅거리면서 서너 개의 형용사로 마무리지었다. 누가 나쁜 일을 겪었거나 불행한 형편이면 줄곧 '가슴 아프다'고 했고, 좋은 풍광이나 꽃, 용모 따위를 말할 때는 예외 없이 '아름답다'고 했고, 기쁘지 않은 웬만한 일에는 거의 다 '슬프다'고 했다. 구어체의 일상어에 그런 형용사를 반복해 쓰니까 들척지근하면서도 외국인 비슷했다. 나는 시누이가 말할 때마다 웃었고, 자기 말에 반응하는 나를 그녀는 우호적으로 받아들였고, 우리 사이엔 유대감 비슷한 것이 생겼다. 일종의 오해가 만들어 낸 교분이었다. 그 교분이랄까 숨통이 시어머니와 나 사이에서 훌륭한 윤활유 역할을 해 준 게 사실이었다. 그때의 정서가 남아 있어서 시누이가 배불러 들이닥쳤을 때 울컥하는 마음으로 받아들였는지도 모른다.

고등학교를 졸업한 뒤 시누이는 결국 대학에 가지 못했는데, 취직한다고 떠돌아다닐 때 만나 보니 어지간한 것은 모두 깔보는 버릇이 생겨나 있었다. 내가 옷을 한 벌 사 준다고 모처럼 백화점에 데리고 갔을 때였다. 시누이는 거의 모든 의류 메이커의 거의 모든 옷들을 디자인이 형편없고 거지 같다고 콧방귀 뀌었다. 다른 매장으로 데리고 가자 또 '중저가품'이라고 얕잡아 보았다. 욕망은 크고 현실이 여의치 않아 심사가 꼬인 것 같았고, 그것이 시건방으로 굳어지지 않았나 싶었다. 이런 태도가 낯모르는 사람에게는 설핏 강한 카리스마와 개성으로 부각되는 것도 같았다. 그렇게 저렇게 낚시를 드리워 결혼도 했을 것이고 연애도 했을 터이다. 나는 내 아이들을 키우느라 바빠서 시누이의 종적을 자세히 헤아리지 못했다. 그래서 그녀가 배불러 우리 집에 들이닥친 순간 미처 그 본바탕을 떠올리지 못한 것이다.

"애기 못 데려온다니까! 지금 말했잖아. 나 우리 집으로 들어간다구."

시누이가 잔뜩 짜증을 냈다.

"들어가든 말든 상관없어. 하여간 애기나 데려가."

내 목소리는 여전히 조용했다.

"언니가 키워! 이미 정 들었잖아. 그 애 커서 성공하면 언니한테 효도할 텐데. 그걸 생각해야지!"

"효도 고모나 실컷 받아."

"넷이나 키웠으면서 뭘 그래? 넷이나 다섯이나지."

"욕 나가기 전에 그 입 다물어. 내가 애 넷 키우느라고 손가락 하나 관절 하나 성한 데 있는 줄 알아? 애 키운다는 게 하루 이틀에 끝나는 일이야? 적어도 20년, 아니 죽을 때까지 내 목에 굴레를 씌우는 거야. 잠깐 사정 봐줬더니 이게 무슨 짓이야? 여러 소리 할 거 없어. 난 애 못 키워. 절대 못 키우니까 빨리 데려가!"

"까다롭게 굴긴. 지금처럼 키우면 되지. 기찬이 동생으로."

"지금처럼이라니? 내가 승낙하고 애 맡은 거야? 고모가 도망친 거잖아? 산목숨 죽일 수 없어서 우유 몇 번 준 거고. 도대체 말이 되는 억지를 써. 아니 왜 애를 낳아 놓고 나한테 떠넘기는 거야? 아이가 한두 번 쓰다 말 물건이야? 안 쓰면 갖다 버릴 장난감이야?"

"오빠도 승낙했는데 언니가 왜 자꾸 그래? 수속하면 오빠도 들어간대."

"수속?"

가슴이 철렁했다. 이 인간이 결국 이혼 수속을 밟으려고 그러나…….

"입양 수속. 어차피 그런 걸 해야 되나 봐. 병원 출생 확인서에는 내가 낳은 걸로 돼 있으니까. 그런 형식을 취해야 하나 봐."

"얼씨구, 입을 맞춰 궁리들을 다 해 놓으셨군. 어림없는 소리 하지도 마. 수속 같은 건 안 해. 고모가 오늘 안 데려가면 내가 내일 하 서방한테 데려다 줄 거야. 고모가 집 나와서 딴 남자와 눈이 맞아 낳은 아기라고 쪽지 붙여서."

"그럼 언니 마음대로 해! 난 집에 안 들어가면 되지. 모처럼 마음잡고 살아 보려는데. 나 잘못되면 다 올케언니 책임이야!"

전화가 뚝 끊어졌다. 예측 못한 상황이었다. 나는 급하게 방금 걸린 전화번호에 다시 연결을 시도했다. 여러 번 거듭 시도했다. 아예 신호가 가지 않았다. 휴대폰도 아니었고 집 전화번호도 아니었다. 숫자의 조합 자체가 낯설었다. 공중전화였는지도 몰랐다. 시누이는 공격자고 나는 수비자였다. 그 사실을 깜박 잊고 있었다. 나는 속수무책으로 발을 동동 굴렀다.

허탈했다.

웃음도 나오지 않았다.

허파에서 쉬이 쉬이 바람이 불었다.

6

내가 당하고만 있을 줄 알아? 나도 얼마든지 이기적으로 행동할 수 있다구. 오늘 당장 아기를 버리고 오겠어. 나중에 손이 발이 되게 빌어도 되돌릴 수 없도록.

벌떡 일어나서 아기에게로 갔다.

아기가 나를 말갛게 올려다보았다. 눈이 맑고 순수했다. 측은했다. 오늘 내 손을 떠나면 어떤 대접을 받을지 모르는 아기였다. 마지막이라는 생각에 애틋해졌다. 배부르게 먹이고 깨끗이 입혀서 내보내고 싶었다. 예쁘고 귀여워야 누가 데려가도 데려갈 것이 아닌가. 포대기에서 들춰지는 순간이 아이의 일생을 결정할지도 모르는 것이다.

부엌으로 나가서 쌀을 한 줌 씻었다. 여섯 달째로 접어들었으니

당연히 이유식을 먹어야 할 때였다. 물에 잠깐 불린 쌀을 믹서에 갈았다. 쌀 물을 냄비에 쏟은 뒤 시금치와 당근을 다져 넣고 잣도 으깨 넣었다. 맛이 어떨지 이런 이유식도 있는 것인지 알 수 없었지만 손에 잡히는 대로 아기에게 필요하리라 싶은 영양소들을 두루 넣었다. 가스 불을 켜고 죽을 쑤었다. 수분이 증발하며 전분이 투명하게 익어 갔다. 점도가 걸쭉하게 되었을 때 가스 불을 끄고 이유식을 종지에 담아 방으로 가지고 들어갔다. 아기를 일으켜 앉히고 이유식을 훌훌 식혀 가며 먹였다. 처음 먹어 보는 것인데도 아기는 쩝쩝 입맛을 다시며 잘도 받아먹었다. 오렌지 주스도 두어 스푼 따라다 입술 끝에 대어 주었다. 새콤함에 진저리를 치면서도 아기는 자꾸 스푼 끝으로 입술을 가져왔다. 입술 선이 또렷하고 예뻤다. 어디서 본 듯한 입매였다. 그 순간 나는 속으로 깜짝 놀랐다. 그건 남편의 입술이었고, 입술 선이었다. 이 애가 왜 남편을 닮았지? 뜨르르 머리가 돌아가며 실소가 터졌다. 시누이가 낳은 아이이니 시누이를, 남편을, 시집 식구들을 닮았을 게 뻔했다. 묘한 느낌이 지나갔다. 아기와 나는 이제까지 남이었는데, 이제 한 오라기 연관이 지어지는 것 같았다. 불길했다. 이 집 식구들한테는 입술 선이 우성인가 보네, 우리 아이들은 어떻지? 생각해 보는데 남편과 첫 키스 하던 장면이 떠올랐다. 데모에 쫓기던 학교 앞 골목에서였다. 신상옥 최은희가 납북된 해였고, 전투경찰이 학교 안에 진을 치고 있었다. 복학생이어서 아저씨라고 생각했던 남편의 얼굴이 예고 없이 다가왔고, 나는 놀라 어쩔 줄 모르는 가운데서도 이 남자가 입술 선이 예쁘구나, 입은 여자같이 생겼어, 하고 느꼈던 것이다.

아기의 입술 선을 검지로 쓸어 보았다. 아기가 눈썹을 올리며 흥겨운 표정을 지었다. 별식도 먹었고 맛있는 후식도 맛봤으므로 특별히 기분이 좋은 것 같았다. 그으래? 그렇게 좋아? 나는 몇 번 옹알이를 받아 주었다. 내 고갯짓에 아기가 까르르까르르 웃었다. 목주름 사이가 빨갛게 물러 있었다. 욕실로 안고 가서 목욕을 시켰다. 마지막이라는 생각에 정성이 들어갔다. 타월로 물기를 닦고 겨드랑이와 목, 사타구니에 살갑게 분을 바른 다음 새 옷을 입혔다. 재활용 가게에서 산 것들이었지만 색깔이 고왔다. 손톱 긴 것이 눈에 띄어 깎아 주려는데 아기가 내 옷깃을 거머쥐고 놓지 않았다. 악력이 여간 세지 않아서 떼어 내기 어려웠다. 억지로 떼어 내자 도로 주먹을 꼬옥 오므려 쥐었다. 안간힘을 쓰며 뭔가 버티는 듯했다. 안되었다는 생각에 손을 몇 번 흔들어 준 뒤 손가락을 하나하나 펴서 손톱을 잘랐다. 가운데와 약지 손톱을 자르는 동안 다른 손가락들을 필사적으로 오므려서 손바닥이 드러나지 않았다. 새끼손톱까지 다 자른 다음 다섯 손가락을 한꺼번에 펴려고 했다. 손바닥이 근질근질할 것 같았고, 그곳을 시원하게 긁어 주고 싶었다. 아기가 죽기 살기로 방어해서 펴기 힘들었다. 진땀을 흘리며 겨우 펴내자 축축한 손바닥에 실오라기가 한 가닥 붙어 있었다. 웃음이 나왔다. 아마도 제 옷에서 떨어져 들어갔을 실오라기 한 가닥을 그토록 중요하게 움켜쥐고 있는 모습이 너무 우스워 나는 깔깔대고 웃었다. 실오라기를 떼어 내고 아기의 손바닥을 간질여 주었다. 이게 뭐 보물이라고 그렇게 움켜쥐고 있니? 아기는 본능처럼 도로 손을 오므려 쥐었다. 내 검지가 아기의 손아귀에 들어가 잡혀 있었다. 아기는 믿을 수 없을 만큼 강한 힘으로 그것을 움켜잡았다. 살려 달라고 매달리는 것 같았다. 억지로 손가락을 빼냈다. 아기는 쥘 것이 없는데도, 이 세상에 자기 것은 먼지 한 톨 없는데도 부르르 떨기까지 하며 주먹을 그러쥐었다. 모두가 자기를 버리려 한다는 사실을 알고 있는 것 같았다. 생존의 몸부림이라고 생각하니 징그럽고 애처로웠다.

외출용 띠를 꺼냈다. 띠 겸 포대기였다. 일본 여자가 사용하던 것인 듯 망토처럼 덮개가 달려 있었다. 이것도 재활용 가게에서 산 것이었다.

띠를 아기 머리맡에 놓아두고 아기 짐을 쌌다. 우유와 우유병, 기저귀, 옷가지들을 두서없이 싸자 이불 짐만 해졌다. 안 되겠다 싶어서 헝겊 가방을 가져다 우선 필요한 것들만 넣었다. 최소한으로 줄였는데도 사나흘 여행 짐만 해졌다. 누구의 품으로 가든 이것으로 며칠은 버틸 수 있을 터였다. 아기가 제 짐을 싸는 내 모습을 무연히 올려다보았다. 울지도 보채지도 않고 무연히 올려다보고 있는 모습을 보자 죄책감이 사르르 지나갔다. 존재는 존재 자체로 슬픔이었다. 바구니에 담긴 강아지들을 거리에서 만났을 때 그 복슬복슬한 귀여움 너머로 저것들이 과연 어떤 집으로 팔려 가서 어떤 삶을 살게 될까 마음이 짠해지곤 했다. 에이, 공연히 태어났지, 안 태어났으면 좋았을걸, 하는 생각. 아기에게도 그런 마음이 들었다.

아기를 업고 가방을 들고 집을 나섰다.

나서고 보니 갈 곳이 없었다.

아무 대책 없이 집을 나온 것이다.

두서없이 돌아다녔다. 발걸음이 둥둥 허공을 날았다. 아기는 멋도 모르고 등 뒤에서 사지를 버둥대며 좋아했다. 바깥에 나온 적이 없어서 코에 찬바람이 들어가자 기절할 듯 히힝 대며 말처럼 뛰었다.

나는 결국 어명출판사로 갔다. 김병일 부장은 지방 출장 중이었다. 다음 주말에 돌아온다고 염소 같은 남자가 말해 주었다. 일부러 따돌리는 것 같지는 않았다. 김 부장은 지방 총판 회사들을 찾아다니며 자기네 책을 들이미는 일을 하는 모양이었다. 청탁과 술자리가 어우러진 거친 일이라 생각되었다.

저녁때가 되어 시누이의 남편 회사 아래까지 갔다. 차마 들어갈 수는 없었다. 시누이의 남편에게 느닷없이 아기를 들이미는 일은 우리 집안에 핵폭탄을 던지는 거나 마찬가지였다. 시누이 부부뿐 아니라 시집 전체, 그리고 우리 집까지도 연속적으로 핵폭발할 것이었다. 나는 마흔여섯 살의 여성 무직자였고, 전문적인 경력이나 장사 밑천이 없었고, 막노동할 힘도 없었고, 아이가 넷이나 달려 있었다. 내 자신은 물론 아이들에게까지 방사능 낙진을 덮씌워 죽어가게 할 수는 없었다. 시어머니는 벌써 8년째 치매로 현재를 알지 못했고, 시아주버니 부부가 전전긍긍 모시고 있었다. 거기에 짐덩이를 안겨 봤자 큰동서가 도망가 버릴지도 몰랐다. 그러면 모든 것이 내 몫이었다.

시누이가 우리 집을 나간 건 넉 달 전이었다. 시누이는 4년 전 결혼을 했고, 어쩐 일인지 아기가 없었다. 그 상태로 외간 남자와 사랑에 빠져 배가 불러 오자 자기 집을 이미 나온 터였다. 시누이의 남편은 몇 달간 시누이를 찾아다니다 포기하고 혼자 잘 살고 있었다. 시누이가 다른 남자의 아기를 낳은 것을 까맣게 모르는 채. 문제는 이 일로 내 남편이 집을 나갔다는 사실이었다. 우리 사이에 문제가 전혀 없었던 건 아니었다. 아이 넷을 낳아 키우는 동안 나는 살이 쪘고 둔해졌으며, 남편은 짜증 박사가 되었다. 외박이 잦은 적도 있었고, 휴대폰을 꺼 놓는 일도 많았다. 보너스를 속인 경우도 여러 번이었다. 한 인생 사노라면 그런 일쯤은 흔한 일이라고 나는 자위해 버렸다. 나로서는 방법이 없었으니까. 그럭저럭 아물어 가던 관계가 시누이 일로 덧나 버리고 말았다. 얌체 같은 시누이가 아기만 달랑 남겨 놓고 사라져 버린 뒤 나는 혼자 매일매일 아기를 돌봐야 했고, 퇴근해 온 남편에게 화풀이를 하지 않을 수 없었다. 남편은 왜 애초에 시누이를 받아들였느냐고 화를 냈다. 그럼 양수가 터져 진물을 질질 흘리며 찾아온 당신 동생을 외면했어야 했느냐고 나는 따졌다. 맡아 키울 의사가 없었다면 오지랖을 벌리지 말았어야 한다고 고함치며 남편은 어느 날 살림살이를 때려 부쉈다. 그렇게 시작해 나날이 폭풍이 불었다. 어쨌든 시누이가 나타나서 아기를 데려가기만 하면 끝날 싸움이었다. 그러나 시누이는 꼭꼭 잠적해 숨어 버렸다. 남편과 나는 생명을 함부로 유기하거나 처치해 버릴 위인이 못 되었다. 해결책이 없었으므로 점점 더 사태가 악화되었고, 상처들이 새로이 생겨나 겹겹이 곪았고, 남편이 집을 나갔다. 집을 나가는 데는 아주 선수인 집안이었다. 남편은 내가 가지고 있는 통장으로 들어오던 봉급도 반으로 줄여 버렸다. 남편과 나는 외부에 거칠게 대항하지 못하는 대신 서로에게 치명적인 상처를 입혀야만 분이 풀렸다. 주변 사람 모두가 나를 비난했다. 나는 선심 베풀다가 졸지에 악녀가 되어 버렸다. 내 아이들마저 내 행동을 나무랐다. 나는 사면초가였다. 아기는 아침마다 내 곁에서 눈을 떴고, 배고프다고 울었고, 나는 도리 없이 분유를 타고 기저귀를 빨았다. 가정주부라는 직업은 자식들 때문에 자기 몸을 볼모로 잡힌 신분이었다. 화가 치솟는다고 해서 아이 넷을 팽개치고 함부로 가출하거나 밥 짓는 일을 그만둘 수는 없었다.

7

아파트를 나섰다. 초등학교 쪽으로 걸었다. 급한 볼일이 있는 것처럼 바삐 걸음을 떼 놓았다. 벌써 사흘째였다. 독해져야 한다고, 냉정해야 한다고 스스로 계속 다짐했다. 아이 넷을 키우느라 진이 다 빠져 버렸는데 나이 쉰을 바라보며 원치도 않는 아기를 또 키울 수는 없었다. 무엇보다도 터무니없는 부당함에 굴복하기 싫었다. 아이를 볼 때마다 시누이의 불륜을 떠올리는 것도 끔찍했다. 이건 정말 아니었다. 아이의 출생에 드리워 있는 부정적인 기운을 모르는 사람이 키우는 게 좋았다. 한시바삐 아기를 내 수중에서 내보내야 했다. 남편이 돌아와서 추적해도 찾지 못하도록. 그것이 나를 방어하기 위한 유일한 해결책이었다. 어물어물하다가는 필경 내가 아이를 입양해 키우도록 일이 돌아갈 것이다.

학교 부근은 우리를 담아 놓은 사파리 같았다. 이미 수업이 시작되어 있어서 아이들은 보이지 않았지만 살아 있는 웅성거림이 거대하게 느껴졌다.

문방구들을 지나 삼거리까지 갔다. 어느 쪽으로 가야 할지 작정이 서지 않았다. 우리 동네와 옆 동네, 그 옆 동네를 빙빙 돌았다. 동네마다 나름의 삶이 넘쳐 났다. 지붕을 수리하는 사람도 있었고, 개를 산책시키는 사람도 있었다. 향긋한 냄새가 코끝에 와 감겼다. 자그마한 빌라의 마당에 매화가 피어 있었다. 봄이로구나! 나는 코를 벌름거렸다. 매화 아래에 수선화와 팬지, 크로커스가 아기자기하게 얼굴을 맞대고 봄바람에 나풀거렸다. 동도 두 동뿐이고 가구들의 평수도 작아 보였지만 깃들여 사는 사람 모두가 따사로워 보였다. 따뜻한 물이 뒷골에서 등으로 내려갔다. 아기가 내 등에 포옥 기대어 잠들어 있었다. 울컥해졌다. 이 따듯한 말랑함을 어떻게 버리지? 슬그머니 겁이 났다. 나는 유난히 적의나 적대감, 대치 상태, 혹은 갈등을 견디지 못하는 것 같았다. 어렸을 때부터 그랬고, 생래적으로 그런 것 같았다. 가능한 한 언제나 대치 상황을 피했고, 그 상황 아래서는 목적하는 바를 쉽게 양보하거나 포기했다. 단지 혼자서 하는 일에서만 죽도록 자신을 몰아세우며 완벽을 추구했다. 요즘 들어 나와는 반대로 오히려 갈등과 적의를 즐기는 사람들도 있다는 것을 알게 되었다. 사람들은 정말 달랐다. 겉으로 보면 코 하나에 눈 둘, 귀도 둘, 입이 하나 똑같은 것 같지만 남편만 해도 나와는 달랐고, 시누이는 아예 별종이었다. 부모의 빚 때문에 자살한 사람도 있는가 하면 탐욕으로 남을 죽인 사람도 있었다.

동사무소가 나타났다. 휴게실이 제법 근사했다는 기억이 나서 그리로 들어갔다. 사회복지과라고 쓰인 팻말이 건너편에 보였다. 아 참, 사회복지사가 있잖아. 그들이 무의탁 노인을 살펴 주고 어려운 사람들을 돕는다고 했다. 나도 어려운 지경에 처한 사람인데……. 그런데 그들에게 뭐라고 얘기하지? 아기를 버려 달라고, 시설이나 입양 기관에 보내 나와 인연을 끊어 달라고 간청해야 하리라. 공무원 신분인 그가 선뜻 내 청을 들어줄 것 같지 않았다. 특별히 호감을 가져 긍정적으로 검토한다 하더라도 복잡한 절차를 거쳐 수십 번 드나든 후에 시원찮게 뭔가가 결정될 것이다. 공연히 내가 아기를 버리려 한다는 사실만 알려지고 앞으로 취할 행동에 걸림돌이 될 터였다. 더구나 이 아기가 누구고 왜 데려왔는지를 밝혀야 하는데 사연 자체가 너절해서 입에 올리기 창피했다. 서류에 아이를 버린 장본인으로 기록되는 것도 께름칙했다. 저를 위해 이토록 애썼는데 고맙다는 인사는커녕 철천지원수로 둔갑할 것이었다.

　소방서 쪽으로 향했다. '법치질서, 성실봉사'라는 글귀가 다가왔다. 소방서 옆에 파출소가 붙어 있었나? 파출소 이마에는 저런 글귀가 씌어 있었고? 두 가지 다 낯설었다. 아기를 업은 내 그림자가 몸에서 분리되어 파출소 안으로 들어갔다. 이 아기가 우리 집 앞에 놓여 있었어요. 새벽에 일어나 보니 누가 놓고 가지 않았겠어요? 경찰이 자판을 두드리며 조서를 쓴다. 저는 아이가 넷이에요. 남편 사업도 잘 안 되고 도저히 더 키울 수가 없어요. 경찰이 나를 뚫어지게 탐색한다. 누가 그랬는지 저도 모르죠. 가져다 놓는 걸 못 보았으니까요. 경찰의 눈이 날카롭게 내 안면을 찌르고 들어오고, 나는 점차 자신이 없어진다. 끝까지 거짓말할 자신이 정말 없다. 내 그림자는 위축되어 파출소 문을 열고 나온다. 그림자가 도로 내 몸으로 들어와 합해졌다.

시장이었다. 새파란 채소들이 다복다복 바구니에 담겨 있었다. 냉이, 봄동, 달래, 미나리……. 혹시나 하고 여기저기 두리번거렸다. 어둠침침한 지붕 안으로 들어섰다. 고등어와 갈치, 병어, 대구 따위가 서로 다른 체형을 빗대며 누워 있었다. 비린내가 진동했고 길이 질퍽거렸다. 아기를 버릴 만한 장소가 없어 보였다. 조심조심 걸어 마른 데로 나섰다. 주택가가 나왔고, 길 건너에 성당이 보였다. 일요일도 아닌데 성당 마당에 사람들이 북적거리고 있었다. 길을 건넜다. 무슨 바자회를 하는 모양이었다. 성당 안으로 들어갔다. 집에서 쓰지 않는 물건들을 가져다 헐값에 팔고 있었다. 아기만 없다면 살 것들이 많았다. 산지 직송 소금도 있었다. 성당에서 파는 산지 직송이니 진짜일지도 몰랐다. 요즘 진짜를 만나기는 하늘의 별 따기보다 어려웠다. 아기를 빨리 처분하고 소금을 사러 와야겠다는 생각이 들었다. 성당 뒤편으로 가 보았다. 사제관이라고 쓴 작은 집이 붙어 있었다. 신부님이 저 집에 사시나? 신부님한테 들어가서 내 사정을 얘기하면? 혹시 진정으로 들어 주시지 않을까? 신부님은 방법이 있을 것도 같았다. 그러나 바자회로 북적대는 마당을 돌아보자 용기가 사라졌다. 나는 가톨릭 신자가 아니었다. 신도 수가 수천 수만일 대도시의 이 성당에서 눈코 뜰 새 없이 바쁜 신부님이 행인에 불과한 나를 상대해 줄 것 같지 않았다. 밤에 몰래 와서 사제관 앞에 아기를 버리고 가는 장면을 상상해 보았다. 괜찮은 아이디어라는 느낌이 들었다. 아기가 아주 나쁜 곳으로 흘러들 것 같지는 않았다. 아기가 자라 복사가 되어 금잔을 닦는 모습이 어른거렸다.

8

　오늘은 꼭 해치우고 말 거야. 나도 그렇게 말랑말랑하지는 않아. 기필코 끝을 낼 거야. 아암, 본때를 보여 주겠어!
　굳은 결심으로 무장하고 집을 나섰다.
　며칠 동안 누비고 다녔던 길들을 다시 한 번 누비고 다니는 수밖에 없었다. 어제와 다른 조짐이 어디에서도 보이지 않았다. 동네의 모습도, 나의 심정도 그대로였다.
　허리가 아프고 엉덩이가 무거웠다.
　어린이 놀이터로 들어갔다.
　서너 명의 아이들이 미끄럼을 타고 있었다. 철봉대 뒤 의자에 앉았다. 아기가 등 뒤에서 까르르 웃었다. 어느새 잠에서 깨어나 미끄럼을 타고 내려오는 아이들을 바라보며 흥에 겨워 온몸을 출썩댔다. 아이는 자라면 낙천적이고 밝은 성격일 것 같았다. 최소한의 조건만 갖추어져도 적응해서 잘 살 것 같다는 생각이 들었다. 돌연 결심이 솟았다. 짜릿한 긴장이 온몸을 타고 내려갔다. 사방을 둘러보았다. 미끄럼을 타던 아이들은 돌아가고 없었다. 나는 띠를 풀었다. 살그머니 아기를 의자에 내려놓았다. 잠깐 화장실에 가는 척 자리를 일어섰다. 뛰지 않고 천천히 걸었다. 뒷덜미가 당겼다. 녹지 끝에 화장실이 있었다. 나는 얼른 그리로 들어갔다. 기회란 이렇게 느닷없이 오는구나! 나는 희열에 바르르 떨었다. 엉덩이를 까 내리고 오줌을 누었다. 어떻게 될 것인가 생각해 보았다. 곧 다른 아이들이 시소나 그네를 타러 올 것이고, 아기가 발견될 것이고, 근처에 있는 어른들에게 알려지리라. 경찰이 오거나 누군가가 아기를 파출소로 데려갈 것이고, 조서가 꾸며질 것이다. 불안이 먹구름처럼 몰려들었다. 내가 놀이터에 있는 걸 본 사람이나 아까 놀이터에서 놀던 아이들이 목격자 진술을 하리라. 내 인상착의가 몽타주로 그려져 온 동네에 나붙을 것이고, 옆집 사람들과 내 아이들이 그걸 볼 것이고……. 막내와 큰아이의 얼굴이 지나갔다. 나는 높다란 화장실 창에 턱을 올리고 놀이터를 내다보았다. 아기가 의자 위에 그대로 놓여 있었다. 코 근처가 시큰해 왔다. 바람이 불었고, 아기는 하늘에서 홀로 떨어진 작은 별 같았다. 옆에 달랑 놓여 있는 가방이 작은 별을 더욱 외로워 보이게 했다. 이건 아니었다. 어쩐지 이렇게 해서는 안 될 것 같았다. 아무리 각박한 세상이라 해도 인간에 대한 예의가 있는 법이었다. 나는 내게 뇌까렸다. 평생 범죄자에 수배자가 되어 숨어 다니고 싶어? 아이들한테 파렴치한이라고 낙인찍히고 그것도 모자라 감옥에 갈 거야? 나는 나도 모르게 문을 박차고 아기에게로 달려갔다. 아기를 급히 도로 안아 올렸다. 입술이 저절로 아기의 볼에 가 닿았다. 애처로움 때문에 쪽 소리가 났다. 마음을 모질게 먹어야 한다는 생각과 동네에서 이런 짓을 벌여서는 안 된다는 자각이 동시에 들었다. 기저귀를 갈아 주지 않아 아기의 엉덩이가 척척했다.

부지런히 집으로 가서 기저귀를 갈고 이유식을 먹였다.

식구들의 저녁을 지으며, 무작정 돌아다닐 게 아니라 주도면밀하게 계획을 세워야겠다고 결심했다.

계획, 계획, 계획…….

무슨 계획을 어떻게 세워야 할까? 구체적인 상황을 떠올리려고만 하면 가슴 근처가 부들부들 떨렸다.

막내를 재우고 아기를 들쳐 업었다.

아무리 궁리를 거듭해도 뾰족한 수가 없었다. 나는 내게 주문을 걸었다. 너는 강해. 무슨 일이든 할 수 있어. 이건 어쩔 수 없는 상황이야. 아기에게도 좋은 길이 될 거야. 나는 쉬지 않고 내게 지껄였다.

마을버스를 타고 성당으로 갔다. 성당 안은 어두웠다. 큰 문은 닫혔고 쪽문이 열려 있었다. 나는 쪽문으로 들어갔다. 아무도 없었다. 뒤쪽으로 급히 돌아갔다. 사제관 앞 땅바닥에 과감하게 아기를 내려놓았다. 돌아서서 뛰듯이 쪽문을 나왔다. 집으로 내쳐 오지 못하고 전선주 밑 그늘에 잠시 서 있었다. 스티로폼 박스가 눈에 뜨였다. 초봄이었지만 밤 기온이 급강하하고 있었다. 새벽이 되면 시멘트 바닥은 얼음장처럼 차가울 것이다. 스티로폼 박스를 들고 사제관 앞으로 갔다. 아기를 안아 막 스티로폼 박스에 넣으려 할 때에 아기가 잠이 깨서 울었고, 교육관이라고 쓰인 건물의 옆문이 열리며 환한 불빛이 쏟아져 나왔다. 불빛과 함께 사람들이 왁자지껄 나왔다. 나는 어쩔 줄 몰라 황급히 아기를 품에 안았다. 스티로폼 박스를 그대로 둔 채 걸음아 나 살려라 돌아오고 말았다.

9

바보같이!

왜 동네에서 꾸물거리고 다녔지? 정말 한심해!

나는 밤새도록 후회했다.

사람의 행동반경엔 한계가 있는 모양이었다. 상상력에도 한계가 있듯이. 자기가 알고 있는, 또는 자기가 발 딛고 있는 곳으로부터 멀리 가지 못하는 것 같았다. 이 동네에서 범죄를 도모했다는 건 내가 그만큼 바보라는 증거였다.

날이 희뿌옇게 밝아 왔다.

무거운 몸으로 일어나서 아기를 보살피고 아이들의 아침을 차려 주었다.

시간 차를 두고 아이들이 학교에 갔다.

아침 설거지를 마치자마자 아기를 업었다. 버스 정류장으로 나가 첫 번째 오는 버스를 탔다. 몇 번 버스인지 어디로 가는 버스인지 따지지 않았다.

버스에는 사람들이 많았다. 버스가 흔들렸고 손에 들고 있는 가방이 무거웠다. 사람들은 아기 업은 내게 자리를 내어 주지 않았다. 인심이 각박했다. 나는 보통의 아기 엄마들보다 나이가 들었고, 내가 생각해도 산뜻하지 않았다. 아기 할머니라고 하기에도 어정쩡했다. 어정쩡함이 사람들에게 거부감을 주는 것 같았다.

동부경찰서 앞이라는 안내 방송에 순간적으로 버스를 내렸다. 조건반사 비슷한 행동이었다. 내리고 보니 와 본 적이 있는 곳이었다. 무의식 속에서 내가 알던 장소들을 물색하고 있다는 것을 깨달았다. 정문 양쪽에서 전투경찰이 권총을 차고 수비하고 있었다. 고개를 숙이고 경찰서 구내로 들어갔다. 아무도 저지하지 않았다. 단지 통과하기만 했는데도 가슴이 사정없이 뛰었다. 향나무 뒤에 가서 사방으로 망을 보았다. CCTV가 여기저기에 설치돼 있었다. 아차! 뒤늦게 뒤통수를 쳤다. 우리 동네에도 곳곳에 CCTV가 있었을 터였다. 그것도 모르고 놀이터며 성당에서 아찔한 일을 벌인 내가 어이없었다. 점심시간이 되어 사람들이 점심을 먹느라고 산만해진 틈을 타 아기를 은밀히 화단에 내려놓는 데 성공했다. 막 정문을 나서서 세 걸음쯤 떼어 놓았을 때 소란스러운 소리가 등을 휘어잡았다. 나는 돌아보았다. 경찰서 담 밖에 약수대가 있었는데 거기에서 물을 받던 사람들이 일제히 내 쪽을 향해 삿대질을 하며 뭐라고 소리쳤다. 나는 급히 경찰서 안으로 되돌아가서 화장실에 갔다 온 척 넌지시 아기를 안아 올렸다. 뒤로 돌려 업고는 경찰서를 나왔다.

길을 건너자마자 버스에 올랐다. 온몸에 식은땀이 배어나 있었다. 버스가 약수대 앞을 통과했다. 아직도 여럿이 소리치고 있는 꼴이 아마 물 받는 순서 때문에 자기들끼리 싸우는 것 같았다. 맥이 빠졌다.

이대로 포기할 수는 없었다.

버스를 중간에서 갈아타고 대공원으로 갔다. 큰아이와 작은아이가 어렸을 때 남편과 함께 여러 차례 와 본 곳이었다. 막내를 키우면서는 아이에 대한 신기함도 사라지고 그 애에게 무엇을 보여 주고자 하는 의욕도 바래어 놀이공원에도 별로 데리고 오지 않았다는 생각이 들었다. CCTV가 너무 많았다. 그것들은 우주에서 날아온 새처럼 검은 안면을 번쩍이며 나를 주시했다. 검은 새들의 눈에 뜨이지 않을 장소에 가까스로 몇 번 아기를 내려놓았다. 그러나 사람들이 산지사방으로 돌아다녀서 아기를 버린 채 도망갈 수가 없었다. 장소와 날짜를 잘못 선택했다는 것을 깨달았다. 차라리 어린이 날이든지 일요일이든지 해서 난장판을 이루었다면 모를까 이런 평일에는 일거수일투족이 속속들이 드러났다.

법원 앞으로 갔다. 법과 아기에 대해서 생각했다. 입양이 되면 법적인 문제가 발생할 터였다. 내가 아기를 버린 사실이 밝혀지면 법적으로 처벌을 받게 될 것이고, 이곳은 그걸 집행하는 곳이었다. 나는 법원 건물을 한참 동안 올려다보았다.

소방서 근처로 가서 서성거렸다.

아기를 근처에 버리면 119 구조대가 와서 즉각 구조하리라는 생각이 들었다. 직접 소방서에 버리면 가장 경제적일 것 같았다. 그러나 마땅한 장소가 없었다. 소방서 바닥은 온통 물에 젖어 있었고, 건장한 대원들이 쉬지 않고 오락가락했다.

소방서 뒤로 산이 보였다. 짓다 만 건물이 언덕배기에 서 있었다. 그쪽으로 쉬엄쉬엄 올라갔다. 역시 공사가 멈춰 있었고, 뒤편에 건축 폐기물이 쌓여 있었다. 건물을 한 바퀴 삥 돌았다. 보는 사람이 없는 것 같아 폐기물 더미에 아기를 살며시 내려놓았다. 거미줄과 벌레들, 으스스한 기운이 생명체를, 그것도 사람의 아기를 파먹을 거라고 생각하니 끔찍했다. 아기를 도로 안아 올렸다. 방법이 없다는 생각에 다시 내려놓았다. 철근 토막, 벽돌 조각, 파손된 석재 따위가 아기에게 너무 위험했다. 폐기물이 쏟아져 아기가 죽기라도 하면 나는 아기 유기죄가 아니라 살인죄로 중형을 살게 될 것이었다.

아기를 버릴 기회가 찾아오지 않았다.

모든 곳이 아기를 버리기에 적합치 않았다.

막내에게 전화를 걸어 숙제 하고 라면 끓여 먹으라고 일렀다. 가스 불을 끄고 중간 밸브까지 잠그라고 여러 번 다짐시켰다.

퇴근 시간이 가까워질 무렵 결국 어명출판사로 갔다. 김 부장이 지방 출장에서 돌아온다던 날이었기 때문이다. 아기를 업은 나를 경비가 제지했다. 나는 어명출판사에 간다고 도전적으로 쏘아붙였다. 경비가 내 위아래를 훑어보았다. 그의 머리로는 명확한 소설이 써지지 않는 것 같았다. 나는 지하로 내려갔다. 김 부장은 아직 돌아오지 않았다고 했다.

어명출판사를 나왔다.

기저귀 가방은 무거웠고, 몸도 지쳤다.

오늘도 뜻을 이루지 못했다는 생각에 화가 치솟았다. 길가에 조성해 놓은 간이 공원에 가서 앉았다. 아기를 풀어 내렸다. 아기는 하루 종일 오줌을 싸서 사타구니가 퉁퉁 불어 있었다. 쯧쯧쯧쯧…… 소리가 나오는 것을 얼른 삼켰다. 배가 고파서 푹 절여 놓은 얼갈이처럼 처져 있었고, 눈도 제대로 뜨지 못했다. 기저귀를 갈아 채우고 아침에 타 가지고 나온 식은 우유를 먹였다. 아기는 한 방울도 남김없이 쪽 소리 날 때까지 빨아 먹었다. 쯧쯧쯧쯧…… 소리가 또 나오려는 것을 참았다. 길가 공원에서 우유를 먹이는 중년 여자를 오가는 사람들이 모두 쳐다보았다. 비로소 내 외모에 신경이 쓰였다. 남들의 눈으로 본 내가 객관적으로 보였다. 무릎이 튀어나온 바지에 보풀이 인 셔츠, 재활용 가게에서 산 허름한 포대기…… 파마한 머리는 산발이고 화장도 안 한 누런 얼굴에 쉰을 바라보는 나이…… 더구나 지난 몇 달간 푸른 알약을 복용해 온 안색이 오죽하겠는가. 가감 없이 노숙자나 걸인이었다.

"몇 달 되었우?"

건너편 의자에 앉아 있던 할머니가 물었다. 할머니인데도 옷맵시가 매끈하고 때깔이 흘렀다.

"여섯 달째예요."

"한창 예쁠 때네. 기저귀 찰 때가 가장 예쁠 때라우. 자식도 머리가 커지면 점점……."

할머니는 장성한 자식들에게서 실망과 서운함을 느끼는 눈치였다. 여자의 인생에서 아기를 낳아 젖 먹이고 기저귀 갈아 채울 때가 가장 행복했다고 할머니는 경험으로 증언하고 있었다. 나는 아이 넷을 키우느라 경황이 없어 그런 느낌도 가져 보지 못하고 그 시절을 흘려보냈다. 나도 일흔이 되면 아이들에게 실망하여 기저귀 갈아 채우던 날을 그리워하게 될까? 그렇다면 이 아이는? 누가 기저귀 갈아 채우던 시절을 그리워하나? 내가 왜 이 아이 걱정을 하지? 내가 평생 이 시기를 잊지 못할 거라는 예감이 들었다. 그리워해서라기보다 죄책감 비슷한 것으로.

트림을 시키지 않은 것이 생각났다. 아기를 곧추안고 등을 두드렸다. 아기가 나를 마주 안고 고물고물 내 목을 어루더듬었다. 간지러웠다.

트렌치코트 차림의 할아버지가 다가와 할머니에게 봉지를 건네주었다. 유명 중국집 상호가 찍혀 있었다. 할머니가 봉지를 열고 포개진 종이 도시락들을 꺼냈다.

"이거 하나 먹어요. 아직 따듯하네."

도시락이 내 무릎 위에 놓여졌다. 만두였다. 따뜻한 온기가 내 사지로 퍼져 나갔다. 맹렬하게 식욕이 돋았다. 하루 종일 아무것도 먹지 않았다는 생각이 들었다. 나는 만두를 꺼내 허겁지겁 먹기 시작했다. 세 개를 연이어 먹자 목이 막혔다. 수도로 가서 꼭지에 입을 대고 물을 마셨다. 엉거주춤 아기를 안고 입가의 물기를 훔치며 돌아오는 나를 할머니와 할아버지가 뚫어져라 쳐다보았다.

"늦둥이를 보았구려."

할아버지가 말했다. 집을 나와 노숙자처럼 지내다 어떤 남자에게 걸려 길에서 아이를 낳은 게 아닌가 여기는 것 같았다.

"아니에요. 제 아기가 아니에요. 사실은 시누이가 바람이 나서……."

나는 사연을 주르르 쏟아 놓았다. 느닷없었고, 경박했다. 그런데도 얘기가 튀지 않고 노인들의 연륜 속으로 순순히 스며들었다.

"시누이의 아이라고?"

너털웃음이 터졌다. 웃음소리가 한참 허공으로 퍼져 나갔다.

"한 달 동안 버리러 다녔다고?"

할머니도 거들며 웃었다. 나도 덩달아 웃었다.

"역시 강한 놈들은 약한 것들을 덮어씌우면서 살아. 약한 것들은 별수 없이 당하고 살고. 당신은 한마디로 바보요."

"바보라고요? 전 학교 다닐 때 공부 잘했는데요?"

"그랬겠지. 그거야 뭐 그랬을 게 뻔하지. 공부 잘한 것들은 곧이

곧대로니까. 남들도 저 같은 줄 알지."

"도대체가 말이 안 되게 굴잖아요."

나는 시누이에 대한 유감을 피력했다.

"저 소나무를 좀 봐요. 솔방울이 다닥다닥 맺혔잖소? 매연 때문에 살기 어려우니까 빨리 많은 후손을 퍼트리려는 거요. 사람도 자기 삶이 절(絶)당했을 때 정자가 가장 강하다오. 아마도 그 아이는 강한 성정으로 자라날 거요. 너무 걱정 마요."

"시누이는 그렇다 쳐요. 아예 별종이니까. 제가 화나는 건, 정말 참을 수 없는 건 남편의 태도예요. 여동생이 그런 짓을 저질렀으니 오빠로서 야단쳐야 하지 않나요? 나중에 돕더라도 말이에요. 어떻게 아기를 저 보고 입양해 키우라고 할 수 있지요? 어떻게 그럴 수가 있어요?"

"그거야…… 그 아이한테는 남편의 피가 흐르고 있지 않소?"

"피라고요?"

행성이 지구를 때리는 것 같았다. 피? 피가 뭐야? 유전자? 가슴이 출렁했다. 물론 이 아이한테는 남편의 피가 흐르고 있었다. 남편의 여동생인 시누이가 낳았으니 몇 퍼센트쯤은 흐르고 있을 터였다. 나는 급히 아기를 들쳐 업었다. 만두를 잘 먹었다고 인사해야 했지만 그럴 기분이 아니었다.

"안녕히 계세요."

기저귀 가방을 휙 집어 들고 공원을 나왔다.

할아버지의 말을 수용할 수 없었다. 절대로! 아이한테 남편의 피가 흐르고 있으므로 남편이 키우고자 한다는 것. 시누이가 강자고 내가 약자라는 것. 시누이는 덮어씌우고 살고 나는 당하고 산다는 따위.

웃기는 소리!

아기가 등 뒤에서 내 머리카락을 쥐고 조몰락거렸다. 아파! 그렇게 잡아당기면 아프다니까!

10

오늘도 목적을 달성하지 못했다. 벌써 42일째였다. 해가 서녘 하늘로 넘어가고 있었다. 다행스러운 것은 이제 집에 돌아가서 아이들의 저녁을 차려 주고 나면 고단해서 곯아떨어진다는 점이었다. 푸른 알약을 먹지 않은 지가 꽤 여러 날 되었다.

그동안 어명출판사에 두 번 더 가 보았다. 닷새가 지난 후에 가 보았을 때는 결근이라고 했고 일주일 후에 또 가 보았을 때 역시 결근이라고 했다. 결근의 성격이 퇴사나 다름없는 것 같았다. 나 때문에 그만둔 건 아닌 것 같았다. 나는 용기를 내어 김 부장의 집 주소를 물어보았다. 염소 같은 남자가 입매를 비틀며 가르쳐 주지 않았다. 6층의 총무과로 가서 알려 달라고 말했다. 사규라고 하면서 그들은 거절했다. 나는 복도에서 만난 사원한테 영업부의 김 부장을 꼭 만나야 하는데 어떻게 하면 좋겠냐고 물었다. 그 사람이 비실비실 도망갔기 때문에 다른 사원한테 또 묻지 않을 수 없었다. 사원들이 흘금흘금 나를 피했다. 그들은 오직 한 가지 줄거리의 소설을 쓰고 있는 것 같았다. 김병일 영업부장이 연상의 여인을 건드려 애를 낳았고 그 결과 곤란한 지경에 처했다고. 김 부장의 집 주소를 알아내려면 이런 식으로 접근해서는 안 된다는 것을 뒤늦게 깨달았다. 그의 주민등록번호를 알고 서울 시경에 아는 사람이 있으면 거주지를 알아낼 수 있으리라는 생각이 들었다. 누군가가 그런 방식으로 수십 년 전에 헤어진 은인을 찾았다고 했다. 그러나 주소를 알아낸다고 해도 그가 그 주민등록지에 확실히 사는지가 관건이었다. 또 가족과 함께 살고 있다면 내가 찾아갔을 때 그의 아내가 나올 것이고 그녀에게 어떤 말을 해서 아기를 떠넘길지 상상만 해도 난감했다. 주소만 알아낸 다음 아기를 우편으로 부치는 방법도 생각해 보았다. 배달되는 도중 아기가 죽을지도 모르고 가장이 실직한 마당에 아기를 받아 봤자 어떤 대접을 할지 뻔했다. 무엇보다도 나는 김병일이란 남자의 주민등록번호를 모르고 있었다. 더구나 시경에 아는 사람이 없었으므로 고민해야 할 필요가 없는데도 나는 한동안 골똘하게 그 문제에 매달렸다. 나는 제정신이 아니었다. 중독에 걸린 것처럼 밖으로 나다녔다. 처음에는 아기를 버릴 기회를 엿보며 다녔지만 나중에는 습성처럼 쏘다녔다.

  익숙한 풍경이 눈앞에 지나갔다. 나는 버스에서 내렸다. 알 수 없는 길이 이리저리로 뻗어 있었다. 나는 뒤늦게 깨달았다. 한 정거장 지나쳐 내린 것이다. 지름길 방향으로 들어섰다. 나날이 거듭되는 피로에 걸음이 절뚝거렸다. 울 낮은 주택의 앞뜰에 아그배가 화사하게 피어 있었다. 매화를 본 게 언제고 수선화를 본 게 언제던가? 봄은 완연했다. 오고 가는 사람들의 옷차림도 산뜻했다. 나는 나를 내려다보았다. 음울한 겨울이 아직도 나를 휘감고 있었다. 왜 이런 일이 일어났나? 어디서부터 잘못되었지? 길가의 평상에 털썩 주저앉았다. 오래된 고가의 바깥마당 가였다. 황토 흙이 발바닥에 밟혔다. 안채를 넘겨다보았다. 대나무 사이로 회청색 기운이, 퇴락함과 모색창연함이 자기장처럼 엉겨 있었다. 나는 멈칫 몸을 굳혔다. 불가사의가 날아와 나를 휩쌌다. 이게 환상인가, 실제인가? 수도 서울에 이런 집이 있다니? 연립주택들과 평범한 주택들 사이에 이런 고가가 끼어 있다니? 고가는 엄연히 서 있었고, 군데군데 무너진 골기와들 사이로 잡초가 올라가고 있었다. 대문 가운데에 그려진 희미한 문양이 눈에 들어왔다. 나는 엉덩이를 일으켜 대문 가까이로 갔다. 빛바랜 태극무늬가 어렴풋이 보였다. 문짝이 너무 오래되어 나뭇결의 살집이 죄다 파이고 허연 뼈대만 나이테처럼 남아 있었다. 무슨 도장인가? 국선도나 태극선 같은? 기 수련을 하는 도사들이 사는 집인가? 빠끔히 열려 있는 대문 안을 기웃거렸다. 서늘한 한기가 흘러나왔다. 폐허의 기운이 나를 끌어당겼다. 나는 나도 모르게 문턱을 넘어 들어갔다. 이상하게도 마음이 가라앉으며 편안함이, 형용할 수 없는 안도감이 나를 휩쌌다. 이게 무언가, 이게 무얼까……. 저절로 한숨이 나왔다. 경쟁할 필요도, 애쓸 필요도 없는…… 모든 게 끝난……. 나는 땅바닥에 다리를 쭉 뻗고 앉았다. 수명을 다한 폐가가 부러웠다. 눈물이 솟았다. 물기가 내 볼로 방울방울 흘러내렸다. 나는 한동안 느껴 울었다. 내가 태어나기 전의, 혹은 죽은 뒤의 세상에 와 있는 듯하였다.

　얼마나 시간이 지났을까.

서풍이 불어왔다.

고양이 울음소리가 가까이서 들렸다. 새카만 새끼 고양이가 굴뚝 위에 올라가 있었다. 온몸이 칠흑처럼 검었고, 꼬리에 탁구공만 한 흰 점이 있었다. 꼬리 가운데에 단순하게 찍혀 있는 것이 아니라 오른쪽으로 살짝 비끼듯 찍혀 있어서 조물주가 부조화의 조화를 계산하고 그려 넣은 것 같았다. 어둠이 벨벳처럼 곱게 내려앉았다. 주황빛 서녘 하늘을 배경으로 한옥의 지붕 선이 아름답게 그어졌다. 고양이들이 지붕 여기저기에 올라가 있었다. 한 마리, 두 마리, 세 마리, 네 마리…… 모두 한배의 새끼들이었다. 전부 새카맸고, 몸집도 똑같았다. 고양이들은 탁구공만 한 점을 가문의 문장처럼 하나씩 지니고 있었는데 신기하게도 그 부위가 모두 달랐다. 한 녀석은 정수리에, 한 녀석은 등에, 한 녀석은 꼬리에, 한 녀석은 뒷다리에 똑같은 크기의 새하얀 점을 지니고 있었다. 검은 바탕에 흰 점의 조화가 절묘했다. 절로 웃음이 나왔다. 한 마리 한 마리의 독특함은 물론이요 한배 전체의 구도 또한 완벽했다. 어떤 한 녀석의 점을 1밀리미터라도 옮기면 절대로 안 될 것 같았다. 새끼 고양이들이 계속해서 움직였다. 천재적인 예술가가 시연하는, 움직이는 설치 작품을 보고 있는 것 같았다. 엄마는 까만 고양이고 아빠는 하얀 고양이거나 하얀 점이 있는 고양이었다 하더라도 어쩌면 저렇게 똑같은 크기의 점을 저토록 어울리게 조화해 낼 수 있을까? 생명은 신비롭다는 말로는 어쩐지 모자랐다. 크림 빛 하늘을 배경으로 새끼 고양이들이 굴뚝으로 올라갔다 내려갔다 지붕 선을 타고 놀았다. 녀석들은 자연에 스며들어 자연과 하나가 되었다. 야옹, 한 녀석이 울었다. 야옹, 내가 대답했다. 고양이들과 나뿐, 고가는 조용했다. 어둠이 내리는 옛집에 앉아 나는 어둠을 부드럽게 흡입했다.

서녘 하늘에 남아 있던 주황빛 기운이 차차 스러졌다. 고양이들도 어둠에 스며들어 보이지 않았다.

나는 일어났다.

대문을 나서서 폐가를 뒤로하고 걷기 시작했다. 저 앞에 우리 아파트가 보였다. 발걸음을 재게 떼 놓았다. 아이들이 배를 곯고 있을 거라는 생각이 이제야 들었다. 뒤를 돌아보았다. 미장원과 슈퍼와 고깃집이 도열해 있었다. 폐가가 정말 거기 있었을까? 에덴에 갔다 온 듯 몽롱했다. 아기가 등에 차악 달라붙어 잠들어 있었다. 폐허에서 느꼈던 편안함이 등을 타고 내려왔다. 가슴이 안온해졌다. 새끼 고양이들이 눈앞에 오락가락했다. 어둠이 연기처럼 깔리는 폐가의 지붕 위에서 새끼 고양이들은 한 마리 한 마리 모두 아름다웠다. 검은 몸체와 하얀 점의 조화가 경이로웠고 형제들 전체의 어울림 또한 완전했다. 다시 생각해도 새끼 고양이들은 너무 예뻤다. 아기의 체온이 울울울 내 핏줄을 타고 돌았다. 발이 헛디뎌졌다. 어떻게 하지? 내일 또 아기를 업고 나와야 할까?

내가 예순네 살이 되었을 때

그래, 맞았어. 밤색 줄무늬 긴팔 셔츠가 있었잖아. 소매가 7부쯤 되고 목이 일자로 파이는. 그걸 입으면 가을 냄새가 나겠어. 요새 딱이야. 근데 그게 어딨더라? 젖은 머리를 말리며 나는 머리를 비이잉 굴렸다. 서랍장을 흘깃 돌아보았다. 그 안에는 물론 없었다. 서랍장이야 매일 열어 보니까 다섯 개의 칸칸에 무엇이 들어 있는지 손바닥처럼 환했다. 그 위에 쌓인 옷들 중에도 있을 리 없었다. 베란다의 박스에 들어 있나? 며칠 전 박스들을 뒤졌을 때 그 옷을 보지 못했다는 느낌이 들었다. 창고 방으로 가서 구석에 밀어 넣어 둔 트렁크를 빼내 급하게 자빠트렸다. 먼지가 뽀얗게 날아올랐다. 지퍼를 드르륵 열고 옷들을 뒤적거렸다. 요즘 입지 않는 옷들이 눌렸던 숨을 푸우푸 뱉어 내며 새삼 저와 나와의 관계를 일깨웠다. 맨 밑 구석에 밤색 줄무늬 셔츠가 꼬깃꼬깃 틀어박혀 있었다. 꺼내서 펴 보았다. 다림질을 제대로 해야 입을 것 같았다. 시계를 보았다. 일찌

감치 도서관에 가서 자리를 잡기는 틀린 일이었다. 도로 옷들을 눌러 담고 트렁크 뚜껑을 닫으려는데 뚜껑 안쪽 주머니에서 불룩한 것이 만져졌다. 이게 뭐지? 순간 큰 흥미가 일었다. 내가 뭘 넣어 놓았을까? 까맣게 잊어버린 과거의 내 행적과 만나는 일은 언제나 간지럽고 싱그러웠다. 작년에 입었던 코트의 주머니에서 만 원짜리를 발견할 때처럼 기쁨을 은닉하고 있을지도 몰랐다. 손을 집어넣어 불룩한 것을 꺼냈다. 얇은 비닐봉지였다. 할머니 것이었다! 아아, 이 트렁크는 할머니가 여러 집으로 옮겨 다닐 때에 따라다니다 우리 집에 남겨졌고, 입지 않는 내 옷들이 그 안에 들어가 앉은 것이다. 투명한 비닐봉지 안에는 손수건과 쪽지들과 화장품 샘플 같은 게 들어 있었다. 나는 비닐봉지의 매듭을 풀었다. 할머니가 묶은 매듭이었다. 기분이 약간 저릿했다. 내용물을 쏟아 냈다. 손수건은 두 장이었는데, 빤 것 같지 않았다. 코에 가져다 냄새를 맡아 보았다. 희미한 어떤 냄새가 났다. 할머니 냄새였다. 땀내는 아니고, 이것저것이 섞인 노인 냄새라고나 할까. 한 장은 연한 쑥색 테두리에 고풍스러운 무늬가 안을 채우고 있는 것이었고, 또 한 장은 튤립 문양의 꽃들이 화려하게 어우러진 것이었다. 둘 다 저가품으로 할머니가 길이나 시장에서 샀음 직한 것이었다. 언제 이런 것들을 사셨을까? 우리 집에서 지내실 때에? 신천동 시장 같은 데서? 몸집이 조그맣고 허리가 굽은 할머니가 단아하게 모시옷을 차려입고 신천시장 노점에서 손수건을 사는 장면이 연상되었다. 생신 때며 명절 때 아들딸 손자 손녀 들이 상자에 담긴 찰스 쥬르당이나 샤넬 같은 손수건들을 숱하게 사다 드렸건만 할머니는 자기 마음에 드는 이런 것들을 또 사신 것이다. 노인에게 어울린다고 생각되는 쑥색 손수건과 자기 안의 정열이 고스란히 반영된 꽃무늬 손수건. 말하자면 남의 눈을 위한 것과 자기 진심을 위한 것이었다. 노인이 되어도 마음은 언제나 봄이고 정열 또한 속내에서는 스러지지 않는다는 게 내게는 우스웠다. 접힌 쪽지들을 펼쳤다. 자식들의 집 주소를 적은 것과 성당에 다니면서 적어 놓은 메모, 길을 잃으면 참고해 달라고 큰외삼촌이 적어 준 할머니의 인적 사항과 연락처 등이 크고 작은 종이에 적혀 있었다. 대부분 하도 많이 폈다가 도로 접어 모서리가 나달나달하고 종이 가루까지 피어올랐다. 화장품 샘플은 스킨로션과 워터세럼이라고 적힌 것이었고, 할머니 스스로 어딘가에서 얻은 듯 이름 없는 상표였다. 뚜껑을 열고 냄새를 맡아 보았다. 오래되어 약간 상한 냄새가 났다. 쓰레기통에 버릴까 하다가 비닐봉지 안에 도로 넣었다. 할머니의 물품은 이제 생성되지는 않고 없어지기만 할 테니까. 그 소멸을 내가 가속시키고 싶지 않았다. 은행 통장을 넣는 비닐 케이스도 있었다. 누렇게 변색된 그 안에는 1982년에 잠실3동장이 발행한 경로 우대증과 성당에서 나누어 준 그림엽서, 휴지로 여러 번 싼 바늘쌈 같은 것이 들어 있었다. 1982년은 내가 태어난 해였고, 잠실3동은 내 출생신고가 되어 있는 주소지였다. 그러니까 내가 태어나던 해, 내가 태어나던 집에 할머니는 함께 있었다. 휴지로 싼 것을 풀어 보았다. 바늘쌈이 아니라 욱현이 오빠 사진과 내 사진이었다. 그 밑에 할머니 당신 사진도 들어 있었다. 할머니 사진은 새로 주민등록증을 낼 때 찍었던 것인 모양으로 동사무소에 제출하고 남은 것인 듯했다. 욱현이 오빠는 큰외삼촌의 맏아들이었고 할머니에게는 장손이었으므로 할머니의 마음을 차지하는 게 마땅했다. 그런데 내 사진이 들어 있다니? 그건 의외였다. 할머니에게는 아들이 셋이었고 거기서 낳은 친손자만도 다섯이나 되었고 친손녀들도 엄청 똑똑해서 모두들 내로라하는 자랑거리였다. 미세한 떨림이 전율로 지나갔다. 낳은 정 기른 정이라더니 할머니에게는 내가 기른 정으로 고이 간직되었던 모양이었다. 엄마가 하도 칼 소리를 해 대서 나는 할머니가 나 같은 건 안중에도 없는 줄 알았다. 이제야 확실히 밝히지만 할머니는 내게 외할머니다. 친할머니가 일찍 돌아가신 탓에 내게는 할머니라 하면 외할머니밖에 없다. 엄마의 앙잘거리는 소리들이 들린다. 노인네, 못 말려. 그저 아들밖에 없고 손자밖에 없다니까. 죽어도 아들이고 빌어먹어도 아들이야. 고등학교 교복을 입은 내 증명사진을 내려다본다. 목을 쭉 빼고 안경을 쓰고…… 착한 맹순이 같았다. 고등학교 때는 내가 이랬던가? 이렇게 바보 같았단 말이지? 창문 유리에 비친 내 실루엣과 비교해 본다. 많이 변했다. 나는 이제 말끔한 여대생이 된 것이다. 뻐꾹 뻐꾹 뻐꾹…… 벽시계가 울었다. 젠장, 시간이 이렇게 되었네. 나는 트렁크를 덮어 세우고 부랴부랴 집을 나섰다.

　호수 녀석은 와 있지 않았다. 자리가 없어서 출입구 쪽에 앉았다. 오늘은 저녁에 스터디가 있는 날이다. 노트북을 켜고 과제를 확인했다. 신문 스크랩과 논술 자료를 대충 정리해 놓았기 때문에 나중에 출력만 하면 될 것 같았다. 최신 시사 상식 문제집을 폈으나 공부가 되지 않았다. 토익 책을 폈다. 역시 머리에 들어오지 않았다. 이어폰을 귀에 꽂고 쿨의 「해변의 여인」을 틀었다. 유리의 야야 야야 하는 코러스가 꽤나 시끄럽게 느껴졌다. 평소 같으면 신나게 흔들거렸을 대목이었다. 이어폰을 도로 빼고 멍하니 앉아 있었다. 할머니가 소중하게 보관한 내 사진이 떠올랐다. 유치원 졸업식에 할머니가 오셨던 일, 등 뒤에 엑스 자로 끈이 교차되는 감색 주름치마를 만들어 주셨던 일,(그건 돌아가신 할아버지의 양복바지를 뜯어 만든 것이었다.) 계란 프라이를 언제나 완숙으로 해 주시던 일……. 나는 사실 할머니가 키워 주신 것이다. 아기 때부터 초등학교, 중학교, 고등학교를 지나 대학생이 될 때까지. 할머니는 나를 위해 모든 걸 다 해 주셨다. 원체 기질이 거센 며느리를 맞은 데다 시집간 맏딸(우리 엄마)이 직장 생활을 하는 바람에 할머니는 언젠가부터 아예 우리 집에 기거하셨다. 엄마와 할머니의 숱한 갈등이 떠오른다. 살림을 성심껏 도맡아 하시는 것과는 별개로 할머니는 몸만 우리 집에 있었지 마음은 언제나 아들 집에 가 있었다. 그 증거로 자기 마음에서 가장 귀한 것, 좋은 것, 용돈 모은 것 따위를 은밀히 감추었다가 친손자들이 오면 몰래몰래 주었다. 엄마와 나는 처음엔 놀랐고, 소외감을 느꼈고, 분노가 자라났고, 미움이 자리를 깔았다. 마지막 순간이 왔을 때, 그러니까 할머니가 정상적인 생활을 할 수 없게 되었을 때 엄마는 냉정하게 교통정리를 했다. 20여 년간 마음 밑바닥에 가라앉은 앙금이 소용돌이쳐 떠오른 것이다. 결국 할머니는 큰외삼촌 집으로 가셨고, 예상대로 거기에 한 달도 못 계시고 여러 자식들 집을 돌게 되었고, 그것도 여의치 않게 되자 노인들이 가는 어떤 곳으로 보내졌다. 어쨌든 나는 할머니를 잊고 있었다. 친자식인 엄마와 외삼촌들도 현재 생활에서 할머니를 제외하고 있었으니까. 우리 모두 자기 삶에서 할머니를 이미 밀어낸 뒤였다. 트렁크에 처박아 둔 못 입는 옷처럼. 나는 오늘 아침 트렁크에서 꺼내 입고 온 밤색 줄무늬 셔츠를 손바닥으로 쓸어 보았다. 멀쩡했다. 다른 옷들과 조금도 다름이 없었다. 몸에 꼭 맞고, 포근하기까지 했다. 배낭을 잡아당겨 옆 주머니에서 할머니의 비닐봉지를 꺼냈다. 소리 나지 않게 살금살금 매듭을 풀었다. 주위 사람들이 볼까 봐 상체를 숙이고 노트 위에 내용물을 쏟았다. 쪽지들을 집어 하나씩 하나씩 펴서 읽어 보았다. 경기도 성남시 수정구 신흥2동…… 막내 외삼촌 집의 주소였다. 수진이 결혼식 3월 9일 토요일. 이것은 둘째 외삼촌이 자기 딸의 결혼식을 알린 것이다. 할머니가 귀가 먹어 잘 못 알아들으니까 글자로 써 보인 것 같았다. 아버지 제사 9월 27일. 이건 엄마 글씬가? 할아버지의 제삿날을 알린? 할머니 글씨들이 나왔다. "천주의 성모여, 우리를 위하여 빌의시여……." 그런 것도 있었고, "사순절이란 40일 동안 엄한 극기와 단식을 행하셨든 예수님을 따라……." 그런 것도 있었다. 책을 보고 그대로 베끼는데도 이렇게 철자법이 틀릴까? '선종을 얻기 위한 기도'라는 제법 큰 쪽지가 나왔다. 쪽지 중 가장 낡아 그만큼 많이 펴 보고 접고 또 펴 보고 했던 것이라 생각되었다. 오— 애수…… 아, 알았다. 수녀님이 불러 주시는 것을 받아 적은 것이리라. '애수여'라는 표기도 그렇지만 '오' 뒤에 발음을 길게 하기 위한 줄표까지 붙인 것을 보면 수녀님이 '오'라는 감탄사를 감정 잡아 길게 발음한 것 같았다. 수녀님은 나이 지긋한 할머니들을 모아 놓고 한 구절 한 구절을 여러 번 불러 줘 가며 기도 문구를 받아 적게 한 모양이었다. 극적인 그 기도의 기분을 살리기 위해 할머니는 전편에 줄표를 여러 번 사용하고 있었다. 수녀님은 감정이 아주 풍부한 사람으로 할머니들을 상대로 낭독의 재능을 유감없이 발휘한 것 같았다. 나는 계속 읽어 나갔다.

    나 당신의 마지막 숨을 흠숭하오며 나의 마지막 숨을 당신께서 받으시기를 간구하나이다. 내가 세상을 떠날 때 내 지혜를 자유로이 사용할는지 지금 알지 못하오니 이제부터 나의 임종의 고통과 모든 괴로움을 당신께 봉헌하나이다. 당신은 내 아버지시오 구세주시오니 내 영혼을 당신 손에 맡기나이다. 나의 마지막 순간이 당신 죽음의 순간과 일치되기를 원—하오며, 내 심장의 마지막 고통은 당신을 위한 순결한 사랑의 행위가 되기를 원—하나이다. 내 주 하느님 오늘부터 당신이 원하시는 죽음의 종유와 그—모—든 앓음과 모—든 번뇌와(근심 걱정) 임종의 고통과 함께 나 즐거이 또—한 순종하여 당신 손으로부터 받아드리나이다. 아 맨.

    쪽지를 앞에 놓고 나는 가만히 앉아 있었다. "내가 세상을 떠날 때 내 지혜를 자유로이 사용할는지 지금 알지 못하오니"라는 대목이 허공으로 둥둥 떠다녔다. 듣기로 지금 할머니는 지혜를 사용하기는커녕 남의 지혜로도 생존이 거북한 상태였다. 별로 많이 배우지 못한 할머니도 정신이 있었을 때는 이토록 아리땁게 자기의 최후를 준비했구나 하는 생각이 충격 비슷하게 다가왔다. 나의 최후가 생전 처음으로 떠올라 마음이 무거웠다. 엄마는 또 어떨까? 죽는다는 것. 그 시기, 죽음의 순간이 때아니게 내게 올가미를 씌웠다. 오전 내내 나는 어수선했다. 헛돌던 시사 상식 문제집과 토익책을 접고 노트북도 껐다. 점심이나 먹고 할까. 나는 짐을 챙기고 일어서려 했다. 건너편 구석 자리에 호수가 와서 앉아 공부하는 게 보였다. 자식, 언제 왔지? 왔으면 신고를 해야 할 거 아냐? 나는 호수에게로 걸어가서 어깨를 쾅 쳤다.

"나가자."

소리 나지 않게 말하며 손으로 밥 먹는 시늉을 했다.

"아침 안 먹고 왔어?"

호수도 소리 나지 않게 입 모양만으로 말했다. 나는 고개를 끄덕였다. 우리는 가방을 메고 도서관을 나왔다.

"너 이상한 짓 하더라? 그 꺼내 보던 거 뭐냐?"

나오자마자 호수가 큰 소리로 물었다.

"응, 그거. 비밀."

"무슨 놈의 비밀이 그렇게 꼬리꼬리하냐? 하마 냄새 나겠던데?"

"자세히도 봤네."

"내가 네 머리카락 뽑아 왔어. 그래도 모르더라?"

호수가 내 정수리를 가운뎃손가락으로 톡 튀겼다.

"그랬어?"

나는 놀랐다. 내가 그렇게 정신을 팔고 있었나? 집중에는 나도 한가락 하나 보았다.

"다리미 누가 훔쳐 갔냐?"

호수가 내 차림새를 새삼스럽게 훑으며 입을 귀에 걸고 낄낄댔다. 나는 비로소 내 옷차림을 내려다봤다. 티셔츠가 심하게 구겨져 있었다. 너무 급해서 에라 모르겠다 하고 입고 나온 것이다.

"좀도둑이 극성이잖아."

학교 식당으로 들어가려는 호수를 잡아채 나는 학교 앞으로 나갔다.

"돈가스 먹을래, 된장찌개 먹을래?"

내가 물었다.

"네가 쏠 거야?"

"그럼. 남아도는 게 돈인데."

"아쭈? 그럼 이거 하나 가져라."

호수가 노점의 옷걸이에 걸려 있는 노란 터틀넥 스웨터를 벗겨 내게 안겼다. 그것을 팔에 걸고 털레털레 돈가스 전문점으로 들어갔다.

나는 치즈 돈가스를, 호수는 모둠 세트를 주문했다.

창밖에는 제라늄과 아프리카 바이올렛 화분이 빼곡히 늘어놓여 아직도 연분홍, 진홍, 다홍의 아름다움을 뽐내고 있었다. 이 집 주인인 중년 여인은 꽃을 좋아해서 시시 철철 점포 밖에 꽃이 활짝 핀 화분을 늘어놓는 게 취미였다.

헤어 숍과 옷 가게, 카페, 아이스크림집이 아기자기하게 내다보였다.

저런 장사를 하면 어떨까? 방송사, 신문사는 물론 대기업 취업 경쟁률이 몇백 대 일이라는 것을 생각하며 나는 가게들을 유심히 훑었다. 정해지지 않은 나의 미래가 불안하게 흔들렸다.

시선을 이리저리로, 아래위로 돌렸다.

대각선 건너편 인테리어 집 앞 그늘에 껌 파는 할머니가 쭈그리고 앉아 있었다. 한쪽 눈이 찌그러졌고, 초라한 차림새에 하얀 고무신을 신고 있었다. 시골 같은 데서 와서 껌 장사를 시작한 지 얼마 안 되었나? 쳐다보지 않으려 해도 자꾸 그쪽으로 눈길이 갔다. 나는 짐짓 할머니를 주시했다. 한 동작도 빼놓지 않고 계속해서 바라봤다. 할머니가 자기 옆의 통 같은 것을 자꾸 매만지는 걸 알 수 있었다. 할머니에게는 늘어놓은 껌 판보다도 그 통이 더 중요한 것 같았다. 저게 뭐지? 저게 뭔데 껌 판 옆에 놓고 저렇게 신경을 쏠까? 한참 만에 나는 그 통이 아기를 포대기로 둘둘 말아 놓은 거라는 걸 알아차렸다. 도대체 어떻게 된 거지? 설마 할머니가 아기를 낳았을 리는 없고……. 골치가 아팠다. 호수가 사 준 스웨터를 집어 들고 후딱 화장실로 갔다. 옷을 갈아입고 오니 이미 음식이 나와 있었다. 살이 두툼한 일본식 돈가스를 호수는 간장 소스에 찍어 순식간에 먹어 치웠다. 내가 남긴 것도 가져다 꿀떡 해치웠다.

계산을 하고 나오면서 할머니 앞으로 뛰어가 얼른 껌 한 통을 샀다. 물새가 고기 낚아채듯 재빨리 돈을 던져 주고 껌을 집어 호수 곁으로 뛰어갔다.

껌을 씹으면서 천천히 박물관 뒷길을 걸었다. 아래윗니를 찰칵찰칵 밀착시킬 때마다 할머니의 삶이 고기 맛처럼 피어났다. 어디서 무얼 하고 살다 저 나이에 껌을 가지고 학교 앞에 나타났을까? 아기는 또 뭐람? 할아버지는 죽고 아들은 감옥에 가고 며느리는 도망갔나? 그 와중에 월세 보증금마저 까먹은 건가? 무책임하게 아이를 낳아 노모에게 던지고 잠적하는 젊은이들이 수두룩하다는 기사를 읽은 기억이 났다. 그런 경우일까? 껌 몇 통을 팔아 분유를 사 가지고 단칸방으로 돌아가는 할머니의 모습이 보였다. 젖병에 우유를 타서 아기의 입에 물리지만 아기는 뜨겁다고 마구 울어 댄다. 할머니는 진땀을 흘리며 아이를 어르고 아기는 신나게 가동질을 친다……. 아이가 커 가자 할머니에게 되레 발길질을 하고 욕을 해 댄다. 욕심껏 무얼 사 주지 않는다고 조그만 녀석이 할머니의 덜미를 마구 잡고 흔든다……. 할머니의 인생이 복잡다단하게 한없이 펼쳐졌다.

나는 세차게 도리질을 쳤다.

노천강당의 계단에 앉아 자판기 커피를 마셨다. 도서관으로 들어가서 공부할 것을 생각하니 어두컴컴한 그늘이 장례식 분위기처럼 칙칙하게 느껴졌다. 영화나 보러 갈까? 그러나 주말 거리의 혼잡함과 영화관 안의 밀폐된 공기가 떠올라 내키지 않았다. 쾌청한 야외로 나가 볼 수는 없을까.

"잠깐만 기다려."

나는 휴대폰을 쥐고 자리에서 일어나 단축키로 엄마에게 전화를 걸었다.

"엄마, 나야 나."

"누구? 예은이?"

"그래, 딸도 몰라?"

엄마가 깔깔깔 웃었다. 기분 좋은 일이 있었나 보다. 부원들이 큰 보험 계약을 따 왔는지도 모른다. 엄마는 생명보험회사에 다니고 있었다. 그러니까 누군가가 죽으면 돈을 내주는 회사. 여자들의 시끌벅적한 소리가 엄마의 웃음 뒤로 스쳤다.
"어쩐 일이야? 무슨 일 있어?"
웃음을 그치고 엄마가 물었다.
"아니. 뭐 좀 물어보려고."
"뭘?"
"할머니 계신 데 말야. 구파발에서 버스 타고 간다고 했어? 새로 옮긴 데."
할머니는 얼마 전에 노인복지시설에서 노인요양시설로 옮겼다고 했다. 찾아가 보진 않았지만 그 정도는 나도 알고 있었다.
"그렇지. 대중교통으로 가려면. 근데 거긴 왜?"
"여기 구파발이거든. 어떤 거 타고 가나 궁금해서."
"싱겁긴. 시간 남거든 한번 가 봐라. 어영부영하다가 돌아가시면 후회될라. 널 애지중지 키워 주셨는데. 엄마야 뭐 한 거 있니? 낳은 거밖에."
다행히도 엄마는 긍정적으로 반응하며 찾아가는 길을 구체적으로 알려 주었다.
나는 노천강당으로 돌아왔다.
"오후에 어디 갈 건데 같이 갈래?"
"어디?"
"묻지 말고 따라만 와."
"무섭다."
"겁 좀 먹어야 될 거야."
"으이, 으스스하네."

호수는 더 묻지 않고 나를 따라나섰다. 석연치 않은 내 기분이 감지되는 모양이었다. 아빠 산소에 가는 줄 아는지도 몰랐다.

3호선으로 갈아타고 구파발까지 가서 엄마가 가르쳐 준 대로 2번 출구로 나갔다. 그러나 55번 버스는 영 오지 않았다. 20분 이상 호수와 함께 땡볕에 서 있었다. 구파발 사람들이 지나갔다. 개를 끌고 가는 사람, 몸뻬를 입은 아주머니, 꽃무늬 남방셔츠를 입은 아저씨와 탱크톱을 입은 아가씨, 종달새 같은 아이들……. 호수는 계속해서 오락 프로에 나오는 유행어들을 읊어 댔다. 일부러 더 그러는 것 같았다.

"너, 원숭이 피터 같아."

"내가 그렇게 못생겼단 말야?"

"그래, 아주 새빨갛잖아."

"아이구, 졸도하겠네."

드디어 55번 버스가 우쭐우쭐 다가왔다. 근처에서 회차하는 모양으로, 빈 버스였다. 우리는 반갑게 올라타서 맨 뒷자리로 가 앉았다.

차는 문산 파주 쪽을 향해 갔다. 연신내와 삼송을 지나자 비닐하우스와 논밭 들이 지나갔고, 이름을 들어 본 듯도 한 농촌 도시들이 그 이름이 붙은 농협과 역시 그 이름이 붙은 슈퍼와 함께 지나갔고, 벽제 화장터가 나왔다. 거기서부터는 장묘원들이 수도 없이 많았다. 확실히 알 수 없었으나 시신을 매장하는 공원 묘원과 분묘를 하는 곳, 유골을 건물 안에 층층이 보관하는 곳이 따로따로 구분되어 있는 것 같았다. 할머니가 계신 곳이 이런 장묘원들을 지나 그 끝에 있다는 것이 아이러니했다. 할머니는 돌아가시면 오히려 이쪽으로 오셔야 하겠네, 집에까지 오실 필요도 없겠어, 하는 생각이 스쳤고, 그 생각이 불경스럽고 발칙해서 나는 얼른 숨을 푸우 토해 냈다.

"어디 가는 건데? 내리는 데는 정확히 알아?"

걱정이 되는지 호수가 물었다.

"알아."

"제법인데."

"종점!"

호수가 내 머리에 꿀밤을 먹였다.

연수원 간판이 지나가고 문화원 간판도 지나갔다. 가을 오후의 햇빛이 낯선 길 위에 낯설게 내리쪼였다. 이 낯선 길 끝에 할머니가 계신다는 것이 어쩐지 비현실적으로 느껴졌다. 할머니는 지금 집에 계시고, 고구마를 쪄 놓거나 약밥을 해 놓거나 생선을 구워 놓고 내가 가면 얼른 차려 줄 것 같았다. 내가 젓가락을 들기도 전에 요구르트를 대령해 마시기를 권할 것이었다. 내 운동화를 하얗게 빨아 베란다에 널고 계실지도 몰랐다. 나는 차창에 반사되는 햇빛의 파장을 바라보았다.

"너네 할머니는 몇 살 때 돌아가셨어?"

호수에게 물었다.

"나 태어나기도 전에. 외할머니는 초등학교 3학년 때."

"너네 부모님들은 어머니를 일찍 여의셨네?"

"시집살이도 못 해 봤다고 엄마가 투덜대."

"산소는 있어?"

"있지. 경남 산청에. 외할머니는 화장해서 절에다 모셨다던가? 언젠가 따라가서 절한 적이 있어."

"넌 할머니랑 추억 같은 거 없어?"

"별로. 명륜동 외갓집 안방에 외할머니가 늘 누워 있던 것만. 방에 들어가면 이상한 냄새 나고."

"……"

호수는 나와 다르다고 생각했다. 나는 엄마 대신 할머니가 모든 걸 해 주셔서 외롭지 않게 유년을 보낼 수 있었다. 유치원에서, 놀이터에서, 학교에서 집에 돌아가면 언제나 할머니가 계셨다. 할머니는 나만을 위해 바나나 우유도 사 놓고, 과일도 깎아 놓고, 계란 프라이도 완숙으로 부쳐 주셨다. 할머니는 내 요구는 무엇이든 들어주셨다. 한 번도 귀찮아하지 않으셨다. 엄마처럼 나를 두고 친구를 만나러 가거나, 헤어 숍에 가거나, 극장에 가지 않으셨다. 할머니는 언제나 따뜻하게 나를 품어 주셨다. 그런데도 나는 소풍에 따라온 할머니가 창피해 화를 냈고, 지금은 할머니가 계신 곳의 주소도 모르는 것이다. 배은망덕이라는 말이 생각났다. 방금 전에 엄마에게 물어 시설로 가는 차편만 알아냈지 그 시설이 어느 시도의 어디쯤에 위치해 있는지도 솔직히 몰랐다. 할머니는 그만큼 나와 격리되어 있었다. 산 자와 죽은 자만큼. 그보다도 더. 아직 죽지 않았는데도. 스무 살이 될 때까지 나와 가장 긴 시간을 같이 보낸 사이인데도.

호수는 잠이 들어 있었다. 입을 바보같이 벌리고 내 어깨에 기대어 꿈나라를 헤매는 것 같았다. 나는 MP3의 이어폰을 귀에 꽂고 볼륨을 높였다. 관산삼거리에서 문봉이라는 팻말이 붙은 쪽으로 버스가 좌회전해 들어갔다. 나는 이어폰을 뺐다. 어디가 어딘지 불안해서 음악을 듣고 있을 수 없었다. 엄마는 종점이라고 했지만 버스 노선도를 보니 55번 버스는 불광동에서 출발해 구파발, 벽제, 고봉동, 중산마을을 지나 일산터미널로 가고 있었다. 일산터미널이 종점인 것 같지는 않았고, 중산마을 부근 어디에 차고지가 있지 않나 생각되었다. 종점이라 해도 노선의 편의상 잠깐 쉬고 곧바로 일산터미널로 향하는 모양이었다. 문봉사거리라는 안내 방송이 나왔다. 다음 정거장이 어딘가 나는 귀를 쫑긋 세웠다. 운전기사가 라디오의 볼륨을 높였다. 귀에 익은 멜로디가 나오고 있었다. 기브 미 유어 앤서, 필 인 어 폼……. 나는 가사를 따라 불렀다. 폴 매카트니의 혀 짧은 발음이었다. 비틀즈의 무슨 노래지? 나는 기억 속을 더듬었다. 중학교 때 나는 비틀즈광이었다. 웬 아임 식스티포……. 아아, 「내가 예순네 살이 되었을 때」지. MBC FM의 두 시의 데이트였고, 누군가의 신청곡인 것 같았다. 나는 매카트니의 발음을 따라 하며 그 가사를 새삼스럽게 음미했다.

오랜 시간이 흐른 후에
머리도 빠지고 나이가 점점 들어 가도
밸런타인데이 때며 생일 때, 카드를 보내 주고 와인도 보내 주고
그렇게 하겠어요?

한 번도 주의 깊게 새겨 보지 않은 가사였다. 폴 매카트니의 발음은 귀여웠고, 내용은 오늘따라 아주 실감이 났다. 당장 호수를 깨워 가사 그대로 물어보고 싶었다. 오랜 시간이 흐른 후에, 머리도 빠지고 나이가 들어도, 생일날이나 밸런타인데이 때 카드를 보내주고 와인도 보내 줄 거야? 정말 그렇게 할 거야?
매카트니의 음성이 계속되었다.

퓨즈가 나가서 불이 꺼지면
그걸 뚝딱뚝딱 고쳐 줄 수 있어요
당신은 따듯한 불가에서 스웨터를 짜고
일요일 아침이면 차를 타고 놀러 가죠
정원을 손질하고 잡초를 뽑고
그 누가 더 이상의 것을 바라겠어요
내가 예순네 살이나 되어도
그때까지도 나를 필요로 할 건가요?
그때까지도 나와 함께 살래요?

짜게 굴고 열심히 저축해서
매년 여름마다
화이트 섬에 있는 오두막을 빌릴 수도 있어요
베라, 척, 데이브
우리 손자 손녀들을 무릎에 앉혀 볼 수도 있고요……

버스가 사잇길로 들어서는가 싶었는데 이삼십 미터 앞에 모스크식 돔을 얹은 황토색 건물이 나타났다. 나는 황급히 호수를 깨웠다. 종점에서 바라보면 이상한 건물이 하나 있을 거라던 엄마의 말이 번개처럼 떠올랐기 때문이었다.

버스가 서자마자 뛰어내렸고, 호수도 겁결에 따라 내렸다.

"야, 어디야? 어디 가는 건데?"

선잠에서 깨어난 호수가 배낭을 메며 눈을 비볐다.

"따라와. 묻지 말라고 했잖아."

"혹시 새우잡이 배에 태우는 거냐?"

"얼마 받고? 너 같은 말라깽이를?"

초록색 모스크식 돔이 눈앞에 버티고 있었다. 유럽식이라고도 아랍식이라고도 할 수 없는, 어린이 수련원 같은 느낌을 주는 몇 동의 야릇한 건물이었다. 건물 외관에만 황토색 칠을 한 것이 아니라 아예 황토로 지은 것 같았다. 직감으로, 할머니가 계신 곳이었다.

건물 가까이로 다가가자 벽 근처에서 꾸리꾸리한 냄새가 났다. 오싹한 느낌이 등덜미로 지나갔다. 나는 이 냄새가 무슨 냄새인지 알았다. 이 냄새 때문에 자식들 집에서 난리가 났었다. 그러나 호수는 아무것도 모르고 순진한 얼굴로 두리번거렸다.

"너 저기 가서 기다리고 있어. 해바라기 있는 주차장 말야. 그 옆 편의점에 가서 서성거리든지."

"왜? 여기까지 데리고 와서. 이 건물로 들어갈 거야?"

"그건 알 거 없고. 하여간 저기 가서 기다려."

"여기 누구 있는데? 이거 뭐 하는 집인데?"

"나중에 얘기해 준다니까!"

"으이, 참. 이렇게 더운데 저 벌판에서 어떻게 기다려?"

"가을볕에 그을리면 너 미스터 코리아 된다? 금방 나올 거야."

호수가 불만스러운 얼굴로 터덜터덜 물러갔다. 나는 건물의 입구를 찾았다. 아니나 다를까. 가정집의 현관처럼 생긴 출입문에 '노인 요양시설 길마마을'이라고 조그맣게 씌어 있었다. 길마가 무슨 뜻이지? 길마로 돌아드니 어쩌고 하던 문학 책의 시구가 떠올랐다. "오백 년 도읍지를 길마로 돌아드니"였던가? 야은 길재의 시조지 아마? 설마 거기에서 따왔을 리는 없고.

나는 벨을 눌렀다. 대답이 없었다. 다시 한 번 눌렀다. 그래도 응답이 없어서 문을 열고 들어갔다.

응접실은 비어 있었다. 유리로 칸막이된 옆방에서 사무원이 컴퓨터로 일하고 있는 게 보였다. 내가 들어온 것을 알고서도 그는 자리에서 일어나지 않았다. 내가 계속 쳐다보자 그는 턱으로 내가 서 있는 발치 앞의 책상을 가리켰다. 방문록이 펼쳐져 올려다보고 있었다. 실에 매여 있는 펜을 들고 빈칸을 메워 나갔다. 할머니의 이름과 방문 온 내 이름, 관계 등을 썼을 때 사무원이 돌아 나왔다. 그는 할머니의 이름을 보고 내선 전화로 누군가와 통화한 다음 나를 2층으로 올라가 보라고 했다.

응접실을 나왔지만 복도에서 2층으로 오르는 계단을 찾지 못하고 나는 여러 방 앞을 지나다녔다. 거의가 할아버지 방들이었고, 노인 냄새가 진동했다. 머리가 새카만 젊은 아저씨도 끼어 있었다. 모두들 표정이 없었다. 그야말로 무미한 얼굴이었고, 타인에게 관심이 없었으며, 치매기가 있어 보였다. 에어컨 바람이 쉽게 빠져나가지 못하도록 널찍한 비닐 주렴을 출입문마다 걸어 놓았는데, 하도 여러 사람이 만져서 끈끈하고 불결해 보였다. 나는 몸을 옴츠리며 그 중 성해 보이는 할아버지에게 2층으로 오르는 계단을 물었다. 식판 수레를 밀고 오던 직원이 나를 발견하고 달려와서 2층으로 오르는 길을 안내해 주었다. 계단 초입에도 출입문이 있고 계단 끝에도 출입문이 있어서 외부인은 계단을 찾을 수가 없었다. 치매 노인들을 통제하느라고 일부러 그렇게 해 놓은 것 같았다. 서너 계단 올라갔을 때, 처음에 바깥에서 맡았던 냄새, 즉 구리구리한 냄새가 짙은 소독약 냄새를 뚫고 확 끼쳐 왔다. 그건 굉장히 자제된, 갖은 수를 다해 악취를 누른, 그럼에도 원천적인 바탕을 숨길 수 없는 똥 특유의 끈질긴 냄새였다. 온몸에 소름이 돋았다. 외숙모들과 이모, 엄마 사이를 오가던 공포 어린 대화가 떠올랐다. 사람들은 이 냄새에 끔찍한 두려움을 갖고 있었다. 이 냄새가 자기들 곁에 오래 머물까 봐 발악으로 대처했다. 자기들도 매일 아침 화장실에 가서 똥을 누면서. 그것을 휴지로 닦고 뒤처리를 하건만. 가족이라 하더라도 나 아닌 다른 개체의 똥 냄새에는 조금도 관용을 베풀 수 없는 모양이었다. 더구나 노인의 똥이라면. 청결과 위생 위주로 지나치게 환경을 개선해 온 결과인지도 모른다. 우리 집에서 할머니의 마지막도 이 냄새와 연관이 있었다. 그때는 팬티에 슬쩍 누런 물이 드는 정도였지만 밀폐된 아파트에서 그 냄새는 숨길 수 없는 정체를 드러냈고, 엄마와 나는 치를 떨며, 몸서리를 치며 무작정 소리를 쳐 댔던 것이다.

걸음을 멈추고 나는 잠시 두려움을 삭였다.
천천히 남은 계단을 마저 올라가서 계단 끝 출입문에 똑똑 노크를 했다. 저쪽에서 열쇠를 넣어 돌리는 소리가 났고, 문이 열렸다. 하얀 위생복을 입은 여자가 환하게 웃으며 나를 맞았다.
"저, 이순임 할머니 면회 왔는데요."
30대로 보이는 그 여자가 할머니의 존재를 머릿속으로 파악하는 듯 눈동자를 안으로 비이잉 굴리더니 나를 복도 끝 방으로 데리고 갔다.
할머니 일고여덟 명이 각각의 침대에 누워 있었다. 눈으로 뜨르르 살폈으나 할머니가 보이지 않았다. 할머니는 얼마 전까지 다른 시설에서 독방을 썼다. 그러나 방을 관리할 능력이 없어지고 자다가 눈을 뜨면 아무도 없고 24시간 누군가의 보살핌이 필요하다고 해서 이 시설로 옮겼다고 들었다. 할머니들은 모두 운동경기에 출전한 선수들처럼 같은 티셔츠에 같은 파자마를 입고 있었다. 그래서 누가 누군지 얼른 구분이 가지 않았다. 내가 두리번거리며 서 있기만 하자 여자가 여기요, 하며 창문 쪽의 맨 가장자리 침대를 가리켰다. 나는 더듬더듬 창문 가까이로 갔다. 도저히 할머니라고 믿을 수 없었다. 할머니는 너무 말라 있었고, 너무 조그마했고, 하여간 한 줌밖에 되지 않았고, 제일 작은 옷을 입은 모양이었지만 그래도 옷이 너무나 컸고, 그 큰 옷 속에서 이미 사람 형상이 아니었다. 도망가다가 붙잡힌, 불쌍한 생쥐 같았다.
"할머니!"
새우처럼 구부려 자고 있는 할머니의 어깨를 흔들었다.

"할머니, 가족이 면회 왔어요! 손녀가 봐요. 맞지요? 손녀지요?"

여자가 커다랗게 소리 지르고 나를 쳐다봤다. 나는 고개를 끄덕였다. 더 흔들어 깨우라고 그녀가 시늉을 했다. 나는 할머니를 세차게 흔들었다. 베개 아래에 틀니가 떨어져 있었다. 조금 전에 토한 듯 토물도 볼 밑에 괴어 있었다. 나는 멈칫 뒤로 물러났다. 내가 치울 수는 없을 것 같았다. 치우는 방법도 몰랐다. 나는 여자를 손짓해 불렀다. 여자가 왔다.

"할머니가 요즘은 죽밖에 못 잡수셔요. 틀니가 너무 커서 자꾸 빠지고요."

여자가 틀니를 가지고 갔다. 새 베갯잇을 가지고 와서 갈아 주며 틀니에 대해 투덜댔다.

"끼나 마난데, 허전해하셔서 끼워 드리고는 있지만 번번이 빠져요."

"여기 오시기 전에 다시 하려고 했지만 치과 의사가 어렵다고 했어요."

그 말을 하지 않을 수 없었다.

"그래요? 그럼 그냥 빼놔야겠네. 이제 역할을 전혀 못해요. 없는 채로 버릇이 되는 게 낫겠어."

할머니는 어느새 가느스름하게 눈을 뜨고 우리의 대화를 듣고 있었다. 아니 그냥 멍하니 바라보고 있었다.

"할머니, 나 왔어. 나야, 나. 예은이."

할머니는 나를 몰라보는 것 같았다.

나는 할머니 옆에 앉았다.

소독약 냄새와 희미한 오물 냄새, 아직 살아 있는 인체들이 내는 들척지근한 온기, 단체 급식 냄새가 섞여서 죽었다 깨도 친숙해질 수 없는 공기로 떠다녔다. 나는 인내심을 발휘해서 속으로 하나둘을 세며 그 방에 앉아 있었다.

"얼마 전까지는 누가 먹을 걸 사 오면 좋아하셨는데……."

여자가 말끝을 흐렸다. 나는 아무것도 사 오지 않은 것을 뒤늦게 깨달았다. 그러나 무엇을 사 왔어도 소용없는 시점이라는 것을 겹으로 깨달았다. 나도 알고 있었다. 엄마는 매주 일요일 아침이면 일어나 생선전을 부치고 떡을 쪘었다. 할머니에게 가지고 가기 위해서였다. 갔다 와서는 그것들을 할머니가 얼마나 잘 잡수셨는지 누누이 얘기하곤 했다. 그 전에는 매번 옷들을 샀다. 꽃무늬 스웨터며 누비바지, 얇은 바지, 양말, 속옷 들을 철철이 재미나게 사서 가지고 갔었다. 돌아와서는 또 할머니가 그 옷들을 입어 보고 얼마나 기뻐했는지 뿌듯해했다. 그 시설에 처음에 갈 때에는 새색시가 시집을 가는 것처럼 방 안의 집기들을 전부 새로 장만해 차려 주고는 좋아했다. 그러나 이제 할머니는 먹을 것까지 소용없어졌다. 처음에는 돈이 소용없어졌고, 가진 것들이 소용없어졌고, 그다음에는 옷조차 필요 없어졌고, 이제는 먹을 것도 필요 없어진 것이다. 신체에 부착돼 있었던 틀니까지도. 정말 사람은 아무것도 가지고 가지 못한다는 것을 나는 그 자리에서 실증으로 체감했다. "내가 세상을 떠날 때 내 지혜를 자유로이 사용할지 지금 알지 못하오니"라고 걱정했던 할머니의 문구가 떠올랐다. 그렇게 멀쩡히 준비를 했건만, 노년 내내 성경책을 끼고 살았건만 지금은 성령의 말씀은커녕 기독교라는 게 있다는 것도 모르고 완전 백치 상태가 된 것이다. 죽음에 이르는 과정은 이 세상에 나와서 얻고 가졌던 것을 모조리 버리는 단계별 진행인 것 같았다. 나는 가만히, 조용히 앉아 있었다. 방안의 냄새에 취해 나조차 늙어 버린 것 같았다.

여자가 내 옆으로 와서 구석에 놓인 박스에서 약상자를 들고 갔다. 출입구 쪽의 할머니에게로 가더니 할머니의 아랫도리를 벗겼다. 완전히 뼈만 남은, 우리 할머니보다 체구는 커 보였지만 더욱더 마른 할머니였다.

"욕창이에요."

그걸 치료한다는 뜻으로 내게 설명을 했다. 나는 쳐다보지 않으려 애썼지만 저절로 호기심이 생겨 시선이 그리로 갔다. 우리 할머니보다도 더욱 심한 상태 같았기 때문이다. 끝은 저렇게 되나, 진짜 끝은 어떤 모습인가 궁금하기도 했다. 여자의 손 아래 드러난 욕창의 모습은 끔찍하기 짝이 없었다. 살이 그냥 상한 정도가 아니라 30센티미터 정도 지름의 부위가 숫제 잉크 색이었고, 그 가운데 나팔꽃처럼 빨갛게 환부가 피어나 있었다. 너무나 무서워서 쳐다보기도 힘들었지만 나는 여자의 손길을 매섭게 바라보았다. 소독을 하고 약을 뿌리고 거즈를 대고 반창고로 환부를 싸매는 일을 빼놓지 않고 응시했다. 우리 할머니도 저렇게 되려나, 나도 나중에 저렇게 되어 죽는 건가······.

"세 군데나 돼요."

그런 환부가 세 군데나 된다는 얘기였다. 등골이 서늘해지며 내장에 소름이 돋았다. 몸을 움직이지 못해 혈액순환이 안 되어서 피부가 저토록 무섭게 괴사해 가는데도 살아 있다는 것이 믿기지 않왔다.

"안 아파요? 그 할머니 아픈 거 몰라요?"

나도 모르게 물었다.

"왜요. 표현은 못하지만 한번 이렇게 치료하고 나면 온몸이 땀으로 쫙 뒤덮여요. 아파서요. 얼마나 아프겠어요?"

살아 있는 것이 저토록 큰 고통이라면…… 안락사가 있어야 하지 않을까.

"이 방이 제일 중환자들만 있는 방이거든요."

"얼마나 더 오래 사실까요?"

"그거야 모르죠. 아무도 몰라요."

나는 한숨을 쉬며 시선을 돌려 우리 할머니를 내려다보았다. 할머니는 또다시 눈을 감고 잠들어 있었다.

"할머니, 할머니!"

나는 할머니를 깨웠다. 할머니는 나를 아는지 모르는지 여전히 눈을 감고 있었다.

"할머니, 나 예은이란 말야……."

어쩐지 울음이 솟아 나오려 했다. 나는 속으로 '할머니가 키운 예은이, 낳은 정 기른 정 사진 한 장씩 넣어 놓았잖아, 그 예은이도 몰라?' 하고 외쳤다. 위생복을 입은 여자만 없었다면 짐짓 감정에 나를 맡기고 떠내려갔을 것이다. 그러나 누가 보고 있는 중에 요란 떤다는 게 가증스러워 보일 것 같아 참았다.

나는 할머니를 흔들고, 심심하면 또 흔들었다. 할머니가 눈을 가느스름하게 떴다. 얼굴이 부어 있는지 누워만 있어서 그런지 눈을 크게 뜨지 못하는 것 같았다. 허공으로 할머니의 손이 천천히 올라왔다. 나를 알아보는 것 같아 그 손을 반갑게 잡았다. 그러나 할머니는 일어나고 싶은 모양이었다. 나는 손을 잡아당겨 일으켜 앉히려고 했다.

"안 돼요. 그냥은 안 돼요."

여자가 급히 달려왔다. 그녀는 침대 위쪽을 경사지게 올리고 할머니를 능숙하게 일으켜 앉히더니 허리 뒤에 이불과 베개를 뭉쳐 단단하게 괴었다.

할머니가 이불에 비스듬히 기대어 홀로 위태하게 앉았다. 내가 손을 잡고 흔들자 나를 바라보며 희미하게 웃었다. 하루 종일 누워만 있어서 머리가 축구 선수 베컴 같았다. 나를 알아보는 것인지, 그냥 가족 중 하나라고 여기는 것인지, 친숙한 누구라고 알아차리는 것인지 가늠할 수 없었다. 나는 조물락 조물락 할머니의 손을 만졌다. 5분쯤 그렇게 마주 앉아 있었다.

여자가 다시 침대를 수평으로 해 할머니를 눕혔다. 나는 할머니에게 해 줄 수 있는 것이 아무것도 없었다.

할머니 침대 옆에 이삼 분가량 더 서 있었다. 아무리 둘러봐도 내가 할머니를 위해 할 수 있는 일이 없었고, 오히려 내 존재가 거추장스러웠다.

"할머니, 나 갈게. 또 올게."

나는 몇 걸음 물러나서 간다고 여자에게 꾸벅 인사를 했다. 복도로 나오니 할머니들이 무릎을 가슴팍에 틀어박고 파리처럼 오종종 앉아 있었다. 벽에 기대지도 않고 복도 가운데에 불규칙한 구도로 꼭 파리들처럼 점점이 앉아 있었다.
 여자가 계단 문을 열어 주었고, 나는 뛰어내려 왔다.
 밖으로 나오자마자 심호흡을 대여섯 번 했다. 어쩐지 울음이 터져 나왔다. 나는 냄새나는 벽에 기대어 사정없이 울었다. 왜 우는지 나도 잘 몰랐지만 인생 자체가 너무 슬펐다.
 호수가 저쪽에서 다가오고 있었다. 나는 재빨리 눈물을 닦았다. 다행히도 호수는 내가 운 것을 눈치채지 못했다.
 "누구야? 누가 있어? 여기 양로원이지?"
 "응, 우리 할머니."
 "같이 들어갈걸 그랬잖아."
 "소용없어. 나도 몰라보니까."
 "치매야?"
 "응."
 호수도 더는 말이 없었다.
 우리는 터벅터벅 버스 정류장으로 걸었다.
 "너, 스터디 간다고 했잖아. 안 늦어?"
 호수가 일상으로 나를 끌어내며 너스레를 떨었다.
 "시간 충분해. 이제 4시잖아."
 "준비는 했어?"
 "아니, 오늘 무척 깨질 거야. 각오하고 있어."
 "가면서 공부해라. 내가 주무셔 줄 테니."
 우리는 공터에 서 있는 55번 버스에 올랐다.
 "우리가 정말 결혼을 하게 될까?"

나는 혼잣말처럼 뇌었다.

"그걸 말이라고 하냐?"

다행히도 호수가 그렇게 받아 주었다.

"지금부터 오랜 시간이 흐른 후에 말야, 그러니까 내가 머리가 빠지고 나이가 들어도 생일날 카드랑 와인이랑 선물해 줄 거야?"

느닷없는 내 질문에 호수는 어안이 벙벙한 표정이었다.

"카드? 와인? 그게 그렇게 중요해? 주지 줘. 까짓거. 그걸 못 줄까."

내용을 파악한 그가 선선히 대답했다.

"내가 3시 15분 전까지 들어오지 않아도 문을 열어 줄 거야?"

"3시 15분 전? 어디서 들어 본 말인데? 너, 그거 노래 가사지?"

호수가 제대로 알아차리고는 하하 웃었다.

"그래, 이제야 머리가 도냐, 비틀즈."

버스가 속도를 냈다. 우리는 버스에 흔들리며 구파발로, 서울로, 우리의 생활로 돌아왔다. 오랜 시간이 지난 후 나는 흔들의자에 앉아 뜨개질을 하고 머리가 하얗게 센 호수가 잔디를 깎는 장면이 루벤스 그림처럼 떠올랐다. 그런 다음에 우리 할머니처럼 시설의 침대에 누워 거기서 주는 환자복을 입고 거기서 주는 시트를 깔고 죽게 될까. 기저귀를 차고 뼈만 남은 두 다리를 버르적거리는 내 모습이 선명히 떠올랐다.

"우리 재물은 모으지 말자. 죽을 때 하나도 못 가져가잖아."

"왜? 많이 모아야지. 부자로 살아야지."

호수가 절대 이해 못하겠다는 듯 내 말을 반박했다.

"돈이나 옷도 못 가져가는데 뭐. 틀니도."
"못 가져가? 틀니도?"
"그래, 진짜 몸뚱이만 가는 거야. 알몸뚱이만."
호수가 붕어처럼 입을 벌리고 나를 바라보았다.

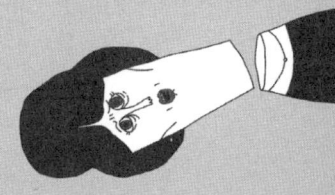

나는 네가 지난여름 한 일을 알고 있다

1

"너, 인터넷에 도는 엉덩녀 사진 봤니?"
수경의 목소리는 흥분에 잔뜩 들떠 있었다.
"엉덩녀? 술똥녀 말야?"
나는 무심히 물었다. 술똥녀는 이미 흘러간 사건이었다. 어떤 남자가 나이트클럽에서 여자를 부킹받았는데, 만취 상태인 것을 알고는 모텔에 데려갔다는 것. 업고 갈 적부터 뭔가 이상하더니 침대에 내려놓자 냄새가 진동, 이미 변을 본 상태였다고. 화가 난 그 남자가 오물 범벅이 된 여자의 국부를 노출시켜 이리저리 찍고, 주민등록증을 꺼내 배 위에 올려놓고 찍고, 나중에는 얼굴까지 나오게 전신을 찍어 인터넷 포털 사이트의 사진방에 올린 일이었다. 사진들은 무참하고 충격적이었다. 제일 나은 사진도 팬티 겉으로 누런 똥

물이 배어 나와 절로 고개를 돌리게 했다. 더러움이나 모욕에도 정도가 있는 법. 정점을 넘어서면 오히려 역효과가 나기 마련이었다. 더럽다 못해 흉측한 사진들은 여자를 매장시키고 말겠다는 남자의 의도와는 달리 우리 모두의 내부에 잠자고 있는 정의감을 일깨웠다. 보는 사람들은 하나같이 이런 악랄한 놈, 이 여자 이제 어떻게 하나 하는 생각이 들었고, 너도나도 온라인상에서 그 사진들을 지웠다. 그렇게 해서 지금은 사건 자체가 거의 사라진 상태였다. 물론 대부분은 자기 컴퓨터에 다운 받은 그 사진들을 은밀히 간직하고 있을 테지만. 이것이 인터넷의 무서운 점이었다. 어쨌든 그 사건은 짧은 인터넷 역사상 유례가 없는 일이라 했고, 네티즌들의 자정 작용이 빛을 발했다고 떠들어 대기도 했다. 그렇게 다 지나간 일을 왜 수경이 이제 와서 들먹이는지 알 수 없었다.

"아니, 엉덩녀라고, 또 올랐어. 근데 그게 우리 여름에 피서 갔던 바로 그 민박집 얘긴 거 있지?"

"민박집?"

비탈 위에 허름하게 서 있던 민박집이 떠올랐다. 지난 여름방학 때 대학 같은 과 친구인 수경이와 화란이와 나는 초월도로 여름 여행을 다녀왔었다.

"그때 왜, 민박집에서 심부름하던 여자애 매 맞았었잖아."

불안이 두두두 빗방울처럼 가슴을 두드리고 지나갔다.

"생각나? 아랫집 사람들한테 엄청 뚜드려 맞았잖아. 똥 싸서 아래로 퍼 끼얹었었다고."

"아, 아, 그랬지."

나는 떨떠름하게 수긍했다. 수경의 흥분은 고압으로 터지기 직전까지 가 있었다. 다른 일 같았으면 나도 같이 호들갑을 부리며 너스레를 떨었을 텐데 나는 그저 가만히 듣고만 있었다. 불안의 덩어리들이 멍울멍울 엉겨 섬처럼 뭉쳤다. 어떻게, 무슨 일이…… 엉덩녀란 대체 뭐란 말인가…… 반응 없는 내 태도에 수경이 샐쭉하게 입을 다물었다.

"너 하여간 지금 인터넷에 들어가 봐."

탁구공 던지듯이 톡 던지고 전화를 끊었다.

2

컴퓨터를 켜자마자 네이버로 들어갔다. 오늘의 화제와 뉴스난에는 온통 황우석 박사와 줄기세포, MBC PD수첩 얘기가 떠 있었다. 온 국민이 줄기세포 전문가라고 해도 과언이 아니었다. 이미지 유머난으로 내려갔다. 유행 게시판으로 들어갔으나 연예인들 소식뿐이었다. 다시 나와 이미지 랭킹방으로 들어갔다. 오늘의 추천 이미지를 훑었다. 엉덩녀는 없었다. 도대체 뭘 보고 그러는 거야? 나는 투덜거리며 많이 본 이미지 순위를 클릭했다. 거기에, 어제 청룡 영화제에서 사회를 본 여배우의 파격 노출 사진 밑에, 그러니까 2위 자리에 '나는 네가 지난여름 한 일을 알고 있다'란 제목으로 문제의 사진이 올라와 있었다. 가슴이 두근거리기 시작했다. 손톱만 한 사진을 클릭해 들어갔다. 화면이 꽃피듯 떠올라 내 앞에 멎었다. 확대

된 사진은 분명 여자의 둔부 사진이었고, 볼일을 보고 엉거주춤 일어서는 알궁둥이를 뒤에서 찍은 것이었다. 뿌옇게 부푼 나뭇가지들이 얼기설기 화면을 어지럽히고 있었지만 나에게는 익숙한 무엇이 감지되었다. 어떻게 이런 일이! 이마 앞에서 뻘건 태양이 지글거렸다. 나는 눈을 지그시 감았다. 가슴에서 쿵쿵 북소리가 들렸다. 익숙한 무엇인가에 대해 생각해 보았다. 그건 엉덩이 위쪽을 감싸고 있는 잠옷 자락의 부드러운 느낌이었고, 말려 들어가긴 했지만 한쪽에 비죽이 나와 있는 레이스의 문양이었다. 누가 어떻게 이걸…… 도무지 상상할 수가 없었다. 어느, 누가, 왜, 그 밤중에 어둠 속에서 카메라를 들이대고 있었단 말인가. 나는 사연을 찾아 읽었다. 사진을 올린 사람은 동물학자이고, 현재 오소리의 생태를 연구 중인데, 초월도의 야산에 비디오카메라를 설치해 놓았다는 것. 아마도 그 민박집 뒤 비탈 숲이 오소리가 지나다니는 길목이어서 거기에도 카메라가 장착돼 있었던 것 같았다. 그는 초월도에서 최근 2년간 어느 오소리 일가를 관찰해 왔다고 했다. 카메라에 실린 사진들을 컴퓨터에 옮긴 뒤 작업하다가 우연히 오소리 대신 찍혀 있는 사람의 알궁둥이를 발견했고, 민박집 여자애가 매 맞던 당시의 소란을 떠올렸고,(하긴 너무 요란하게 매를 맞긴 맞았다.) 아무리 봐도 이 엉덩이는 그 말라깽이 소녀의 것이 아니고 도시녀의 성숙한 엉덩이인 듯해서 사진을 올렸다고 쓰고 있었다. 참고로 그 고아 소녀는 비탈 아랫집 사람들을 모욕한 죄로 죽도록 얻어맞고 쫓겨나, 비열하고 뻔뻔한 아이라고 소문이 나, 다른 어느 집에도 발붙이지 못하고 지금 부두에서 구걸을 하고 있다고 했다. 그 애가 얼마나 더 구걸을 하고 있을지 비정한 세태를 감안하면 오싹하다는 것이었다. 이 정도면 한 사람의 일생을 망쳐 놓은 게 아니냐고, 그러니 초월도에 놀러 온 어느 도시녀인지 모르지만 양심이 있다면 자수하라는 내용이었다. 자수하면 자기가 그 소녀에게로 안내하겠으며, 얼굴 내밀기 싫으면 은밀히 직접 찾아가 보라는 추신이 붙어 있었다.

사진을 올린 동물학자에게서는 악의가 느껴지지 않았다. 학자나 교수, 연구원다운 냄새가 났다. 그래서 더욱더 엉덩녀가 파렴치한으로 여겨졌다. 뻘건 태양이 앞에서 이글거렸다. 얼굴이 달아올라 정신이 혼미해졌다. 커서를 내리니 두 장의 사진이 더 올라 있었다. 잠옷 자락이 허벅지까지 내려온 앙가조촘한 자세, 그리고 머리칼 날리며 부삽질을 하는 모습이었다. 동영상에서 캡처한 사진들은 손을 보았지만 찍히는 순간의 불충분한 빛 때문인지 석 장 다 뿌옜고 나뭇가지와 잎사귀 들이 화면을 얼룩얼룩 그림자 지우고 있어서 피사체가 또렷하지 않았다. 나는 벌게진 얼굴로 오랫동안 사진들을 노려보았다. 아무리 보고 또 보아도 당사자가 아닌 한 더 이상의 무엇을 알아내기는 어려울 터였다. 드러난 형상은 그저 한 여자였고, 그녀가 누구인지는 절대로 알아볼 수 없을 것 같았다. 내 눈은 잠옷 자락 한쪽 끝에 둘둘 말려 들어간 레이스에 고정되었다. 레이스가 구겨져 둘둘 말려 들어간 거라는 걸 나는 알지만 다른 사람들은 레이스라는 것을 알아볼지조차 의문이었다. 범죄 수사관들처럼 그 부분을 확대해서 전문적으로 분석한다면 혹시 또 모른다. 그러나 누가 이런 일에 전문가를 동원한단 말인가? 그렇게들 할 일이 없나?

폐 속 깊이 공기를 들이마셨다가 내뱉었다. 가슴은 여전히 두근거렸지만 북소리는 사뭇 약해져 있었다.

불현듯 일어나서 붙박이장을 뒤졌다. 그 여름 잠옷은 옷걸이 아래 서랍에 다른 여름옷들과 함께 들어 있었다. 그것을 꺼내 컴퓨터 앞에서 펼쳤다. 화면의 여자가 입고 있는 잠옷과는 전혀 달라 보였다. 이 얇은 아사 잠옷은 입고 뒹굴면 촉감이 부드러워지고 몸의 곡선도 살아나지만 빨아 말려 다른 옷들 밑에 넣어 둔 지금은 네모나게 각이 져 아무리 펼쳐 털어도 그때의 촉감이 살아나지 않았다. 곧장 대조한다 해도 아무도 모를 것이었다. 그럼에도 가슴은 쉬지 않고 투근, 투근, 뛰었다.

노트북을 소리 나게 덮었다. 벌써 10시였다. 오늘은 화요일, 11시 수업이 있었다.

귓속 가득 심장 뛰는 소리를 들으며 천천히 스타킹을 신고 겉옷을 입었다. 수업 준비물을 가방에 챙겨 넣은 뒤 집을 나섰다.

버스에서, 그리고 전철에서 각양각색의 사람들을 바라보며 잠깐 엉덩녀의 존재를 잊었다. 수업에는 10분 이상 늦을 것 같았다. 일반 언어학 교수는 출석을 잘 부르지 않는다는 것을 애써 떠올렸다. 그러나 다다음 주엔 기말고사가 있었고, 오늘쯤부터 시험에 대한 정보가 시나브로 흘러나올 것이었다.

헐떡거리며 계단을 오르는데 뒤에서 화란이 불렀다. 그녀도 구두 뒷굽을 딸각대며 뛰어오고 있었다. 내가 한 걸음 늦추자 그녀가 내 옆으로 뛰어올라 왔다.

"야, 야, 그거 혹시 너 아냐?"

화란은 내 어깨를 치며 야릇하게 웃었다.

나는 처음에는 멍하게 있었다. 일반언어학 시험만을 생각하고 있었기 때문이다. 그러나 송충이가 기어가는 듯 께름칙한, 기분 나쁜 조롱기가 웃음 밑에 깔려 있었고, 그것이 뒤늦게 감지되었다.

"뭐 말야?"

나는 정색으로 물었다.

"엉덩녀 사진, 혹시 너 아니냐고. 그거 우리가 묵었던 집에서 찍혔다며?"

"너 아냐?"

나는 화살을 되쏘았다. 목소리가 날카로웠다.

"계집애, 화를 내긴! 농담도 못 하니?"

화란이 은근슬쩍 주워 담았다.

"누가 그래? 우리가 묵었던 집에서 찍혔다고? 수경이가 그래?"

"야, 너 안 봤니? 거기 자세히 보면 주소도 나와 있어!"

"그래? 주소가 나와 있단 말야?"

나는 입을 다물었다. 강의실 문이 우리 앞에 떡 버티고 있었다. 지옥문처럼. 수업은 이미 시작되어 있었다. 화란과 나는 뒷굽을 들고 안으로 살금살금 걸어 들어갔다.

3

엉덩녀는 하루가 다르게 증식해 갔다. 거의 모든 사이트의 화제란에 상단을 장식하며 떠 있었고, 펌족들이 물어 날라 카페란 카페엔 죄다 도배가 되어 있다시피 했다. 내용도 날이 갈수록 음험해져 이제 가히 눈 뜨고 못 볼 지경이었다. 엉덩이 한쪽에 점이 하나 있었던 모양인데, 누군가가 그 자리에 재미로 장미를 문신처럼 그려 넣더니 그것이 하트로, 큐피드의 화살로, 번쩍이는 절대 반지로, 심지어는 똬리를 튼 뱀으로, 남녀의 섹스 장면으로 변신을 거듭해 갔다. 그것은 재미 속의 재미요, 야유 속의 야유였다. 사람들 안에 도사리고 있는 본능적 악의 저편에 오직 엉덩녀 혼자 기괴한 모습으로 앉아 있었다. 작고 하찮은 그 점은 사실 엉덩녀조차 실제의 것인지 사진상의 티끌인지 알지 못했다. 그러나 이제 점은 점이 아니요, 사진 작업 중에 생긴 티끌은 더욱 아니요, 독사의 침이었다. 오늘은 어떤 모습으로 변해 있을지 무서워서 컴퓨터를 못 켤 지경이었다. 멋모르고 컴퓨터를 켰다가 기괴하게 변한 엉덩이 모습에 기겁을 함과 동시에 능청맞은 댓글이 수천 개씩 붙어 있는 것을 봐야 했다. 댓글의 내용들도 옆집 누나 시리즈에 출연시키자느니 밴대질감이라느니 낯 뜨거워서 읽을 수가 없었다.

   나는 오늘도 컴퓨터 앞에 멍하니 앉아 있었다.

   컴퓨터를 켜지 않고 도망칠 도리도 없었다.

   결국 파워 버튼을 눌렀다. 북북북북 하면서 윈도가 작동을 시작했다. 나는 다음 커뮤니티에 접속했다. 매일매일 심한 곳을 피해서 다른 커뮤니티나 카페로 돌아다녔지만 결국 마찬가지라는 것을 모르지 않았다. 어쨌든 오늘의 화제란으로 들어가지 않을 수 없었다. 오늘은 엉덩이의 점 부분에 산 낙지가 달라붙어 꿈틀거리고 있었다. 먹음직스럽군! 하는 댓글부터 시작해서, 조이는 건 죽여주겠네! 라는 야유, 거 입맛 좀 고만 다시쇼, 하는 농지거리 등 거의가 섹스와 관련된 조롱이었다. 익숙해질 만도 한데 여전히 심장이 두근거리고 손이 덜덜 떨렸다.

모니터를 껐다.

침대에 몸을 던지고 한동안 누워 있었다.

벌떡 일어나 거울을 가져왔다. 방바닥에 놓고, 팬티를 내리고 뒤쪽 엉덩이를 비쳐 보았다. 점은 없었다. 손거울을 가져와 두 개의 거울을 사용해 샅샅이 조사했다. 오른쪽 궁둥이의 볼록 나온 봉분 밑에 주름에 묻히듯이 작은 점이 있었다! 이것이 찍히다니? 사진에서처럼 앙가조촘한 자세를 취하자 점은 또렷이 살아났다. 작지만 또렷한 점이 확실히 있었다. 비디오 작업 중에 생긴 티끌이 아니었다. 이걸 어쩐담. 나는 생각해 보았다. 증거를 하나라도 없애는 게 상책이었다. 피부과에 가서 엉덩이를 까고 점을 뺄 수는 없었다. 그렇게 하면 오히려 나중에 더 확실한 증거로 드러날지 몰랐다.

부리나케 붙박이장을 열었다. 이틀 전에 꺼내 본 잠옷을 찾아내 둘둘 말아 검은 비닐봉지에 넣었다. 꼭꼭 여며 공기를 빼내 부피를 최소한으로 줄인 다음 입구를 묶고 배낭 주머니에 넣었다.

시간은 일렀지만 챙 모자를 깊게 눌러쓰고 집을 나섰다.

큰길에 서서 어디로 갈까 생각했다. 큰 사거리까지 걸어가서 한 번도 타 보지 않은 노선의 버스를 탔다. 낯선 사람들이 낯설게 자신을 바라보고 있었다. 뒤쪽 구석으로 가서 조용히 섰다. 입을 굳게 다물고 자기 자신에 잠겨 있는 사람들 속으로 나도 잠겨 들었다. 이촌동을 지나 한강을 건너자 앞자리가 비었다. 나는 빈자리에 털퍼덕 주저앉아 차창 너머의 때 낀 거리를 바라보았다. 생업에 바쁜 사람들이 크고 작은 가방을 들고 바쁘게 오갔다. 오토바이에 산더미처럼 짐을 싣고 위태롭게 달리는 사람도 있었다. 나도 저렇게 생업에 몰두하게 될까 생각해 보았다. 졸업 후 광고회사나 출판사에 취직을 하면 사진이나 인쇄물, 원고, 테이프 같은 걸 들고 저렇게 오가지 않을까. 상체를 앞으로 숙이고, 즐거움이라곤 없이 무표정한 얼굴로.

차가 서울의 서쪽 변두리로 접어들었다. 대단한 변화가가 시작되고 있었다. 시내 쪽이나 다른 동네에서 보면 변두리지만 이 지역에서는 중심가인 모양이었다. 강남이나 도심보다도 더 복잡하고 번성했다. 사람들도 북적북적, 활기를 띠었다. 한 정거장을 더 가자 새로 짓는 아파트들이 연이어 뼈대를 드러내고 있었다. 비로소 나는 깨달았다. 다른 동네에서 느낄 수 없었던 활력은 변화의 에너지와 기대감이었다. 이사 가기 전에 새집에 대한 기대감으로 들뜨고 바쁜 것처럼. 나는 내릴 곳을 깜빡 잊었었다는 듯 가방을 메고 재빨리 뛰어내렸다.

공사장 쪽으로 걸어갔다. 건축 폐기물이 쌓여 있는 곳을 찾았다. 챙 모자를 더욱 깊이 눌러 써 안면이 보이지 않도록 했다. 공사가 일단락되고 인부들이 한 명도 보이지 않는 단지를 골라 폐기물이 쌓여 있는 곳으로 갔다. 주위를 은밀히 살핀 뒤 잠옷 봉투를 꺼내 잽싸게 던졌다. 찌그러진 우유팩과 과자 껍데기들, 음료수 캔들이 엉망으로 나뒹굴고 있어서 내가 버린 검은 비닐봉지가 이상하다고 골라낼 사람은 없을 것 같았다. 돌아서서 몇 걸음 걸어오다가 되돌아보았다. 비닐봉지가 제대로 버려졌는지 미심쩍었다. 쓰레기 더미로 돌아가서 확인하고 싶었지만 어디선가 바라보는 눈길이 있을 것 같아 그만두었다.

배낭이 가벼워졌다. 책이 든 가방을 멨다기보다 바람 든 풍선을 진 것 같았다. 부담감이 날아가 버려 발길이 저절로 허공을 날았다. 마음도 새처럼 가벼웠다. 이제 엉덩녀와는 결별이었다. 어느 누구도 내가 엉덩녀와 관계가 있다는 증거를 댈 수 없을 터였다. 모자챙을 위로 올려 얼굴을 환하게 내놓았다. 점은 어떻게 하지? 불안이 살며시 스멀거렸다. 그러나 곧 마음을 달랬다. 잘 보이지도 않잖아. 그런 점 하나쯤 없는 사람이 어디 있어? 누가 조사하러 오기나 한대? 그동안 억눌려 있던 앙기가 이빨 사이로 터져 나왔다. 오면 내가 가만히 있을 줄 알아? 나라고 당하고만 있겠어? 내가 뭘 그렇게 잘못했다고? 나를 시체로 만들어 조사실에 엎어 놓지 않는 한 어림도 없어!

버스 정류장이 나타나지 않았다. 번화가가 있었던 곳을 향하여 무턱대고 걸었다. 지나다니는 사람이 많았지만 버스 정류장이 어디 있느냐고 묻지 않았다. 누구든 나와 말을 주고받고 내 인상을 기억하면 곤란했다. 공간감을 나침판 삼아 거리를 지그재그로 누볐다. 커다란 공터가 나타났다. 공터 저편에 새로 지어진 전철역의 출입구가 보였다. 의외였다. 의외의 장소에 생경한 이름의 전철역이 버티고 있었다. 횡재 맞은 기분이 들었다. 단숨에 뛰어가 전철역 계단을 올랐다. 행운은 이렇게 뜻하지 않게 오는 것인가. 불운은 어떨까?

전철을 두 번 갈아타고 학교로 갔다. 학교 앞에서 내려 쇼윈도를 기웃기웃하며 시간을 맞추었다. 수업은 오후부터였고, 점심을 먹는다 해도 여유가 충분했다.

4

카페 골목에는 을씨년스러운 바람이 낙엽을 굴리며 몰려다니고 있었다. 길가에 빼곡히 서 있는 빌딩들이 드리우는 그림자 때문에 이 동네는 한여름을 빼고는 늘 스산했다.
수경이 기다리고 있는 카페 목화로 올라갔다. 치즈 케이크를 샀다며 같이 먹자고 조금 전에 문자로 연락이 왔던 것이다.
"금방 왔네. 어디 있었어?"
"전철에서 막 내리던 참이었어."
"그거, 그날 산 스타킹이야?"
"응."
수경이 내 흰 자카드 스타킹을 찬찬히 뜯어보았다.
"그 코트에 입으니 그럴싸하네. 근데 모자는 벗어라. 정장에 야구 모자라니."
나는 모자를 벗고 손가락으로 머리칼을 정돈했다. 수경의 시선이 내 모직 코트와 그 안의 모슬린 블라우스를 충분히 훑고도 얼굴로 올라오지 않고 머뭇거렸다. 거북했다. 뭔가 할 얘기가 있다는 뜻이었고, 입 떼기가 난감하다는 신호였다. 돈을 꾸어 달랄 때도 수경은 이런 태도를 취하지 않았다. 나는 수경이 사 온 치즈 케이크를 스푼 끝으로 조금씩 떼어 먹으며 우유 섞은 홍차를 홀짝홀짝 마셨다. 되도록 아무렇지도 않게. 엉덩녀에 대한 얘기이리라. 그것을 모르지 않았지만 새삼 기분이 사나워졌다. 그러나 참아야 한다고 생각했다. 이 단계에서 내가 화를 내 버리면 죽도 밥도 안 되는 것이다. 부드러운 케이크를 혀끝에 녹이며 나는 수경의 마음을 더 들어 보았다. 이 애는 도대체 어디까지 아는 것일까? 아님 오늘 인터넷에서 또 사단이 났나? 아까 집에서 떠날 때까지만 해도 산 낙지 정도였다. 그 뒤에 괴변이라도 났다는 말인가? 어떤? 얼마나 끔찍한? 얼마나 추잡한? 수경은 나를 의심하고 있는 건가? 생각이 여기에 미치자 적색 등이 여기저기서 깜박거렸다. 처음부터 석연치 않았다. 그런데 나는 간과하고 있었다. 설마 하고 말이다. 수경이 설마 나에게…… 그런 믿음이 강했다. 그러나 의혹은 없어지기는커녕 점점 더 커지고 있었다. 지금까지의 말이나 행동으로 보면 수경은 어정쩡한 입장을 취하고 있는 것이다. 아무것도 모르는 척 내 편을 들다가도 또 살짝 의심하는 눈치를 보이곤 했다. 예를 들어, 우리는 사흘 내내 같이 있었잖니, 하고 자기와 나와 화란을 묶어 함께 변호하다가도, 근데 말야, 8월 3일이면 우리가 그 집에 묵은 이틀째인데 다른 방에 어떤 여자들이 있었지? 하며 아무래도 알 수 없다는 듯 고개를 갸우뚱거렸다. 더 자세히 따지지 않는 걸 보면 속으로 뭔가 짐작하고 있다는 생각이 들었다. 수경보다 직선적인 화란은 나를 좀 더 의심하고 있는 것 같았다. 애들은 도대체 얼마만큼 아는 것일까? 어디까지 짐작하고 있을까? 알고도 둘이서 입을 맞추어 나를 떠보고 있는 건가?

알 수가 없었다.

답답했다. 짜증이 났다.

수경과 화란은 이 세상에서 가장 친한 내 친구였다. 중고등학교 때에도 친한 친구들이 있었지만 어쩐지 지금은 소원해져 버렸다. 아라와 연희 정도를 1년에 한두 번 만나긴 한다. 그러나 속마음은 닫아 버린 상태였다. 결국 수경과 화란이 제일 친한 친군데, 사이가 이렇게 떨떠름하게 되어 버렸다. 솔직하지 못한 나 자신 때문이겠지만 견딜 수가 없었다.

등잔 밑이 어둡다는 속담이 떠올랐다. 세상 모두가 나를 의심하고 있는데 나 혼자만 그것을 모르고 있나? 가장 친한 친구들한테조차 지금 눈 가리고 아옹 하는 것인가? 불안이 뻘겋게 번졌다. 나는 수경을 곁눈으로 쳐다봤다. 아는 것도 같고 모르는 것도 같고…….

화란이 성큼성큼 남자같이 걸어 들어왔다.

대롱대롱 매달려 있던 가방을 휙 벗어 던지고 수경 옆자리에 앉았다. 수경이 나를 바라보며 변명처럼 말했다.

"내가 오라고 했어. 치즈 케이크도 남고……."

수경이 고개를 숙였다. 어감이며 태도가 이상했다. 단지 치즈 케이크가 남아서 화란을 부른 건 아니라는 투였다. 그건 부수적인 이유고, 정작 중요한 이유는 따로 있다는 말. 그러나 수경도 화란도 그 중요한 것에 대해서는 곧장 입을 열지 않았다. 확실히 이상했다. 나를 빼놓고 둘이서 은밀히 짠 것 같았다. 그러니까 이건 그녀들의 시나리오였다. 카페 목화도, 치즈 케이크도, 수업 시작 전의 짬도 각본상의 배경이요 시간인 것이다. 나는 수경을 노려봤다. 수경은 내 시선을 피하고 있었다. 화란이 찻잔을 거칠게 들어 식은 홍차를 마셨다. 나는 별수 없이 창밖으로 눈을 돌렸다. 누구에게랄 것도 없는 분노가 쉬익쉬익 소리를 냈다. 아무렇지도 않다고, 오히려 즐겁다고 콧노래를 흥얼거려 보려 했지만 막상 소리가 되어 나오지 않았다. 나는 입속으로 SG워너비의 「파트너 포 라이프」를 흥얼거렸다. 허옇게 허물을 벗은 백양나무 줄기가 눈에 들어왔다. 무참하게 가지가 잘려 나간 몸통은 올 한 해 있는 힘을 다해 새 줄기를 뻗고 잎을 틔웠으나 이제 가을이 되어 자신의 노고를 죄다 떨어트리고 절망적인 표정으로 서 있었다. 바닥에 떨어진 누렇고 퍼런 잎사귀들이 사방으로 흩날렸다. 우리 옛 어른들은 저걸 사시나무라고 했다지. 사시나무 떨듯 서 있는 여자의 모습이 연상되었다. 시커먼 먹구름이 몰려왔다. 두두두, 폭우가 쏟아질 모양이었다.

"너 우리한테 할 말 없니?"

나는 화란을 쳐다봤다. 그녀가 한 말의 의미가 새겨지지 않았다.

"다 알고 있단 말야."

뭘? 하려다 나는 참았다. 물론 엉덩녀 얘기니까. 엉덩녀 얘기라는 것을 깨닫자마자 어떻게? 라는 의문이 들었다. 무얼 어떻게 알았냐고? 그냥 넘겨짚는 거 아냐? 나는 화란과 수경을 뚫어져라 쳐다봤다. 침묵이 우리 사이를 순두부처럼 채웠다. 그것이 두부로 경화돼 갔다. 두부가 더욱더 굳었다. 돌처럼 되었다. 바위가 되었다. 우리는 거대한 바위 속에 박힌 미꾸라지 화석처럼 숨을 쉴 수가 없었다. 푸우우…… 참았던 숨을 쉰다고 내뱉은 것이 울음 비슷하게 터져 나왔다. 으, 으으……. 나는 울먹였다.
 "도대체 왜들 그래? 내가 뭘 잘못했다고?"
 나는 마구 소리치며 훌쩍거렸다. 왜 우는지 스스로도 알 수가 없었다.
 "누가 잘못했대니? 이렇게까지 터졌는데 수습을 해야지. 끝까지 부정만 하면 될 것 같아?"
 "증거도 없잖아?"
 "증거가 왜 없어? 사진을 보니까 너인 걸 그냥 알겠던데."
 화란이 무섭게 쏘아봤다.
 "느낌으로? 마구 몰아대는 거야?"
 "얘가 도리어 사람 잡네. 야 야, 우리가 그 잠옷 모를 줄 알아?"
 "흑, 흑흑…… 어떻게 하면 좋아…… 이제 어떻게 해……."
 수경이 내 옆에 와서 어깨를 다독거렸다.
 "괜찮아, 괜찮아. 우리가 있잖아."
 "그런데 어떻게 된 거니? 왜 그걸 퍼서 아랫집에 끼얹었어?"
 화란이 어이가 없다는 듯 나를 건너다보았다.
 "끼얹은 게 아냐. 그냥 퍼서 버린 거지. 그 밑에 아랫집이 있는 걸 몰랐다구."
 "몰랐어?"
 "어두웠고…… 몰랐어, 몰랐단 말야. 원체 급해서 다른 생각 같은 건 안 났단 말야."
 나는 울음을 그치고 비로소 그날 속으로 되돌아갔다.

"그날 저녁에 게탕을 먹었잖아. 우리가 주문한 게 아니고 민박집 아주머니가 그냥 해 준 거였어."

"맞다 맞아. 그날 게탕 먹었다!"

"게탕? 그랬나?"

"고춧가루 넣지 않고 뽀얗게 끓인 찌개였잖아. 게가 듬뿍 많이 들어 있었고. 신나게 먹었지. 바닷가라 게탕을 이렇게 푸지게 끓이는구나 하면서. 점심도 빵으로 때웠잖아. 나는 평소에도 게를 좋아하는 편이라 정신없이 퍼먹었어."

"그래? 나도 무지 많이 먹었는데."

"생각나. 게 찌개."

"두어 시간쯤 지나니까 배가 살살 아파 오면서 뒤로 신호가 오는 거야."

"그래서?"

"너희들은 이미 잠들어 있었어. 하루 종일 비키니를 입고 해변을 누비느라 피곤했겠지. 게다가 저녁까지 푸짐하게 먹었으니……."

휴지를 감아쥐고 변소로 달려가던 장면이 떠올랐다. 그 집 변소는 재래식이었는데, 뒷마당에 따로 있었다. 똑똑 노크를 하자 안에서도 똑똑 응답해 왔다. 배를 싸쥐고 기다렸지만 영 나오지를 않아 할 수 없이 우리 방 앞으로 돌아왔다. 어떻게 할 수가 없었다. 우왕좌왕하다가 또 변소로 달려갔다. 이번에도 안에 사람이 있었다. 아까의 그 사람인지 그사이에 다른 사람이 들어간 것인지 알 수 없었다. 다시 기다리는 수밖에 없었다. 이번에도 영영 나오지를 않았다. 더는 참을 수 없는 지경이 되었다. 엉금엉금 우리 방 앞으로 기어와서, 생각할 겨를도 없이 우리 방 뒤쪽으로 돌아가 볼일을 봤어. 정확히 말하면 볼일을 봤다기보다 배에 든 것을 쏟은 것이다. 그러고는 황급히 헛간에서 부삽을 찾아다 오물을 퍼서 아래로 버렸지.

"아랫집이 그 아래에 있다는 것도 의식 못했어. 어두웠고, 아무 생각이 없었어. 어둠 속으로 나무들만 빽빽이 차 있었지. 나는 이게 나무들한테 거름이 되겠거니 막연히 생각했던 것 같아. 모르겠어. 지나다니면서 비탈 아랫집을 봤는지 어쨌는지…… 하여간 그 순간에는 생리적 욕구를 가까스로 해결한 안도감만이 사르르 밀려들었어. 이게 다야. 다른 아무 짓도 안 했어."

"거 봐, 애 잘못은 없잖아. 그 상황에선 그렇게밖에 더 하겠어?"

"아랫집을 생각 못한 게……."

"방에 돌아와서 누웠어. 막 잠이 들려 하는데 소동이 벌어진 거야. 문틈으로 내다봤지. 어떤 남자가 다짜고짜 쥐방울의 머리채를 쥐고 들었다 놨다 하면서 욕을 퍼붓더니 곧장 따귀를 때리는 거야. 이쪽저쪽 연이어 사정없이. 어떤 아주머니와 다른 남자, 다른 여자들도 달려들어 마구 애를 후려치고 발길질하고…… 정말 놀랐어. 세상에, 그렇게 험한 욕은 나도 처음 들어 봤어. 그때까지도 나는 그 원인이 내 똥 때문이라는 것을 까맣게 몰랐어. 섬사람들이 다 모여들고 민박객들도 전부 모여들어 인산인해를 이루었을 때에야 뭔가가 이상하다는 생각이 들었어. 쥐방울은 쥐방울대로 발악을 했고 아랫집 사람들은 점점 더 격앙되어 극악을 떨었지. 사악한 기운이 무섭게 우리 방까지 뻗쳐 들어오자 비로소 발목이 움찔움찔하며 혹시 저게 내 똥 때문이 아닌가, 어머 진짜 그거 때문인가 보네, 아아, 그거 때문이네, 하고 깨달은 거야. 주고받는 말들이 퍼즐처럼 맞춰져 사태가 파악된 거지. 그러나 이미 때는 늦었어. 어쩔 도리가 없었어. 물은 엎질러졌고…… 으흐흐…… 사람들이 너무나 많이 모여 있었고…… 분위기가 살벌했다구. 오명을 덮어쓰러 그 속으로 뛰어들 용기가 없었어. 너희들도 깨어나서 사정없이 쥐방울 욕을 해 대고…… 나는 그냥 귀를 막았지."

"……."

"……."

"속으로는 와들와들 떨면서 눈을 꾹 감고 모든 걸 잊으려 했어."

"……."

"……."

"세상에는 이런 일들이 많을 거라고 계속 생각했어. 일이 그냥 이렇게 되었을 뿐이라고. 일부러 내가 쥐방울을 해칠 의도는 없었다고. 다 알지 않느냐고. 그 사람들이 묻거나 확인하지도 않고 다짜고짜 쥐방울에게 달려들어 개 패듯 팼던 건 그동안 그 애의 행동이 그럴 만했기 때문이 아니겠냐고. 그러니 전적으로 내 책임은 아니라고. 세상엔 어쩔 수 없는 이런 일들이 숱하게 많을 거라고……."

"……."

"……."

"나는 그냥 잊고 싶었어. 계속 부정한 탓인지 그러고는 정말 잊었어. 아예 깡그리 잊었던 건 아니지만……."

수경이 한숨을 쉬었다. 한참 만에 그녀가 입을 열었다.

"애 잘못은 없잖니. 우리라고 해도 그렇게밖에 더하겠니?"

"그래. 사람한테는 체면이란 게 있는데…… 그 판국에 어떻게 뛰어나가?"

화란도 동조했다.

"누구나 그렇게밖에는 행동 못 해. 인터넷에서 삿대질하는 인간들 나와 보라고 해. 막상 자기들이 그런 경우가 되면 더할걸?"

"그럼, 그럼. 쥐방울을 잡아 족치는 데 합세했을 거야. 방문 버럭 열고 나가서 같이 막 욕하고, 때리고…… 그러는 게 사람이야."

양심이라는 단어가 잠깐 떠올랐다. 용기는 무엇일까 하는 생각도 들었다. 그러나 나는 곧 외면했다. 불가항력이라는 말을 그 자리에 초석처럼 박아 넣었다.

수경이 내 어깨를 토닥토닥 위로했다.

먹구름이 물러간 듯 마음이 화안해졌다. 사람은 역시 비밀을 갖고서는 편안하기 어려운가 보았다.

"걱정 마. 우리가 덮어 줄게. 문제가 더 커지면 우리가 나서서 다 해결해 줄게."

"맹세해도 좋아. 목숨 걸고 덮어 줄게. 너라는 걸 아는 건 우리뿐이니까. 우린 진짜 친구잖니. 삼총사. 우리한테까지 감추는 게 괘씸해서 그랬지."

고백을 하고 양해를 받고 나자 아침 해가 떠오르는 들녘에 서 있는 것 같았다. 마음이 개운하고, 죄책감마저 상쇄되었다.

5

    오늘 동양사학과와 배구 경기
    2시까지 소운동장 집결(한 사람도 빠짐없이)
    과 티 입고 응원!

강의실 칠판에 그렇게 씌어 있었다. 영상 프랑스어 수업은 휴강인 모양이었다. 리포트를 내지 않아도 되어서 천만다행이었다.

탈의실에서 티셔츠로 갈아입었다. 올해 과 티는 최근 유행하는 선명한 초록색이었다. 앞은 민짜였고, 뒤쪽엔 등판 가운데에 학교 로고가 그려져 있고 그 둘레에 불어불문학과라는 고딕체의 글씨가 둥그렇게 씌어 있었다. 뻣뻣한 싸구려 면에 짙은 프린트 냄새가 진동했고, 누가 입어도 될 만큼 헐렁한 것이 예나 다름없는 특색이었다.

토너먼트 대전표에 따르면 우리 과는 계속 이길 경우 세 번의 시합을 더 할 수 있었다. 그러니까 지난번에 약학과와의 경기에서 이겼기 때문에 오늘 동양사학과와 겨루는 것이고,(동양사학과도 다른 어떤 과와의 경기에서 이겼을 것이다.) 여기에서도 이기면 컴퓨터학과와 무용과가 싸워 이긴 팀과 대적하게 될 것이다. 내 기억이 확실하다면.

소운동장 쪽으로 걸어갔다. 10월의 마지막 날이었다. 검정, 자주, 노랑 티셔츠가 교정에 가득했다. 바야흐로 운동회가 무르익어 가고 있었다. 동양사학과도 과의 성격상 강한 편은 아니니까 오늘 게임은 우리가 이길지도 모르겠다. 그러나 다음번엔 필경 무용과가 이겨 올라올 것이고, 그들과는 승산이 없으리라는 것이 우리들의 예상이었다. 바둑처럼 몇 점을 더 주고 시작하지 않는 한 몸을 단련해 온 과와는 승산이 없는 것이다.

지진 같은 이변이 일어나 우리가 무용과를 이기면 한 게임이 더 남아 있기는 하다. 거기까지 가면 우승 아니면 준우승이다. 기적도 있는 세상이니 이변이 일어나지 말라는 법은 없다.

소운동장엔 벌써 함성이 오르고 있었다. 분홍 셔츠와 흰 셔츠가 후문 쪽으로 뭉게뭉게 빠져나가고 있었고, 아직 남은 몇 점이 네트 주변의 거대한 초록과 황색 사이에 간간이 끼어 있었다. 이제 막 우리 과의 경기가 시작된 모양이었다.

나는 걸음을 빨리했다.

초록의 덩어리는 나 혼자만 입었을 때는 몰랐는데 무더기 지어 놓고 보니 무르익은 가을빛 속에서 생경하게 튀었다. 특히 황색 옆에서는 더욱 자연에 엉겨들지 못하고 붕 떠 있었다. 장례식장에서 빨간 옷을 입으면 이럴 것 같았다. 초록은 봄에 산뜻했고 여름에 풍성했고 초가을까지도 새참했으나 이제 낙엽 지고 스산한 가을이 되자 처치 곤란한 느낌으로 변해 있는 것이다. 사람도 좋은 시절이 지나면 저럴까. 주변과 어울리지 못하는 상황이 되면……. 나는 다소 거칠게 황색의 물결을 헤치고 초록 무더기 쪽으로 나아갔다. 아는 얼굴들이 반가운 눈인사를 해 왔다. 선후배들이 어깨를 부딪고 지나갔다. 인사말을 새똥처럼 찍 갈기고 가는 친구도 있었다. 그런데 뭔가가 내 신경을 긁었다. 예전 같지 않은, 스스럼없지 않은 어떤 느낌. 어딘지 서걱거리는, 껄끄러운, 께름칙한 느낌이 스쳐 간 눈자국마다 남아 내 몸 여기저기에 껌처럼 달라붙었다. 그것을 떼어 내려 했지만 접착력이 대단해서 떨어지지 않았다. 나는 이유를 살폈다. 친구들의 웃음이 이상했나? 인사말이? 말투가? 왜 껌이 이렇게 다닥다닥 달라붙는 거지? 딱히 짚어지지 않았다. 그러나 내 레이더망에 걸린 공기는 시고 떫고 지렸고, 구린 악취를 감추고 있었다. 아무리 뒤집어 봐도 이건 호의적인 것이 아니었다. 나는 직감으로 끈끈이 속에서 야유와 능멸의 기운을 읽었다. 노골적이지는 않았지만, 내 얼굴에 대고 직접 쏘지는 않았지만 그런 낌새를 은근히 풍기고 있었다. 나는 레이더망을 샅샅이 뒤졌다. 누구의, 어떤 표정이, 어떤 인사말이 이상했나? 연극반 애들이 이상했나? 1학년 애들이 이상했나? 호원이가? 예진이가? 골똘히 조금 전의 상황을 더듬는데 누군가가 아프게 등을 쳤다.

나는 돌아봤다. 위명선 선배였다.

"안녕하세요?"

까딱 목례를 했다. 성이 흔치 않은 데다 덩치도 크고 성격조차 괄괄해서 전 학년생이 다 알고 있는 유명 인사였다.

"너 궁둥이에 점 있다며?"

선배의 커다란 입이 옥수수 알 같은 이빨을 내보이며 히죽 벌어졌다.

"네?"

무슨 소리예요? 하는 듯한 표정을 지었다. 그러나 결국 엉덩녀 얘기구나, 그게 이미 다 퍼졌구나, 그렇다면 엉덩녀가 나라는 사실을 어떻게들 알았을까? 그사이 수경과 화란이 년이 입을 놀렸구나, 하는 확신이 순차적으로 밀려들었다. 설마 설마 하고 내심 계속 부정해 오던 불안이 맞아떨어진 것이다. 오싹했다. 당혹스러워 눈앞이 아찔했다. 어지럼증 가운데로 배신감이 뜨겁게 솟구쳤다. 분노가 쓰나미처럼 전신을 휩쓸었다. 나는 덜덜 떨며 그 자리에 서 있었다.

세상에나…… 절친한 친구라더니…… 목숨 걸고 덮어 준다더니…….

믿을 놈 하나도 없다는 생각이 등덜미로 엄습했다. 바보 같으니…… 속 빈 말만 믿고…… 아랫도리를 만천하에 공개한 것 같은 창피함이 몸통을 거쳐 서서히 머리로 올라왔다. 뜨거운 용암이 얼굴로, 목으로, 팔다리로 마구 흘러내렸다. 온몸이 용광로인 양 훨훨 타고 있었다. 다리에 힘이 없어서 더는 그 자리에 서 있을 수 없었다.

"얘, 얘, 뭘 그래? 다 아는 사실인데."

선배가 엄지와 검지로 동그라미를 그려 보이며 멀어져 갔다. 무슨 뜻인지 알 수 없었다. 선배는 흔히 V자를 그리듯 익살스럽게 동그라미를 만들었다. 그녀의 괄괄한 성격으로 보아 '창피해할 것 없어, 누구는 궁둥이 없니?'라는 뜻인지도 몰랐다. '좀 웃기는 일이지만 하나의 해프닝이 아니니? 뭐 그럴 수도 있지.' 하는 뜻으로도 읽혔다. 그러나 나는 거대한 망치에 후려 맞은 듯 비틀거렸다. 딛고 서 있는 바닥이, 존재의 밑바탕이 송두리째 파헤쳐져 숭굴숭굴 일어났다. 나는 발을 굴렀다. 쥐구멍이 있다 해도 거기에 들어갈 수도, 그냥 서 있을 수도 없었다. 들어가면 모든 걸 인정하는 것이고, 그냥 서 있으면 조롱과 모멸을 피할 수 없었다. 수군대며 쳐다보는 기색, 교묘히 능멸을 삼키는 표정, 입가가 비틀어진 야유조의 미소들을 피해 나는 무리의 가장자리로 걸음을 떼 놓았다. 차라리 까놓고

야비하게 훑어보는 쪽이 나왔다. 그런 눈초리 앞에서는 나도 빳빳
해지고 힘이 뻗쳤다. 대항의 에너지였다. 나는 이 상황의 피딱지를
확 긁어 떼고 싶었다. 그러면 피가 철철 넘쳐흐르면서 오히려 시원
할 것 같았다.

굼벵이처럼 구물구물 소운동장을 나왔다.

강의실로 온 힘을 다해 기어갔다. 막상 비어 있는 강의실을 보자
거기에 들어갈 엄두가 나지 않았다. 자리 하나하나마다 과 친구들
의 체취가 배어 있었고, 선배며 후배들의 입김이 떠 있었다. 힘없이
몸을 돌려 화장실로 갔다. 변기 뚜껑을 덮고 그 위에 털퍼덕 주저앉
았다.

드디어 혼자가 된 것이다.

위명선 선배의 말과 그가 그려 보인 동그라미와 그동안의 상황
을 되짚어 보았다. 암만해도 화란과 수경이 문제였다. 그것들이 마
구 입을 놀리고 다닌 게 분명했다. 제 일이 아니라고 아마도 희희낙
락 낄낄거리며 속닥거렸을 것이다. 은밀한 척, 아무한테도 말하면
안 된다고, 비밀이라고 다짐하면서. 그 다짐이 더욱 흥미를 조장해
퍼져 나갔을 것이다. 둘 중 혼자만 한 일도 아니었다. 혼자서 살며
시 털어놓은 거라면 이렇게까지 소문이 퍼질 리 없었다. 화란이 자
기도 모르게 말을 꺼냈는데 수경이 대경실색하여 덮는 태도였다면
이렇게 광범위하게 퍼지지는 않았을 것이다. 나도 모르게 숨소리가
거칠어졌다. 씩씩거리는 내 숨소리가 내 귀에도 낯설었다. 분노가
원한으로, 원한이 증오로 사무치고 있었다. 나는 참지 못하고 으아
악— 소리를 질렀다.

청소부 아주머니가 달려왔다.

"아무것도 아니에요!"

나는 화장실 문을 굳게 잠갔다.

이 세상은 결코 내게 우호적이 아니었다. 그걸 몰랐었다. 날카로운 적대감이 도처에서 기회가 오기만을 벼르며 번뜩이는 살벌한 전투장이었다.

나의 가장 큰 적은 가장 가까운 주변이었다. 말하자면 사람이란 종자였다.

나는 오직 혼자였다.

6

어디까지 왔나, 버스 정류장까지 왔지, 어디까지 왔나, 아파트 앞까지 왔지, 어디까지 왔나, 엘리베이터까지 왔지……. 눈을 감으면 언제나 검은 박쥐들이 떼 지어 쫓아왔다. 나는 처음부터 끝까지 쫓기고 있었다. 그들이 언제 현관문을 열고 퍼덕퍼덕 내 방으로 날아들어 침대를 덮칠지 몰라 나는 안경을 쓰고 몸을 최소한으로 오그리고 옷걸이 밑에서 잤다.

전전긍긍 잠을 청했다 뿐이지 잠이 올 리 없었다.

하루하루가 생지옥이었다.

나는 진상을 다 밝혀 볼까도 생각했다. 당시의 상황을 상세히 써서 내가 주인공이라고 나서면서 버젓하게 사죄를 하는 것이었다. 그러나 아무리 마음을 다잡아도 막상 용기가 나지 않았다. 똥 얘기만 아니라면 그렇게 할 수도 있을 것 같았다. 매일같이 누구나 치르는 생리적인 현상인데 똥은 왜 그토록 창피함을 동반하는지 모를 일이었다. 게다가 아직 학교 밖으로는 그다지 소문이 퍼진 것 같지 않았다. 몇몇의 댓글에서 주인공이 여대생일 거라고 지목하고 있었지만 사실을 알고 그러는지 의심스러웠다. 또 아주 일부이긴 해도 '그럴 수도 있지' 하고 엉덩녀를 변호하는 축도 생겨났다. 우리 학교 아이들은 학교 명예 때문에 일부러 거들지 않고 있는 것 같았다. 이런 단계에서 어설피 밝혔다가는 더 낭패일 것 같았다.

 세상이, 사람들이 모두 원망스럽고 원수 같았다. 그러나 마음 저 밑바닥에서 연둣빛 풀잎 하나가 살랑거렸다. 쥐방울은 지금쯤 부두에서 어떻게 지내고 있을까? 혹시 나쁜 곳으로 팔려 가진 않았겠지? 그렇게 조그맣고 외진 섬에 인신매매단이 가진 않았을 거야……. 그 애를 은밀히 찾아가 보고 싶었다. 그러나 엉덩녀를 고발한 동물학자한테 들킬 것 같아 두려웠다. 그 지방 사람들도 인터넷 덕분에 사건의 전모를 파악하고 있을 것이었다. 쥐방울도 모를 리 없었다. 이런 판국에 그 애를 만나러 가는 것은 호랑이 굴로 기어들어 가는 거나 마찬가지였다.

 매일 밤 박쥐들과 쥐어뜯고 싸우느라고 날밤을 새워서 여행할 체력도 없었다.

 나는 쥐방울이 나름대로 자기 길을 가 주기만을 바랐다.

 이제 인터넷에는 더 이상 들어가 보지 않았다. 나는 쫓기는 자였고, 박쥐 떼가 어디까지 왔는지 정확히 알 수 없었다.

낮이면 학교에 가지 않고 구민회관 독서실에 갔다. 거기에 앉아 취업에 실패한 사람들과 뒤늦게 공인중개사 시험을 치르려는 중년 아저씨들을 멀거니 바라보았다. 그러다가 자판기 커피를 빼 마시곤 했다.

내 몸은 네모나고 커다란 벽시계 같았다. 책상에 앉아 있노라면 앙가슴 가운데로 무거운 추가 왔다 갔다 했다. 그 추가 매일매일 한 가지 사실을 일깨웠다. 사람은 이기적이니라. 사람의 본성 중 가장 큰 것은 바로 이기적이라는 것이니라. 그런데 누가 누구를 변명해 주겠느냐? 그걸 몰랐느냐? 추는 쉬지 않고 진자 운동을 계속했다. 네 편은 없어. 너는 온갖 포식자들이 득실대는 평원에 혼자 서 있는 영양이야. 사람 사는 세상이 다 그렇다니까. 이런저런 가면을 쓰고 있지만 모두가 가짜야. 사람이란 동물은 이해 상관이 있을 때에만, 자기한테 득이 되어야만 누군가를 편들어 준단다. 명심해라, 그게 진리니라.

컴퓨터와 아예 담을 쌓자 점차 엉덩녀의 귀추에 주목하지 않게 되었다. 엉덩녀든 뭐든 이제 나와는 아무 상관도 없었다. 인터넷에 들어가 보지만 않으면, 아무와도 만나지 않으면 신경 쓸 게 전혀 없었다. 신문에도 방송에도 내 이름이 나지 않았고, 검찰에서도 경찰에서도 찾아오지 않았다. 일부러 내게 전화를 걸어 힐난을 퍼붓거나 양심 추궁을 하는 사람도 없었다. 나는 엉덩녀 자체에 대해서는 거의 잊었다. 나의 관심사는 오직 내 친구들뿐이었다.

내 신경은 하루 종일 수경과 화란에게 가 있었다. 지금은 무얼 할까? 청바지를 입고 가방을 메고 집을 나서겠지. 버스에 흔들리고 있겠지. 아이스크림을 먹으며 강의실로 향하는지도 몰라. 중간고사 결과는 다 나왔을까? 창작극회 활동은 어떻게 되어 가고 있을까?

내가 속한 사회에서, 학교에서, 나를 매장한 건 그 애들이었다.

전화 한 통도 없는 것으로 보아 화란은 소문을 낸 게 자기 짓이라는 걸 시인하고 있었다. 그것을 오히려 의로운 일로 여기며 나를 지탄하는지도 몰랐다. 정의 실천 운운하면서 사기 합리화를 넘어 한 단계 더 비약된 자아를 정립하고 있음에 틀림없었다. 수경도 대세를 좇아가는 인간일 뿐이었다. 휴대폰으로 문자가 한 번 오긴 했지만 마지못해 자모음을 최소한으로 배합한 것에 불과했다. 화란처럼 대놓고 나발 불진 않았는지 모르지만 소곤소곤 더 은밀하게 거들었다는 증거였다. 예수님은 원수를 사랑하라고 했지만 나는 원수를 갚을 작정이었다. 매일같이 무럭무럭 자라는 분노를 주체할 수 없었다. 끓어오르는 가스 같은 그것을 더 이상 끌어안고 있다가는 내 몸이 펑 터져 버릴 것 같았다. 나는 숨을 쉬어야 했다. 아직 살아 있는 생물체니까. 그러기 위해서는 억눌리고 억눌린, 압축된 분노를 어딘가에 분사해야 했다. 내 눈앞에는 매 순간 수경과 화란만이 보였다. 프랑스 여성 작가 강의를 듣는 모습, 카페로 걸어가는 모습, 체육 수업 시간에 살사를 추는 모습……. 나는 거의 미친 상태였다. 한참 친구들 생각을 하고 있노라면 관자놀이가 불불불 떨리며 가슴에서 불이 났다. 나는 그녀들을 짓뭉개고 싶었다. 갈가리 찢고 싶었고, 난도질하고 싶었다.

퍼뜩 어떤 생각이 스쳤다.

나는 회심의 미소를 지었다.

후다닥 일어나서 가방을 들고 독서실 문을 나섰다. 제때에 취직하지 못해 빙충이가 된 언니가 시래기 같은 얼굴로 휴게실에 앉아 있었다. 나를 보자 언니는 풀기 없는 머리칼을 귀 뒤로 쓸어 넘겼다. 남의 시선 같은 건 진작에 포기한 처지였지만 자기가 여자라는 본능적인 몸짓만은 아직도 남아 있는 것 같았다. 나도 언니와 같은 신세랍니다. 오히려 더 형편없는 존재지요. 이제 아주 밑바닥 존재로 거듭나 언니를 받쳐 주게 될 거예요. 기다려요, 곧 돌아올 테니……. 나는 내 집이나 다름없는 구민회관 실업자실을 뒤로하고 큰길로 나갔다.

버스를 타고 학교로 갔다. 문방구에 들러 문구용 커터 칼을 샀다. 시간표는 언제나 외우고 있었다. 지금쯤 그녀들은 열심히 살사를 추고 있을 터였다. 나는 체육관으로 갔다. 많은 시선이 나를 향해 화살처럼 날아왔다. 소문이 날 만큼 났다는 것을 실감할 수 있었다. 수업이 시작될 때까지 화단의 나무 뒤에 몸을 숨기고 있었다. 벨이 울리고 학생들이 수업에 모두 열중했을 즈음 탈의실로 들어갔다. 조용했다. 화란의 옷장은 C26번이었다. 탈의실에서 물건을 상습적으로 훔치는 도둑이 몇 년간 문제가 되었었다. 잡고 보니 우리 학교 학생이 아니라 외부의 전문가였다고 했다. 나는 살금살금 옷장 쪽으로 가면서 여대생 차림을 한 그 전문가를 생각했다. 그는 이 조용한 공기를 가르고 번개처럼 움직였겠지. 귀중품을 찾아, 두툼한 지갑을 찾아. 눈부시게 손을 놀렸으리라. 나는 그를 흉내 내어 화란의 옷장 문을 열었다. 화란이 기억하고 있을지 모르지만 이 잠금 고리는 우리 집의 내 책상 열쇠로 열렸다. 언젠가 화란이 열쇠를 잊어버렸을 때 이것저것 아무 열쇠나 넣어 보다가 이 열쇠가 맞는 것을 발견하고 박장대소하며 열었던 것이다. 다행히도 옷장 안에는 화란의 바둑무늬 가방이 있었다! 화란이 아끼고 아끼는, 그녀의 유일한 명품이었다. 이것을 사기 위해 화란은 1년이나 꼬박 아르바이트를 했다. 사고 나서, 흠집이 날까 봐 제대로 들고 다니지도 못했다. 나는 커터 칼날을 행위 예술 하듯이 쓰르륵 내밀었다. 아름다웠다. 내 동작이 그렇게 느껴졌다. 잠깐 마음속 깊은 곳에서 연둣빛 풀잎이 살랑거렸다. 나는 망설이고 있었다. 그러나 곧 뻘건 분노가 풀잎을 깔아뭉개고 용암처럼 솟구쳤다. 부욱, 나는 가방을 칼로 그었다. 시원했다! 너무도 시원해서 얼음 위에서 미끄럼을 타는 것 같았다. 다시 한 번 긋고 또 그었다. 쾌감 속으로 약간의 두려움이 전자기장처럼 지나갔다. 나는 옷장 문을 닫았다. 수경의 옷장이 있는 C48 앞으로 갔다. 그곳은 그냥 지나치기만 할 생각이었다. 열쇠도 없었고, 수경이 소중하게 생각하는 물건들이 그 안에 들어 있을지 의문이었기 때문이다. 다음에 다시 한 번 와서 짜릿하게 앙갚음을 할 작정이었다. 그런데 이게 웬일인가. 수경의 옷장 아래쪽 틈으로 검은 줄이 비죽이 나와 있었다. 자세히 살펴보니 파카 모자에 달린 조임줄이었다. 옷장 문을 열었다. 슬그머니, 힘없이 열렸다. 수경은 옷장 문도 잠그지 않고 급해서 뛰어나간 것 같았다. 아니면 열쇠를 가져오지 않았거나. 기회를 놓칠세라 나는 옷들을 닥치는 대로 난도질했다. 칼이 옷더미 속에서 나약하게 휘어지며 제 본분을 잊으려 했다. 나는 손아귀에 불끈 힘을 주었다. 속옷, 겉옷을 가리지 않았다.

나는 유유히 체육관을 빠져나왔다.

7

하루이틀은 마음이 날아갈 듯 가벼웠다.

그러나 또다시 분노가 차올랐다. 변한 것은 아무것도 없었다. 수경과 화란은 여전히 학교에 잘 다니고 있었고, 나는 구민회관 독서실에서 기약 없는 폐인 생활을 지속해 나가야 했다. 그리고 이제 정말 기자가 찾아올지도 몰랐다. 일간지 기자는 아니더라도 인터넷 매체에서 엉덩녀를 수소문해 찾아올지도 모르는 것이다. 내가 엉덩녀라는 것은 안팎으로 모두 증명된 셈이니까.

지금까지는 부모님이나 친척, 친지들이 모르고 있지만 학기가 바뀌고 곧 나의 전락이 만천하게 드러날 터였다.

나에게는 희망이 없었다. 불명예스러운 대학 중퇴자로서 나와 비슷한 전과자들과 더불어 벌레처럼 살아간다는 것이 끔찍하게 느껴졌다. 죽는 것보다도 못한 삶을 나는 살고 있었다.

옷을 마구 찢었지만 화란한테는 별 해도 끼치지 못했다는 생각이 심한 가려움증처럼 나를 괴롭혔다. 나는 긁고 또 긁었다. 피가 철철 흐르는데도 긁는 것을 멈출 수가 없었다. 온몸이 2차 발진으로, 3차 발진으로. 이윽고 화농하기에 이르렀다. 나는 이를 갈았다. 까짓 옷 한 벌 뭐가 대수란 말인가. 복수하려면 철저히, 본격적으로 했어야 했다. 흉내만 내다 만 꼴 같아서 갈수록 창피해졌다. 내가 이렇게까지 노숙자 신세가 되었는데 세상은 잘도 돌아갔다. 어둠 속에 앉아 나 혼자 사념의 삽질을 하고 있다 보면 화려한 영상이 매혹적으로 나를 사로잡았다. 처음에는 생각 자체가 너무 끔찍해서 의자에서 벌떡 일어나곤 했으나 곧 아무렇지도 않아졌다. 나는 구체적으로 계획을 세우기 시작했다. 화란한테 못다 한 복수에다 갈수록 쌓이는 분노, 희망 없는 앞날이 나를 파국으로 내몰았다.

8

시커먼 연기 속에서 뻘건 불덩이가 솟구쳤다. 이글이글 분노가 터졌다. 액화가스처럼 농축된 분노는 점화되자마자 세상을 집어삼킬 듯 사납게 너울거렸다. 엉덩녀는 도서관 앞 상경대 건물의 테라스에 서서 타오르는 불길을 바라보았다. 시너를 뿌린 선을 따라 불길이 울타리처럼 번지더니 그녀가 도서관을 나오자마자 순식간에 맹렬하게 타올랐다. 그녀는 환희에 몸을 떨었다. 눈물이 철철 흘러넘쳤다. 입을 벌리고 시커먼 유독성 가스를 충분히 들이켰다. 이 정도면 내가 죽은 뒤에 처벌이 닥치리라. 그러니 겁날 게 없었다. 목구멍이 매캐해지고 속이 어지러웠다. 눈을 뜰 수 없이 신 눈물이 계속 흘러내렸다. 엉덩녀는 시계를 보았다. 밤 10시 37분. 학생들이 거의 돌아가고 직원들도 퇴근한, 최적의 시간이었다.

화급한 외침이 여기저기서 들리고, 멀리서 소방차의 사이렌이 울렸다.

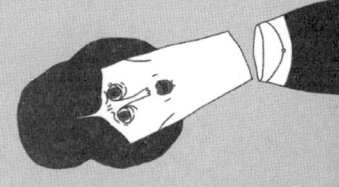

밤을 건너는 사람들

1

 모로 누웠다. 빨강 초록 청색의 불빛들이 어둠 속에서 찰랑거렸다. 단전에 의식을 모으고 눈을 감았다. 날숨을 쉴 때마다 몸을 이완시키려 애썼다. 좀체 잠이 오지 않았다. 원두막처럼 높다란 이케아 침대에서 내려와 거실로 나갔다.
 텔레비전을 켜고 소파에 누웠다. 리모컨을 쥔 채 눈을 감았다. 엄지손가락으로 채널 버튼을 수십 번 눌렀다. 그저 소리에 집중했다. 모든 채널의 소리가 마음에 들지 않았다. 나른함과 혼미함 속에 밤이 흘러갔다. 전화 받겠습니다. 무엇이 궁금하시죠? 저……남편한테 여자가 있는데요, 어떻게 될까요? 목소리가 슬픔에 잠겨 바르르 떨렸다. 나는 눈을 떴다. 화면에는 오락 프로에서 자주 보았던 달변의 사회자와 세 명의 여자가 유령처럼 떠 있었다. 자, 1번은 타로 점, 2번은 사주 명리학, 3번은 심리학 박사와의 상담입니다. 원하시는 버튼을 눌러 주세요. 1번을 누르셨습니다. 어떨까요, 이분은? 사회자가 쇼트커트를 한 타로 점 담당 여자에게 물었다. 타로 점 담당이 손에 쥐고 있는 카드를 부드럽게 치면서 한 장씩 탁자에 깔았다. 파스텔 톤 그림이 그려진 카드들이 옆으로 석 장 놓였다. 방패와 화살이 그려진 것, 망토를 입은 마녀의 모습, 어린 왕자가 막 자기 별에 도착한 듯한 그림……. 남편에게 여자가 있으시다구요? 쇼트커트가 입꼬리를 살짝 올리며 말했다. 염려 마세요. 지금 금방은 아니지만 돌아오시겠네요. 답은 짧고 명확했다. 또 궁금한 건 없으세요? 타로 점 담당은 이 질문자에게 우호적이었다. 뭔가 서비스를 더 하고 싶은 모양이었다. 남편 사업은 잘 될까요? 전화 속 여자가 물었다. 애처로운 목소리가 이제 사뭇 밝아져 있었다. 타로 점 담당이 카드를 또 석 장 깔았다. 그러고는 대답했다. 올해에는 더 나아지지는 않겠습니다. 그렇지만 좋은 운으로 접어들고 있어요. 그녀는 올해가 세계적인 불황이라는 사실도 염두에 두고 있는 것 같았다. 아셨죠? 사회자가 끼어들며 대화를 끊었다. 다음 질문 받겠습니다. 여보세요? 딸이 집을 나갔는데요……. 결혼한 시누이가 딴 남자 아이를 낳았어요……. 아빠가 이모와 살아요……. 질문들도 놀라웠지만 사람들은 이상하게도 타로 점을 선호하고 있었다. 열에 대여섯은 타로 점을, 서너 명은 사주 명리학을, 고작 한 사람 정도가 심리학 박사와의 상담을 택했다. 대학교수라는 명패를 단 심리학 박사는 옛 여배우처럼 뒷머리를 올리고 나와서 자신이 선택받지 못한 시간 동안 머쓱한 표정으로 세태를 견뎠다. 유명해지고 싶어서, 그래야 출세하고 돈도 버니까, 그러자면 방송 출연이 최고의 방법이니까 온갖 수단을 동원해 섭외한 뒤 미장원에 가서 머리를 올리고 배우 화장까지 하고 나왔을 그녀가 보기에 딱했다. 사람들은 이제 무거운 것, 진지한 접근, 제대로 된 문제 해결을 원하지 않았다. 타로 점이야말로 내가 보기에 전혀 근거가 없었다. 그건 질문해 온 사람과 전파를 통해 한두 마디 주고받는 순간의 타로 점쟁이의 직감, 직감이 든 순간에 카드를 내려놓는 동작, 그때 우연히 선택된 카드가 의미하는, 이미 정해진 상징과 이미지를 통해 임의로 운명을 해석하는 방식이었다. 운명을 저래도 되는 것일까 웃음이 나왔다. 질문과 답이 도합 10초밖에 안 걸렸다. 사람들은 상큼한 바람 한 줄기를 원하는지도 몰랐다. 어떻게 해야 할지 도무지 알 수 없을 때, 이렇게 돼도 저렇게 돼도 그만일 때, 한밤중 잠 못 들어 하다가 주사위를 획 던지는 심정일까. 하긴 미래란 아무도 알 수 없으니까. 잠깐 허공에 몸을 던져 하느님의 입김을 느끼고 싶은 것이리라.

잠이 완전히 달아났다. 밤의 숨결이 깊게 거실에 내려앉았다.

나는 소파에서 일어났다.

텔레비전에서는 타로 점이 이어졌다. 이혼한 아내한테서 연락이 올까요? 저는 신을 받은 무녀인데요, 아무것도 보이지가 않아요, 이 일을 계속할 수 있을까요? 시어머니가 치매예요, 언제쯤 죽을까요? 마지막 여자는 사주 명리학을 눌렀다. 얼굴이 긴 사주 담당자가 의자 등받이에서 상체를 떼 내며 생년월일을 물었다. 그리고 책을 들추며 무언가 적었다. 시간이 좀 걸렸다. 그동안 사회자가 자기네 프로의 성격을 생각나는 대로 광고했다. 거침없었고 달변이었다. 항상 본인의 현실을 직시하셔야 합니다. 저희가 무엇을 결정짓거나 전적으로 도와 드릴 수는 없어요. 본인의 의지대로 하시되 힘을 실어 드리는 정도입니다. 상처를 받으실 수도 있어요. 항상 현실을 직시하시고 현명한 선택을 하시기 바랍니다. 항의와 뒤탈을 막는 사설들이었다. 사주 담당이 고개를 들었다. 사회자가 입을 다무는 것과 동시에 얼굴이 긴 여자가 붕어처럼 입술을 움직였다. 올해까지는 대운이 좋으시군요. 그렇지만 추석이 지나면서부터 심장, 위장이 안 좋아지시네요. 그걸로 시작해 내년 내후년에는 위험해지시겠어요. 특히 여름에, 사오유월경에요. 내후년 봄이 고비군요! 사회자가 잽싸게 끼어들어 끝막음했다. 이미 전화는 끊어졌고, 잠 못 이루는 사람들의 전화가 계속되었다. 나도 잠 못 드는 사람 중의 하나라는 사실이 유대감을 형성하며 강물처럼 흘러들어 왔다. 순간 울컥하며, 조금 슬펐다. 무엇이 슬픈지 정확히 알 수 없었지만 그들 모두의 절실함이 내 안의 건반을 건드린 것 같았다. 아니, 나도 그들 중의 하나이므로 나 자신이 슬픈 것 같기도 했다. 나는 화면 밑에 씌어 있는 전화번호를 웅얼거렸다. 여보세요? 애로 사항을 말씀해 보세요. 나는 깜짝 놀랐다. 내 전화가 걸려든 것이다. 내가 손가락으로 무슨 짓을 했는지 의식하지 못했다. 말씀하세요. 1번은 타로 점, 2번은 사주 명리학, 3번은 심리학 박사와의 상담입니다. 무슨 고민이시죠? 사회자가 나를 다그쳤다. 저, 저, 잠이 안 와서요. 나는 얼떨결에 대답했다. 어떤 분과 상담을 원하세요? 나는 아무 버튼이나 눌렀다. 사주 명리학을 누르셨네요. 텔레비전 볼륨 좀 줄여 주세요.

나는 시키는 대로 했다. 네, 네, 됐습니다. 말씀하시죠, 잠이 안 오신다고 했나요? 사주 담당이 나를 향해 전파로 물었다. 네. 나는 수화기로 대답했다. 그녀가 내 사주를 물었다. 나는 당황하면서 생년월일을 댔다. 그녀가 시를 물었고, 나는 어머니에게서 들었던, 내가 태어난 순간을 떠올렸다. "돼지 밥 줄 때요."라는 말이 나왔고, 화면의 네 사람이 깔깔깔 웃는 게 보였다. 아침이요, 저녁이요? 웃음을 그친 사주 담당이 되물었다. 저녁이요. 나는 바보처럼 대답했다. 그럼 저녁 7시 정도로 잡겠습니다. 밤의 기류에 떠밀려 나는 미지의 섬으로 떠가고 있었다. 자기네 상담을 너무 믿고 의지하지 말라는 사회자의 얘기가 끼어들었고, 사주 담당이 붕어처럼 입을 오물거렸다. 아버지나 형제, 그리고 돈이 화두인 사주로군요. 세 가지에 대해 잘 생각해 보세요. 불면의 뿌리가 밝혀질 겁니다. 네? 아버지와 형제, 돈이라는 해답입니다. 문제에 직면해야 그것으로부터 벗어날 수 있지요. 사회자가 빠른 말로 밑동을 자르고 상황을 종료했다. 다음 질문 받겠습니다…….

어안이 벙벙했다. 야구방망이에 얻어맞은 것 같았다. 아버지와 형제라니? 아버지는 돌아가셨고 오빠들은 연로했다. 근래 들어 아버지나 오빠들을 생각한 적도 없었다. 돈이라면 생활 속에서 늘 헤아리고 계산했을 터였다. 그게 화두인지는 의문이지만, 그렇게 말한다면 돈이 화두가 아닌 사람이 어디 있겠는가?

2

아버지가 내 인생의 화두인가?
불현듯 던져진 질문이 등덜미를 오스스하게 했다.
어찌 보면 그런 것도 같았다.
아니 그랬다. 화두라는 단어가 한밤중 사주쟁이의 입에서 튀어나와 생경하긴 했지만.
그렇다고 해도 내 불면증이 아버지와 연관이 있단 말인가?
그럴 리가 없었다.
요즘의 내 불면증은 오늘도 잠이 안 올 거라는, 오늘 또 자지 못하면 내일 일과가 다시 엉망이 될 거라는 단순한 불안에서 온다는 것을 나 자신 잘 알고 있었다. 다른 이유라곤 없었다. 대부분의 문제들은 나이가 들면서 나로부터 떠나갔고 혹은 마모되었다. 프랑스에선지 사람들의 행복도를 조사한 적이 있는데 53세에서 70세 사이의 여성들이 가장 행복 지수가 높았다고 했다. 그다음이 20대였고, 40대, 30대 순이었다. 20대에는 꿈을 이루기 전이어서 그것에 대한 기대가 아직 건재하기 때문이고, 30대, 40대에는 현실이 여의치 않다는 것, 꿈이 제대로 이루어지지 않는다는 것, 나로부터 멀리 떠나가고 있다는 것을 차츰 느껴 아는 시기이므로 불행감이 높을 수밖에 없다는 해석이었다. 남자의 경우도 별로 다르지 않았다. 나는 행복 지수가 가장 높은 나이대에 있었다. 주위를 둘러보아도 그 말은 사실인 것 같았다. 30대에 직장에 다니며 아이를 키우느라고 얼마나 힘들었던지 아무도 30대로 돌아가고 싶어 하지 않았다.

신체적인 시듦과는 별개로 마음자리는 자연을 받아들여 오히려 홀
홀했다. 따라서 내게 잠이 안 오는 것은 단지 매일매일을 충실하게
살지 못한다는 자책 때문이지 근간 생각해 본 적도 없는 아버지 때
문이 아니었다. 아버지 돌아가신 지 올해로 19년째였고, 살아 계실
때도 나는 아버지의 존재를 그다지 중요하게 여기지 않았다.

3

아버지의 여러 모습이 뒤섞여 떠오른다. 트럭에 신혼 짐을 싣고
마포아파트로 갈 때 조수석에서 우시던 모습, 중학교 때 친구 집에
서 밤새워 시험공부 하겠다고 엄마에게만 말하고 갔을 때 한밤중
읍내까지 나를 찾으러 오셨던 일, 내가 당시로서는 인기 만점인 유
명 여자대학에 붙었다고 좋아하시던 모습……. 일제시대와 해방과
6·25를 몸으로 치받고 서민으로 전락해 살아온 아버지에게 화려한
그 여자대학은 어떤 의미였을까?

문리대 건물 지하였을 것이다. 아버지와 함께 첫 등록금을 내러
갔던 때가 어렴풋이 떠오른다. 그때는 은행에 가서 내는 방식이 아
니었고, 모두들 학교에 가서 직접 돈을 냈다. 수많은 사람들이 북적
거리는 사이에서 서울이라는 도시의 속성과 고관대작의 딸들이 많
이 다닌다는 그 여자대학의 이미지를 절감하던 때, 그때 아버지는
젊었던가, 늙었던가?

정확한 모습은 기억나지 않는다. 희미한 어떤 남성, 볼품없는 옷

을 입고 마르고 왜소한, 의식은 좀 있지만 외모가 촌스러운, 현실에 시든 장년의 남자가 뇌 갈피에 막연하게 끼어 있다.

새삼 아버지 나이를 계산해 본다. 아버지는 1910년생이시니 나와는 38년 차이다. 당시 내 나이를 갓 스물 정도로 치면 아버지는 쉰여덟쯤 되셨을 것이다. 쉰여덟이라면 회갑을 눈앞에 둔 시기다. 그러나 인생의 완성은커녕 만화경처럼 펼쳐지는 현실에 깜짝깜짝 놀라며 가족의 안녕을 매일매일 빌었을 아버지. 집도 없었고, 이렇다 할 직업도, 재산도, 예금도 없었던 아버지. 문리대 건물 지하에서 사람들과 부대끼며 당시에도 나는 '아, 내가 이런 곳에 잘못 왔구나, 아버지는 이런 대학에 딸을 보내는 학부형으로서는 걸맞지 않은데.'라는 생각을 했었다.

당시 우리 집은 경기도 화성의 오산면 소재지에서 서쪽으로 5리쯤 들어가는 농촌에 있었다. 벼농사와 보리, 밀, 콩, 팥 등의 곡식 농사를 주로 짓는 마을이었다. 동네가 커서 큰말, 잿말, 늠말로 나뉘어 있었는데, 어림짐작해도 50가구가 넘었다. 그중에서 부잣집이라고 일컬어지는 집이 두세 집 있었고, 중농이 대여섯 집 정도, 나머지는 모두 가난했다. 부잣집이라고 알려진 집들은 논농사만도 오륙십 마지기 이상이나 되었으며 처가가 있는 마을에도 또 그만큼의 논을 사서 남에게 맡겼다는 풍문이 나돌았다. 그들 집만큼은 못해도 이삼십 마지기의 논에 충실히 농사를 지어 해마다 농토를 재미나게 불려 가는 집들이 있었고, 마을 사람들은 사실 부잣집보다도 이 중농들을 더 부러워했다. 부잣집의 안주인들은 너무나도 탐욕스럽고 교만해서 인심을 잃었기 때문이었다. 마을의 원 지주는 토지개혁과 자손의 방탕으로 모든 것을 잃고 떠난 뒤였고, 난리 통에 어부지리를 얻은 이들이 눈먼 땅을 업어 치고 메쳐 떼 부자가 되었다. 가장들은 부잣집이나 중농이나 하나같이 똑같았는데, 말없이 소처럼 일만 했고, 인색하고 음울했으며, 사람들과 어울리거나 노는 재미를 아예 몰랐다. 그들은 재산을 불리는 한 가지 목표만을 향하여 나아갈 뿐이었다. 그래서 그런지 어린 내 눈에 비친 부잣집들은 어둡고 사나웠으며, 배타적이었고, 너그럽거나 낙락하지 않았다. 아이들도 어른들과 마찬가지였다. 동네 사람들은 부자들을 싫어했다. 공연히 시샘이 나서 싫어하는 게 아니라 그럴 만한 이유들이 있었다. 당시 농촌에서 치부하는 방법은 단 한 가지뿐이었다. 그해 농사를 지어 소출을 내 그 쌀을 마을 사람들에게 장리쌀이라는 이름으로 빌려 주고 다음 해에 연 이자를 붙여 받는 방식이었다. 그건 일종의 고리대금업이었다. 보릿고개가 도래하면 가난한 사람들은 굶다 굶다 창자가 등에 달라붙기 직전 부잣집으로 달려가지 않을 수 없었다. 더 가난한 사람들은 담보가 없어서 장리쌀을 얻을 수조차 없었다. 장리쌀을 얻은 이들은 그해 농사를 지어 얼마 되지도 않는 쌀을 송두리째 가져다 갚아야 했고, 그 울분을 삭이지 못했다. 어쩔 수 없는 현실이었지만 감정은 남아 곪아 가기 마련이었다. 자기 농사는커녕 밭 한 뙈기도 없는 더 가난한 이들은 겨우내 봄내 무를 삶아 먹고 나물을 캐 먹고 맹물을 마셨고, 누렇게 통통 부은 얼굴로 기운이 없어서 이불 속에 누워 있었다. 이불 등은 완전히 까만 무명이었고, 홑청은 흥부네처럼 더덕더덕 기워져 있었다. 그렇게 누워 있다가 더러 죽기도 했고 뇌에 영향이 갔는지 바보 멍청이가 되기도 했다. 그 마을은 전주 이씨 종씨 마을로 마을 사람들 모두가 가깝고 먼 친척들이었지만 아무도 누가 누구를 도와주지 않았다. 6·25 때 끔찍한 참변들로 얽혀 있기 때문이었다. 마을은 서울 부산 1번 국도를 지나다 보면 빤히 보이는 곳이었다. 전쟁의 마수가 직접적으로 손을 뻗쳐 인민군이 처내려오고 국군이 처올라가고 1·4후퇴 하고 또 국군이 올라가는 와중에 네 번 다 엎치락뒤치락 수난을 당한 터였다. 마을 남자들은 누구의 어떤 말 한마디에 대여섯 명씩 끌려가 몰사당했고, 제삿날이 같은 집들이 수두룩했다. 그들에게는 나 아닌 모두가 적이었다. 그렇게 살벌하고 인심 사나운 곳에 우리 가족은 들어가 살게 되었다. 아버지가 가족을 이끌고 서해안 쪽으로 피난 갔다가 돌아 나오던 중 우연히 정착한 곳이었다. 당시에 나는 사실을 몰랐지만 아버지는 고향에 갈 수도, 서울에 올라가 무엇을 도모할 수도 없는 처지였다. 그저 살아 있는 목숨을 견디며 아이들을 키울 수밖에 없었다.

아버지는 한의사 자격증도 상실한 채 사람들한테 한약 화제를 써 주는 것으로 연명했다. 그 화제가 잘 들어 나중에는 장날 읍내 약국에 나가 고용 약사로서 한약을 지어 주게 되었다.

대여섯 살 무렵인지 작은오빠를 따라 처음으로 읍내에 갔던 날이 생각난다. 장날이었고, 어찌된 셈인지 기억 속에는 만장 같은 것이 가득 펄럭이고 있다. 사방이 울긋불긋하고, 공기가 술렁이고, 둑 아래에 사람과 소 들이 우왕좌왕 서 있다. 우시장 근처였는지도 모른다. 어떤 소리들이, 서커스의 팡파르 비슷한 소리들이 여기저기서 터지고 있다. 어지럽고 산만하다. 들뜬 공기가 장 안을 가득 채우고 있다. 어린 나는 어찌할 줄을 모르고 사방을 둘러본다…….

그건 딴 세상이었다. 흥분과 들뜸과 소비와 향락이 활력이라는 이름으로 살아 숨 쉬는 곳.

작은오빠와 나는 아버지가 근무하는 약국을 찾아가 바깥에서 기웃거렸다. 아버지가 알아차리고 나오시고, 지금 돈으로 이삼천 원 정도를 주머니에서 꺼내 주셨다. 작은오빠와 나는 그것으로 돌아오는 길에 아이스께끼를 사 먹었다. 시원하고 달콤한 맛이 후텁지근한 여름날 장터의 소란함 속에 상큼하게 배어 있다.

작은오빠는 내가 중학교에 붙었을 때 또 한 번 나를 읍내로 데리고 나가 자장면을 사 주었다. 중국집 주인의 이상스러운 발음이 잊히지 않고, 이 세상에 태어나서 이렇게 맛있는 음식은 처음이라는 느낌이 지금까지도 남아 있다.

우리 가족은 가난했지만 굶는 축에 속하지는 않았다. 막순이라는 이름을 가진 초등학교 동창이 수십 년 만에 만난 자리에서 "그래도 니네는 잘살았잖니."라고 말해서 나는 아연했다. 그 말 속에는 굶지는 않았다는 뜻이 포함되어 있다고 느껴졌다. 그 애네 집은 아버지가 죽고 없었는데, 홀어머니와 어린 막순이, 그리고 오빠들이 죽어라 일했지만 영 살림이 피지 않았고, 내가 그곳을 떠나오던 때까지 끼닛거리를 걱정하는 가난을 면치 못했다. 지금 수원에 산다는 그녀는 아들이 의과대학에 갔다며 그것으로 자기 인생은 성공한 듯 우리 형제들이 공부 잘하던 것을 떠올려 주었다.

농사도 노동도 하지 않으면서 농촌 마을에 살았고 그 마을에서는 유일하게 타성바지였던 우리는 유다 취급을 받았다. 그러나 막

순이의 말대로 우리에게도 프라이드가 있었으니 그것은 우리 형제들이 공부를 잘한다는 사실이었다. 내 얘기가 아니라 내 손위 형제들의 이야기다. 사람은 도무지 비빌 언덕이 없을 때 능력을 발휘하는 것 같다.

큰오빠는 중학교 1학년 때 6·25를 만나 학교생활이 절단 났다. 그 뒤 생활이 어려워 아예 학교를 다니지 못했다. 해방 전후부터 한국전쟁 뒤까지 아버지가 사상 때문에 고초를 겪는 것을 어린 눈으로 모두 보았고, 여덟 살 때에는 극우익 인사에게 끌려가 죽도록 폭행당한 적도 있어서 세상인심을 잘 알았다. 그래서 가족을 일신이 불안하기 짝이 없는 아버지에게 맡기기보다 차라리 자기가 부양하기로 어린 나이에 결심했다. 큰오빠는 언니를 데리고 길에 나가 껌도 팔고 주먹밥도 팔았다. 나중에는 미군 부대에 들어가 슈산보이, 하우스보이 등을 하며 소년기를 보냈다. 어린 소년의 엽렵함과 총명함을 눈여겨본 미군 소령이 양자로 삼아 본국에 데리고 가려 했지만 가족 부양의 의무 때문에 포기했다. 나이가 들면서 큰오빠는 배움에 대한 열망을 포기할 수 없었다. 어느 날 밤부터 국방색 텐트를 친 야학에 다니기 시작했다. 그러나 야학 수료로는 학력 인정이 되지 않았다. 대학에 가려면 정식 고등학교 졸업장이 있어야 했다. 고등학교 3학년에 편입하는 날 그 학교에서는 중간고사가 시작되었다. 큰오빠는 재학생들과 함께 앉아서 시험을 치렀다. 그 결과 놀랍게도 수석을 차지했다. 2등과의 격차가 사뭇 심해서 모두들 경악을 금치 못했다. 그때까지 수석을 도맡아 하고 있던 학생은 그 학교 교장의 조카에다 독일어 선생의 동생이었고, 중학교 1학년부터 고등학교 3학년까지 내리 수석을 차지해 오고 있었다. 그는 장차 수석 졸업생에게 주어질 특전, 즉 무시험으로 서울의 유명 대학에 입학하는 카드를 쥐고 있었다. 기말고사에서도, 2학기 시험들에서도 계속 큰오빠가 수석을 하자 졸업생 성적 사정 전에 직원회의가 열렸다. 교장의 눈치를 보지 않을 수 없는 대부분의 교사들은 고등학교 2학년까지의 학력이 없는 큰오빠에게 최고상인 도지사상을 줄 수 없다는 의견에 찬성했다. 직원회의 결과가 학생들에게 알려졌고, 동급생들이 스트라이크를 일으켰다. 결국 큰오빠는 유명 대학 무시험 입학 특전을 포기하는 대신 도지사상을 받았다. 곧바로 큰오빠는 직접 시험을 치러 서울대학교에 합격했다. 이로써 그는 그 고장에서 신화가 되었다.

나는 가끔 큰오빠가 정말 수재인가, 수재를 넘어 천재인가 생각해 보곤 한다. 천재는 물론 아닐 것이다. 그럼 수재라는 것은 무엇인가 정의해 보려고 하지만 잘 알 수가 없다. 가까이에서 본 큰오빠는 그저 매사에 철저하고, 틀림이 없고, 집중력이 뛰어났다. 내가 아는 것은 그것뿐이다. 집중력이 뛰어났다고 열두 살이나 어린 내가 말할 수 있는 것은 유년 시절의 어떤 기억 때문이다.

대여섯 살 무렵이었던 것 같다. 나는 동생을 보았고, 심심함을 알아 가고 있었다. 얼마 전에야 나는 조카네 집에 가서 그녀가 낳은 아이들을 보며 어린 아기들에게도 무료함과 권태로움이 존재한다는 사실을 알았다. 무료하고 권태로워서 보채기도 한다는 것을. 내 아이를 키울 적에는 아이와 상대적 입장이어서 그렇게 생각하지 못했다. 그 전에는 아이들에 대해 특별한 관심이 없었다. 아니 누구의 인생을 관조자의 관점에서 바라보지 못했다. 아무튼 그날 나는 심심했고, 심심한 채 봉당에서 혼자 놀고 있었다. 어찌된 셈인지 그 장면에는 어머니도, 동생도 없다. 아마도 어머니가 동생을 업고 마을 가지 않았나 싶다. 집 안에는 아무도 없었고, 오후였고, 조용했다. 봉당 쪽은 어두웠고, 나는 할 일이 없었다. 나는 방 안으로 들어갔다. 무료해서였을 것이다. 입이 군군해서라고 할 수도 있으리라. 그 시절에는 군것질거리란 게 없었으니까. 내가 방으로 들어간 까닭은 쌀을 한 움큼 집어 먹기 위해서였다. 방문을 열면 바로 문 뒤에 쌀 바구니가 놓여 있었다. 왕골로 촘촘히 짠 그 바구니에 어머니는 귀하디귀한 쌀을 보관하고 있었다. 내가 방문을 열었을 때, 검은 실루엣이 눈에 들어왔다. 뒤란 쪽으로 난 여닫이문을 배경으로 큰오빠가 앉은뱅이책상에 앉아 미동도 없이 공부를 하고 있었다. 아 참, 큰오빠가 있었지! 나는 비로소 큰오빠가 집에 있다는 사실을 알아차렸다. 까치발을 들고 내가 쌀을 한 움큼 집어 입에 넣고 봉당으로 나와 오래오래 씹어 삼키고, 다시 들어가 한 움큼 집어 먹고 나와 놀다가, 또다시 들어가 쌀을 집어 먹어도 큰오빠는 아무것도 모르고 조각상처럼 앉아서 공부를 했다. 한 번도 나를 돌아보지 않았다. 그날 하루만 그런 게 아니었다. 늘 큰오빠는 요동 없이 책에 빠져 있었다. 나중에, 오빠가 대학에 붙었을 때, 읍내 여학생들이 찾아와 오빠의 방을 보여 달라고 했다. 우리 집에는 오빠의 방이 따로 없었다. 혼자 봉당에서 놀던 나는 아무것도 모르고 안방 문을 열고 그 앉은뱅이책상을 보여 주었다. 여학생들이 너무도 놀라서 입을 다물지 못하고 돌아가던 것이 기억난다. 저녁에 어머니가 돌아왔을 때 그 얘기를 했더니 왜 남한테 방을 보여 주었느냐고 화를 내며 야단을 쳤다. 시간이 많이 흐르고 내가 대학생이 된 뒤 그 집에 가 보고 나서야 나는 당시 우리 집이 얼마나 조그맣고 초라했나를 깨닫고 당시를 회상하며 속으로 웃었다. 방 두 칸짜리 그 초가집은 그때까지 쓰러지지 않고 기우듬히 서 있었다. 뒤꼍으로 가 보았다. 우리가 살 때 쓰러질까 봐 받쳐 놓은 작대기가 그대로 받쳐 있었다. 피사의 사탑처럼 알지 못할 균형이 맞아서일까. 그런 자세로 집은 오래도 견디고 있었다. 앉은뱅이책상은 사라진 지 오래였지만.

그 책상이 어디로 갔을까?

가로세로 세 뼘 두 뼘 정도의 마스코트 같은 책상이 읍내 여학생들에게 주었을 충격이 지금 생각하면 오히려 신선하다.

큰오빠는 그 뒤에도 목표를 정하면 집중적으로 빠져들었다. 낚시에서도, 사진에서도, 골프에서도 아주 끝장을 봐야 직성이 풀렸다. 때문에 가족들의 원성을 사곤 했다.

언니는 초등학교에 들어가던 해에 한국전쟁이 터졌다. 가족이 피난지에 정착해 사는 동안 학교에 다니지 못하고 산에 땔나무를 하러 다녔다. 고사리 같은 손이 고목의 뿌리처럼 되었다. 아버지가 가장 노릇을 못하는 바람에 3학년 4학년 5학년의 나이가 그냥 흘러갔다. 어떤 날은 큰오빠와 함께 철길에 나가 엿을 팔았다. 그러다가 책보를 멘 아이들이 학교에서 돌아오면 부럽고 창피해서 둑 밑에 숨었다. 언니는 늘 아버지가 험상궂은 사람들한테 쫓기는 꿈을 꾸었고 이후 일생 동안 불안에 쫓겼다. 열세 살이 되었을 때 운이 찾아와 6학년으로 들어가게 되었다. 공부를 해 본 적이 없어서 진도를 따라갈지 모두들 걱정이었다. 그러나 둑 밑에 숨어서 와신상담하던 소녀가 기회를 놓칠 리 없었다. 언니는 큰오빠가 야학을 거쳐 고등학교에 편입하고 대학 입시를 치르는 것을 보고 무척 고무되었다. 그러나 중학교에 진학한다는 것은 현실적으로 어림도 없는 일이었다. 건넛마을에 사는 최 선생이 언니의 6학년 담임이었는데, 교사로서 사명감이 높았던 그는 단시간 안에 모든 과정을 해치운 놀라운 제자를 그냥 내버려 둘 수 없었다. 그는 아버지를 찾아와 일단 중학교에 시험만 한번 치르게 하자고 졸랐다. 아버지가 한약 화제를 업으로 삼기 전이었고, 무능한 노동자로 막품을 팔러 다닐 때였다. 노동을 해 보지 않은 몸이라 온종일 핀잔만 들었고 품삯은커녕 밥이나 한 덩이씩 얻어 와 가족한테 내미는 형편이었으므로 아버지는 안 된다고 했다. 당시 농촌에서는 딸을 거의 중학교에 보내지 않았다. 의무교육이 시행되기 전이었고 아들도 상당히 사는 집에서나 중학교에 보내는 형편이었다. 그러나 아버지 자신은 한일병합 후 일제가 우리나라에서 처음 시행한 한의사 시험에 합격한 할아버지 밑에서 유복하게 자라났다. 일제는 한의사를 한 군(郡)에 한 명씩 공인의로 임명했는데 성적이 좋았던 할아버지가 그 군의 공인의가 되어 약국이 크고 번성했다. 약국집 아들이었던 아버지는 어려서부터 한문에 영특해 신동으로 소문났고, 서당 선생의 사랑을 독차지했다. 재미가 난 서당 선생이 대여섯 살 된 아이를 매일매일 밤까지 공부시켜서 등에 업고 재를 넘어 집으로 데려왔다. 초등학교를 두 학년 월반해 어린 나이에 광주서중에 갔다. 거기서 1929년 광주학생항일

운동의 소용돌이에 휘말렸고, 주동 인물인 외삼촌을 만나 젊은 혈기로 의기투합했고, 도합 7년간 옥살이를 했다. 대개 그렇듯이 사회주의의 일원이 되었으며, 일제에 찍힌 몸이 되어 고난의 길을 걷게 되었다. 아버지는 나중에 언니가 어려운 인간관계에 부딪쳐 고민할 때마다 재승박덕이라고 혀를 찼다. 미욱하고 둔하게 참지 못하고 초라니처럼 포르르 바른말을 해 버려 복을 턴다는 얘기였고, 자기 자신을 닮은 성정과 재주를 걱정함이었다. 겉으로 드러난 아버지의 이런 이력들 외에 당신이 가졌던 사상의 궤적을 지금의 내가 알 수는 없다. 분명한 것은 아버지는 요즘 식으로 말해 운동권 출신이었고, 의식이 투철해서 내가 기억하는 한 남녀 차별 같은 게 전혀 없었다. 자기보다 배우지 못한 어머니에게나 우리 딸들에게 단 한 번도, 아무리 작은 일에서도 차별을 하지 않았다. 그런 아버지였던 만큼 언니의 영특함을 저버릴 수 없었으리라. 언니는 결국 중학교 시험을 치렀고, 그 학교가 생긴 이래 처음으로 여자가 수석을 했다. 단 한 문제만 틀렸는데, 1파운드가 몇 온스냐는 문제였다. 파운드라는 단위를 언니는 생전 처음 들어 본 것이다. 우리는 자라는 내내 언니가 중학교 시험에서 틀린 문제, 즉 1파운드가 450그램이고 16온스라는 사실을 잊지 않고 기억했다. 장갑이나 목도리를 뜨려고 털실을 살 때마다 언니가 이 온스 단위를 모르고 틀렸구나 하고 생각했다. 언니는 특별 장학금을 받고 중학교에 입학했고, 학교에 다니는 동안에도 외국 정부에서 주는 장학금 등을 도맡아 받아 내 기성회비도 내주고 당시 새로 나온 코르덴 바지와 예쁜 카디건도 사 주고 어머니 생일에는 옥색 포플린 치마저고리도 해 드렸다. 언니는 서울사범학교로 진학했고, 그 고장에서 또 하나의 신화가 되었다.

작은오빠와 나와 동생으로 내려오면서는 살림이 조금 피면서 거기 비례해 수재의 전통은 희미해졌다.

작은오빠는 그림에 특별한 재능이 있었다. 포스터고 그림이고 작은오빠가 그려 주기만 하면 모든 상을 휩쓸었다. 심사숙고해서 어렵게 그리는 것도 아니었다. 그냥 손끝으로 끌쩍끌쩍 단숨에 그렸다. 그러나 큰오빠와 언니의 그림자 때문에 모든 사람이 그에게 늘 1등과 반장, 수재를 주문했고, 중학교 때까지는 그럭저럭 공부에 전력했지만 어느 순간 꼬여 버렸다. 그는 결국 재능을 장래와 연결시키지 못했다.

나는 위의 형제들과는 아주 달랐고, 예외적이었다. 나는 체구가 작았고, 현실이 뭔지 몰랐고, 몽상 속에 살았다. 늘 혼자 말도 안 되는 상상을 즐기며 그 상상 속에서 모든 걸 해결했다. 학교가 불에 타서 뒷산에 가서 공부할 때에도, 남들이 열심히 받아쓰기를 할 때 나는 커다란 밤나무 가지를 올려다보며 밤나무벌레가 흐물흐물 기어다니는 것을 의식 없이 바라보았다. 돌아올 때에도 동무들과 좀 떨어져서 빗줄기가 오스스하게 구멍 내 놓은 흙더미를 바라보거나 옥수수 잎들이 사삭사삭 내는 소리를 들으며 걸었다. 나는 내가 학교에 다니고 있고 학생이며 공부를 잘해야 한다는 사실 같은 걸 몰랐다. 나는 이름도 쓸 줄 몰랐고, 선생님 말을 잘 들어야 한다는 것도, 학교생활에는 규칙이 있다는 것도 몰랐다. 나는 오줌이 마려우면 그냥 집으로 갔다. 책가방도 그대로 놔둔 채 산을 하나 넘어서.

군용 담요로 지은 멜빵바지를 혼자 내릴 수 없어서였다. 집에 가서 어떻게 했는지는 기억나지 않지만 어머니 회상으로는 학교에 데려다 놓으면 뽀르르 집으로 오고 또 데려다 놓으면 뽀르르 오곤 했다는 것이다. 입학한 첫 달에, 학부형들이 뒤에서 참관을 할 때, 앞에서 선생님이 무슨 얘기를 하면 다른 아이들은 다 고개를 들고 열중해서 듣고 있는데 나만 딴청을 피워서 애가 탔다고 했다. 나의 이 부적응은 산만함과는 약간 다른 것으로 학교생활을 하기에 너무 어린 탓이었다. 나는 타고나기를 부실하게 타고난 데다 호적마저 두 살 많게 되어 있어 준비되지 않은 때에 학교에 간 것이다. 어머니는 내 잉태 날짜를 정확히 알았다. 아버지가 긴 옥살이를 끝내고 집으로 돌아왔다가 돌연 다시 잡혀 가기 직전에 내가 생겼다니까. 나는 잉태된 순간부터 아버지의 불안을 생래적으로 물려받았고 평생 체질처럼 그것을 안고 살아왔다고 말할 수 있다. 점지된 순간만 그랬던 게 아니었다. 해방 뒤의 시국 사건들에 쫓겨 아버지가 잠적한 뒤 어머니 혼자 아이들을 데리고 아버지를 찾아 서울로 올라오다 낯선 동네 어귀에서 나를 쏟았다. 생사를 가늠할 수 없는 순간이었다. 손가락을 꼽아 보니 팔삭둥이도 아니고 칠삭둥이였다. 어머니는 영양실조에다 황달에 걸려 온몸이 퉁퉁 붓고 젖도 나오지 않았다. 요즘 같으면 인큐베이터에 들어가 서너 달은 있어야 할 아기였지만 천지신명의 뜻으로 요행히 살아남았다. 나는 암죽도 제대로 얻어먹지 못하고 비실비실 자라났다. 네 살이 되고 다섯 살이 되어도 허약한 아기의 모습이었다. 그런 내게 여섯 살이 되자 취학 통지서가 나온 것이다. 나는 엉겁결에 학교에 갔고, 큰언니뻘 되는 동무들을 따라

쫄랑쫄랑 학교에 다녔다. 우리는 지금도 원 호적이 따로 있다. 그것을 얼마 전에 알게 되었다. 말하자면 우리 모두 가호적으로 살아온 셈이다. 당시 아버지가 어떤 사건에 휘말려 감옥에 가고 없을 때, 시국이 하도 어수선해서 앞길을 헤아릴 수 없을 때, 행정기관에 불이 나서 민적이 탄 모양이었다. 가족 상황을 다시 적어 내라는 서류가 내려왔고, 사실대로 적어 내면 아버지에게 화가 이어질 것을 두려워한 이모부가 좀 다르게 적어 내라고 어머니를 부추겼다고 했다. 어머니와 이모부가 머리를 맞대고 식구들의 이름과 나이를 조금조금 다르게 고쳐서 적어 냈는데, 그것이 실제 호적이 되고 말았다. 어머니 아버지와 큰오빠는 이름이 달라져 있었고, 위의 형제들은 나이가 한두 살 적게 되어 있었다. 그러나 나는 두 살 많게 올라 있었다. 우연이 무의식중에 만들어 놓은 내 인생의 각본이었다. 나는 각본대로 살지 않을 수 없었다. 두 살 많게 사는 것이 억울해서 사춘기 때는 아버지에게 나이를 고칠 수 없냐고 수없이 물어보았다. 재판을 해야 하고 판사 앞에 나아가 소처럼 이빨을 검사받아야 하는데 한두 살 차이는 가려낼 수 없어 불가능하다고 했다.

  얼마 전, 광복회의 어느 할아버지가 우리 집 사정을 알아내 원 호적으로 복귀할 것을 권했다. 그렇게 하면 아버지를 독립 유공자에 올릴 수 있다고. 그러나 이미 세월이 많이 흘러 우리는 달라진 나이와 이름으로 살아왔고 이제 와서 그걸 되돌리면 주위에 혼란만 초래할 뿐이었다. 큰오빠 나이가 벌써 70대 중반이었다. 새삼스럽게 아버지가 독립 유공자가 된다 해도 우리가 누릴 수 있는 혜택은 없었다. 호적이나 주민등록이란 게 무엇인지, 그 기계적인 숫자가 당사자의 삶을 관장한다는 걸 나는 몸으로 느끼며 살아왔다. 학년이 올라가도 나는 언제나 동무들의 동생 동생 뻘이었고, 아버지도 내게서는 언니 오빠 들과 같은 성적을 기대하지 않았다.

어느 오후의 한 장면이 떠오른다.

초등학교 1학년 때였을 것이다. 내가 성적표를 가지고 집으로 돌아왔을 때, 아버지가 웃음기를 잔뜩 머금은 표정으로 그걸 받아들던 장면. 오후였고, 해가 쏟아지고 있었고, 그리 덥지는 않았다. 아버지는 안마당의 평상 위에 이웃 아저씨들과 함께 앉아 있었다. 나는 성적표가 뭔지도 모르고 가방에서 꺼내 쑥 내밀었다. 아마 선생님이 어머니 아버지에게 갖다 드리라고 말했으리라. 아버지가 그것을 받아 펴 보고는, 신기하게 봐 내려가다가, "보건이 양이네!" 하고 웃음을 가득 띠던 얼굴. 거기에는 기특함, 대견함, 신기함 같은 것들이 애틋함 속에 묻어 있었다. 동네 아저씨들을 쳐다보며, 이 애가 이 성적표란 물건을 받아 왔다고, 보통 애들이 다 받는 이런 것을 이 애도 받아 왔다고 한껏 자랑하던 그 얼굴. 너무도 기뻐서 어찌할 수 없다는 표정을 짓고 아버지는 나를 하늘 높이 들어 올렸다. 다른 형제들은 받아 온 적이 없는 수우미양가의 양이란 평가를 내가 받아 온 것이 그렇게 신기했던 것이다. 아버지의 사랑 덕분이었을까. 나는 3, 4학년부터는 무언가를 조금씩 깨닫기 시작했고, 5학년 때는 짧은 글짓기를 반에서 제일 잘했고, 졸업할 때는 우등상을 받았다. 유전인자가 있긴 있는 것인지 고등학생이 되자 키도 훌쩍 커졌고, 결국 대학에도 가게 되었다.

당시 우리 집 형편은 넷째인 내가 사립대학에 갈 처지가 아니었다. 아버지는 여전히 무직자였고, 집안에 공식적인 수입이라곤 없었다. 한약 화제를 써 주다가 장날 읍내 약국에 나가 첩약을 지어 주던 아버지의 관리 약사직이 오래전에 끝나 있었던 것이다. 사회의 기강이 잡혀 감에 따라 무면허라는 것이 문제가 된 탓이었다. 아버지는 청년 시절 전문학교를 그만두고 고향 집에 돌아가 할아버지 밑에서 한의학을 익혔고 한의사 자격을 땄다. 약국을 물려받을 생각을 했던 것도 이때였다. 곧 한의서에도 통달, 책을 두 권 썼고, 실력을 알아본 일본인의 소개로 한의과 대학에 강의까지 나갔다. 그러나 호적상 다른 인물이 되었기 때문에 모든 것이 허사였다. 자격을 다시 따는 문제를 심각하게 고려해 봤지만 만약 추적당해 원래 정체가 드러나기라도 하면 목숨이 위태할 터라 포기했다. 난리 통의 세정을 거치면서 아버지는 용기와 조심성을 바꾸어 버렸다. 하긴 그 덕에 살아남았지만.

가장이 수입이 없는데도 나는 고집스럽게 대학에 원서를 냈다. 왜 그랬는지는 설명할 도리가 없다. 아마도 오빠 언니 들이 좋은 학교에 다녔는데 왜 나만 교육대학 같은 데 가야 하느냐는 생각 때문이었을 것이다. 합격자 발표가 난 뒤에, 문리대 건물 지하에 첫 등록금을 내러 가던 날, 아버지가 그 돈을 어떻게 마련했는지 지금도 알 수가 없다. 내 기억이 정확하다면 2만 7000원인가 하는 액수였고, 당시로서는, 특히 우리에게는 어마어마한 금액이었다. 그 돈을 조마조마하게 주머니에 넣고 사람들과 부대끼며 아버지는 어떤 생각을 했을까? 박마리아가 다니고 김수임이 다닌 세계 최대의 여자대학. 유복하고 화려해 보이는 사람들. 환갑을 바라보는 나이에 극

서민으로 전락한 아버지가 그런 사람들을 바라보며 느꼈을 감정이 그의 인생이 끝나고 시간이 많이 흐른 지금 초겨울 꽃잎처럼 애처롭다.

나는 아버지의 과거를 당신이 돌아가신 뒤에야, 내 나이 마흔이 넘어 알았다. 1980년대를 거치면서 과거의 문제들을 얘기할 수 있는 분위기가 된 데다 동구권이 무너지고 소련이 해체된 1990년에 아버지가 돌아가셨기 때문이다. 이제 좌우익의 이데올로기 따위는 의미가 없어진 것으로 느껴졌다. 세계가 새로운 가치로 새롭게 짜이는 것 같았다. 지금도 좌익이니 우익이니 하는 말들이 위세를 떨치는 것을 보면 내가 그해에 느꼈던 홀가분함이 무색해진다.

큰오빠는 아버지의 목숨이 뚝 끊어지자 평생 가슴에 담아 두었던 얘기들을 풀어 놓았다. 이제 장본인이 가고 없으니까. 어떤 위협이 들이닥쳐도 겁날 게 없다는 투로. 나는 충격을 받았다. 성장하는 내내 나는 아버지를 무능한 사람으로, 무식쟁이로 취급했고, 부딪칠 때마다 마구 덤벼들었다. 무식하다고 생각했던 것은 가정환경 조사서에 늘 아버지 학력을 국졸이라고 썼기 때문이다. 아버지가 그렇게 쓰라고 했다. 나는 아버지를 국졸로 무시하고 살았다. 고등학교 땐가 카프카를 처음 읽었을 때 내 지적인 수준을 아버지에게 뽐낸 적이 있다. 나는 주인공이 어느 날 아침 벌레로 변한 것을, 아무리 소리쳐도 사람들이 벌레의 얘기를 알아듣지 못하는 상황을, 그러다가 소외되어 어느 날 아침 죽고 만다는 얘기를 속뜻도 이해하지 못하면서 잘난 척 늘어놓았다. 아버지는 내 얘기를 다 듣고 나서 "그 사람 작품 중에 『성』이란 것도 있지." 하고 대답했다. 국졸이 별걸 다 아네, 뭐 아주 무식쟁이는 아닌가 보다, 생각했다. 나는 카뮈와 카프카와 칸트를 제대로 구별조차 못하고 떠들어 대곤 했다. 어느 날 아버지는 칸트의 『순수 이성 비판』과 『실천 이성 비판』에 대해 조근조근히 얘기했다. 그러나 나는 주의해 듣지 않았다. 나는 기분으로 마구 공박했고, 오랫동안 아버지와 말씨름을 벌였다. 방에서 나오는 나를 어머니가 부엌으로 끌고 가서 네가 아버지에 대해 뭘 아느냐고, 아버지가 과거에 공부를 얼마나 많이 한 사람인 줄 아느냐고 야단쳤던 기억이 있다. 그때 어머니는 눈물을 글썽이고 있었다. 그 뒤에도 아버지는 고리키의 『어머니』나 도스토옙스키의 『가난한 사람들』에 대해 얘기하곤 했다. 자기 시대엔 이태준과 한설야라는 사람이 소설을 아주 잘 썼다는 것도.

  나는 아버지가 돌아가신 뒤 당신의 고향에 처음으로 가 보았다. 기차를 타고 또 버스를 갈아타고 한나절 걸려서. 별것도 없는 오목한 동네였다. 마을 뒤로 대숲이 우거져 있고 누런 들판에 염소가 엠메헤헤 울고 있었다. 아버지가 오언절구의 자작시로, 또 남의 시들을 인용하여 평생 그리워한 곳이었다. 그랬다는 것도 그가 남기고 간 수첩에서 나는 처음 알았다. 장례 후 아버지가 쓰던 머릿장을 정리하다가, 맨 밑바닥에서 수첩과 함께 무엇이 그려진 도화지 한 장을 발견했는데, 거기에는 '선영 묘 소재'라 씌어 있었다. 철길과 국도가 제법 규격 지도를 흉내 내 그려져 있고, 시냇물과 마을, 집들이 아이들의 그림처럼 색연필로 칠해져 있었다. 남바우산, 돌것봉, 강정이들, 뱃골 저수지 같은 처음 들어 보는 이름들이 여기저기에 적혀 있었고, 지리부도의 산 표시처럼 작은 삼각형으로 할아버지,

할머니, 큰아버지의 묘가 표시돼 있었다. 그걸 손수 그려 자신이 쓰던 머릿장 밑에 말없이 놓아두고 갈 수밖에 없었던 아버지. 한국 남자, 뿌리라는 것……. 아버지는 어떤 시인의 시를 인용하여 "구름도 먼 마을도 감빛으로 익어 가고/ 방황의 끝자리에 돌아와서 앉은 산아/ 빈 하늘 저녁 새 한 마리 영을 넘어가고 있다"고 자기 자신을 고향 마을 위에 놓아 보았는가 하면, "고향엔 무슨 뜨거운 연정이 있는 것이 아니었다/ 산을 두르고 돌아앉아서/ 산과 더불어 나이를 먹어 가는 마을/ 고향엔 고향엔 무슨 뜨거운 연정이 있는 것이 아니었다"고 반어적으로 그곳을 그리워하셨다.

아버지의 일생을 생각하노라면 하늘 아래 누구에게서도 자신의 처지를 이해받을 수 없었던, 벌판에 홀로 서서 겨울을 나는 갈대가 떠오른다. 지성과 현실이 일치하지 않았던 삶. 자신의 존재를 당당히 드러내지 못하고 무능함으로 좌초했던 삶. 그것이 내게 미친 영향…… 그 선상에서 연결된 나의 결혼…… 메마른 갈대가 내 일생에 드리운 그림자를 부인하기 어렵다.

우리 형제들은 하나같이 몸을 낮추고 배우자에게마저 굽히고 산다. 내실이 있든 없든. 그것이 체질화되어 불평도 하지 않는다. 아버지가 죽었거나 납북된 경우와는 아주 다르다. 차라리 아버지가 없었더라면 우리는 바닥을 짚고 나름대로 비상했을 것 같다.

문학에 대한 내 태도도 여기에서 멀리 가지 않았다. 가슴속의 열정이 아무리 넘쳐도 나는 남들처럼 춤을 추지 않았다. 늘 후회를 하지만 저절로 그렇게 되었다. 턱없이 자신만만해하는 동료들을 보며, 아, 이런 정도로도 이렇게 설치는구나, 그러니까 또 결과도 생기는구나, 하고 느낀 적이 많다. 내가 소리 없는 아우성 속에 잠겨 있는 것은 타고난 유전자에다 아버지의 이런 영향일 터이니, 아버지가 내 인생의 화두인 것은 틀림없다.

호르륵 소리가 들린다. 먼 시간을 가르고. 티스푼으로 커피를 떠 마시는 모습.
서울 시내의 다방이었다.
어디쯤이었을까? 서린동? 광교? 종로?
종로가 아닌가 싶다. 4가나 5가쯤의, 어른들이 잘 가는 다방.
내 결혼이 확정된 뒤였다. 서울에 출장을 자주 오는 시아버지가 아버지를 만나고자 했다. 시아버지는 당시 지방 신문사의 경영자였다. 많은 사람들을 매일 만나고 접대하는, 사교 활동에 세련된 분이었다. 나는 아버지와 함께 이미 약속된 다방에 가서 기다렸다. 아버지와 시내 다방에 간 것은 처음이었다. 아버지와는 서울 시내의 어디어디를 같이 돌아다닌 적이 없었다. 우리는 긴장된 자세로 앉아 있었다. 커피가 나왔고, 아버지가 스푼을 들어 커피를 호르륵 떠 마셨다. 뜨거운지 차가운지 맛을 보는 동작이었다. 창피했다. 커피를 스푼으로 떠 마시는 사람이 어디 있나?
곧 시아버지가 왔고…… 다음은 기억나지 않는다. 특별한 일은 일어나지 않았다. 나는 다만 아버지가 스푼으로 커피를 떠 마시는 모습을 시아버지가 보지 않아서 다행이라고 생각하고 있었다. 아버지가 다방에서 커피도 한잔 제대로 마실 줄 모른다는 사실이, 그런 사람이 내 부모라는 사실이 부끄러워 견딜 수 없었다. 세련된 양복에 세련된 매너로 활달하게 사람을 대하는 시아버지 앞에서 아버지는 너무도 초라하고 볼품없었다.

많은 시간이 흐른 뒤 아버지의 진보적 주관과 시아버지의 봉건적 가치를 대비해 보게 되었을 때, 나는 당시의 순간을 떠올리곤 했다. 젊은 시절에는 어땠는지 모르지만 아버지는 오랜 기간 동안 도시의 다방에 다녀 보지 않은 것이다. 아예 그런 삶을 살지 않았다. 집에서도 커피를 타 마신다거나 케이크를 먹는다거나 하는 일이 거의 없었다. 지금처럼 커피가 생활화되지 않은 때였다. 아버지는 현실에서 남들이 누리는 것을 누려 보지 못했다. 아버지가 돌아가신 뒤 당신의 수첩에서 '극기, 성실, 역행'이라는 세 단어를 발견하고, 그 단어들을 수도승이 수행하듯 목표로 삼고 살았다는 것을 알고 나서 나는 아버지를 다시 생각하게 되었다. 아버지는 차 문화에 익숙하지 않았던 것뿐이라고. 무엇보다도 그런 문화 따위를 그다지 중하게 여기지 않았다고. 여건이 되었더라도 아버지는 기호품 같은 걸 몸에 붙이지 않았을지도 모른다.

4월의 봄날이 떠오른다.

유년기를 지나서는 아버지와 친밀한 편이 못 되어서 나는 아버지와 함께 두루 돌아다닌 기억이 별로 없다.

그러나 4월의 그 봄날, 트럭 조수석에 앉아 마포아파트로 가던 장면을 잊을 수 없다.

나는 분홍색 치마저고리를 입고 있었고, 그러니까 새색시였고, 아버지는 중절모자를 쓰고 있었다. 신혼여행에서 돌아온 직후였다.

신혼 짐을 싣고 시부모님이 마련해 놓은 마포아파트로 가는 중이었다. 당시 우리 집은 서대문구 역촌동에 있었다. 큰오빠가 사 놓은 커다란 집을 관리하느라 거기에 기거했는데, 아버지가 동네 복덕방에 나가 더러 수입을 올리기도 할 때였다. 서울 시내는 지하철 공사로 여기저기 파헤쳐져 있었다. 차가 막혀서 상당 시간 지체되었고, 점심도 제대로 먹지 못한 우리는 지쳐 있었다.

차가 아파트 정문으로 들어서서 단지의 중앙로를 달려갔다. 저 앞에 내가 살 동이 보였다. 그때 아버지가 우셨다. 소리는 나지 않았다. 그러나 눈물이 났고 그것을 손으로 닦는 것을 내가 보았다. 내 결혼 생활이 여의치 않을 것임을 짐작하셨던 것일까. 뭐라고, 아마도 잘 살라고 말했던 것 같지만 지금은 기억나지 않는다.

나는 그때 잡지사 기자였다. 지금은 잡지도 많고 잡지기자도 많아서 특별한 직업이 아닐 것이다. 그러나 당시에는 여성지가 두 개밖에 안 되었고 여기자도 드물었다. 잡지의 성격도 요즘처럼 판매 부수에 치중하는 게 아니라 뜻있는 자산가가 문화 사업차 발간하는 교양지 형태였다. 나라의 산업이 활성화되기 전이어서 취직이 하늘의 별 따기처럼 어려웠다. 나는 운 좋게도 500대 1의 경쟁률을 뚫고 단 한 명 뽑는 데 들어간 행운아였다. 직업에 자부심을 가질 만했고 더구나 나는 당시 일반적인 사람들이 흠앙하는 대학을 나온 재원이었다. 종로에 나가면 구두닦이들이 우리 대학 배지를 대여섯 개씩 가지고 있었다. 그만큼 학교 배지가 인기 있었고, 가짜 대학생들이 그걸 어떻게든 구해 달고 다녔다. 문리대 배지는 흰색이고 사대 배지는 하늘색이고 음대 배지는 분홍색이라는 등 색깔까지 화제가 되곤 했다. 학교에서도 학생증을 제시해야 겨우 배지를 살 수 있었다. 나는 그 대학에 다니면서도 그 대학의 명성을 보란 듯이 누리지 못한 편이었는데, 그건 아버지의 삶과 닮아 있었다. 그런 내게도 강한 영향을 미친 것들이 있었으니 교수들의 진보적이고 진취적인 성향이었다. 학생들은 그걸 자유스럽게, 만끽하듯, 거리낌 없이 받아들였다. 그 뒤 사회생활을 하면서 만나게 된 남녀공학 출신의 동년배 여자들에게서 나는 항상 보수적이고 경직되어 있다는 인상을 받곤 했다. 그건 그들 옆에 남학생과 남자 교수 들이 포진되어 있어서 어쩔 수 없이 유지하게 된, 남성 중심의 의식에서 비롯된 태도인 것 같았다.

당시 내가 강의를 들었던 교수들은 거의가 미국 유학을 한 분들이었다. 선택과목과 교직과목 수업에서 나는 틀을 벗어난 사고를 숱하게 만났으며, 시몬 드 보부아르와 베티 프리단에 빠져들었고, 제인 폰다와 존 바에즈, 비틀즈를 열모했다. 학교에서는 여성의 의식과 관련된 행사를 수도 없이 마련했는데, 마거릿 미드 여사가 직접 와서 특강을 하기도 했다. 68혁명의 입김이 내게도 여지없이 투과되었다. 나는 반골 기질을 타고난 데다 충분히 학습한 상태였다. 게다가 잡지사에 들어가서 남들의 의식을 앞질러 가는 책을 4년간 만들었다. 알게 모르게 나는 너무 튀어나와 있었다. 하필 내가 결혼해 간 시집은 영남의 보수 성향 집안이었다. 나는 시어머니와 부딪칠 수밖에 없었고, 겉으로는 유약했지만 뜻을 거두지 않았다. 나의 결혼 생활은 설득과 투쟁, 반목과 포용의 대장정이었다.

나는 소리 없이 흠흠 웃었다.

아버지와 형제가 내 인생의 화두라고? 내 불면의 뿌리가 거기에 있다고?

한밤중 느닷없이 던져진 단언에 타임머신을 타고 내 인생을 한 바퀴 뺑 돈 것 같았다.

이런 것들이 의미가 있을까?

모든 전제가 맞는 게 아닐까?

내게 어머니나 할머니가 화두였다고 해도 나는 역시 그에 맞는 반추를 하지 않았을까?

아무렇게나 주사위를 던져도 결국은 완전이라는 하나의 몸체로 통하는 게 아닐까?

4

텔레비전 화면을 바라보았다. 말 빠른 사회자와 세 명의 여자가 유령처럼 여전히 떠 있었다. 상념에서 깨어나자 귀가 열렸다. 저는 토끼 농장을 하는데요, 아내가 죽었어요, 계속해도 될까요? 남자의 목소리는 허탈하다 못해 오뉴월 가뭄 속의 논밭처럼 메말라 있었다. 그는 알 수 없는 운명을 신에게 묻고 있었다. 신의 사자라고 자칭하는 이가 되물었다. 언제 돌아가셨는데요? 현재 토끼 농장은 잘 됩니까? 그런데 카드가 이렇게 나오네요. 토끼 말고 뭐 다른 거 생각하시는 건 없나요? 네, 그럼 개 농장을 해 보세요. 그건 잘될 겁니다……

장미회 제명 사건

눈을 뜨는 순간 가슴 부근이 환해진 듯한 느낌이 들었다. 그동안 쓸개를 씹은 듯 끈적끈적하던 고약한 기운이 청량하게 씻겨 나가 있었다. 수자는 가슴을 쓸었다. 웬일이지? 무슨 이유로 오늘은 기분이 이렇게 맑을까?

사뿐히 몸을 일으켰다. 어깻죽지며 등허리가 개운했다. 부엌으로 가서 어젯밤 씻어 놓은 그릇을 정리하고 밥을 안쳤다. 찌개가 끓고 밥솥에서 김이 올랐다. 그릴 안에서는 청어가 노릇노릇 익어 갔다. 식탁을 닦고 밑반찬과 수저를 놓았다.

"여보, 식사!"

산뜻한 그녀의 움직임에 적이 놀란 듯 남편은 초등학생처럼 달려 왔다.

"세수하고 아침 먹어요."

남편은 고분고분 욕실로 들어가 세수를 했다. 이런 쾌활한 대접이 얼마만이냐는 듯 면도까지 말끔히 하고 식탁에 와 앉았다.
"청어가 알이 뱄어요. 김치도 익었고."
남편은 다소 멀뚱거리며 아침을 먹었다. 약간 겁먹은 것 같기도 했다. 모처럼의 따사로운 분위기를 잘못 건드려 망칠세라 수저를 조용히 놓았다. 그러고는 방으로 들어가 어제 입었던 양복을 꿰고 고양이처럼 살그머니 집을 나갔다.
물론 그는 출근하는 것이 아니었다. 친구 사무실에 나간다고 말하곤 하지만 하루 종일 동창회 사무실이나 공원, 극장 등으로 돌아다닐 것이다. 그가 무얼 하고 다니는지 수자는 묻지 않았다. 그가 더 이상 돈을 벌어 오지 않으므로 이제는 알 필요가 없는, 도무지 궁금하지 않은 사항이었다.
남편이 나가자 약간 맥 빠진 공기가 거실 근처에 뭉쳐 있었다. 수자는 얼른 그것을 팔로 휘저었다. 아쉬움의 가닥이 발치에 내려앉아 뱀처럼 엉겼다. 수자는 발을 굴러 그것을 탁탁 털어 냈다. 그래도 무엇인가가 남아 있는 것 같았다. 베란다로 나가서 문을 드르륵 열었다. 찬 공기가 밀려들어 왔고, 집 안은 순식간에 환기되었다.
돌아서는 그녀의 눈에 너무나도 앙증맞은 베란다가 잔상으로 남아 따라왔다.
"정말 좁아, 무슨 집이 소꿉장난하던 집보다도 작을까?"
새삼스럽게 방석만 한 거실이, 손수건만 한 방들이 도드라져 보였다. 방이 세 개라지만 평수를 합쳐 봐야 먼저 살던 집의 안방만도 못하였다. 문간방은 그야말로 창고 같아서 미니 침대도 들여놓지 못할 정도였다.

부동산 업자가 손님을 데리고 와서 먼저 집의 매매계약을 하던 날, 수자는 안방에 꼼짝 않고 앉아 있었다. 남편 혼자 거실에서 도장을 찍고 계약금을 받고 그들을 배웅하는 기색이었다. 조금 뒤에 남편이 안방 문을 똑똑 두드리고 여보, 여보 부르는데도 수자는 방문을 잠근 채 독을 피우고 방 안에 앉아 있었다. 몸치장하고 돌아다니는 게 취미여서 집 안을 거울 알같이 쓸고 닦진 않았어도 군군해지는 벽지에 체취를 섞어 가며 19년을 산 집이었다. 30대 중반에 커다란 집을 장만하고 이태리 가구니 앤티크 가구니 덕지덕지 들여놓지 않는 것으로 우린 소박하게 사노라며 건방 떨고 다녔다. 그러나 고속도로를 달리던 남편이 월급쟁이로는 최고 자리에 앉기 직전 퇴출되고 말았다. 경기 침체가 대폭적인 구조 조정을 부른 탓이었다. 남편은 곧 친구와 함께 일하던 분야와 관련된 사업을 시작했다. 그러나 경기 침체의 늪은 바닥 모를 수렁이어서 3년도 못 돼 정든 집까지 날리고 만 것이다.

사람은 철저히 이기적인 동물이었다. 사업을 정리하고 실업자로 나앉아야 하는 남편보다, 하던 공부를 접고 돌아와야 하는 아이들보다 수자는 자기 자신의 입장 때문에 목이라도 매고 싶었다. 지금 생각해도 여전히 용납되지 않는 일이지만 솔직한 심정이 그랬다. 그녀는 여고 동창들의 골프 모임인 장미회에서 제외되는 것을 참을 수가 없었던 것이다. 코앞에서 평생의 욕망을 좌절당한 남편의 울분을 모르는 게 아니었다. 억지로 비행기를 타고 돌아와야 하는 아이들의 허탈함을 모르는 게 아니었다. 그러나 그런 것들보다 훨씬 더 절실하게 자신의 문제가 가슴을 짓눌렀다. 계속 골프를 치고 싶다거나 여전히 명품관으로 몰려다니고 싶다는 것과는 달랐다. 부러움의 대상이기도 했지만 지탄의 대상이기도 했던 모임이었다. 문제는 수자가 그만두겠다고 말하기도 전에 비열한 그 인간들이 수자를 대신할 다른 멤버를 먼저 물색해 들였다는 데 있었다. 그 배반의 느낌, 배신당한 기분을 뭐라 형용할 수가 없었다. 사막에 혼자 내팽개쳐진 느낌이 그럴까. 결혼한 이래 거의 잊었던 느낌이었다. 수자는 뙤약볕 아래서도 부들부들 떨었다. 검은 동굴이, 시커먼 아가리가 그녀를 빨아들였다. 동굴 안에는 사나운 승냥이들이 우글거렸다. 회원들은 좀 사는 동기생들 중 누구를 장미회에 들이는 것이 자기들의 위상을 좀 더 높일 수 있을까 수자가 있는 데서도 입씨름을 벌였다. 수자는 떨어진 꽃잎이므로 이제 상대할 필요도 눈치 볼 필요도 없다는 작태였다. 남편들의 성공과 더불어 남 무시하는 기술만 발달시켜 온 인간들이었다. 정말 그들에겐 두 가지 기술밖에 없었다. 자기보다 못 사는 이들을 함부로 깔보는 것과 현란하게 꾸미고 다니는 것. 가정부나 파출부를 내리 부리는 데는 가히 도사였다. 발 빼내면서야 바른말 한번 하는 거지만 정말 싸가지 없는 인간들이었다. 남의 사정에 대한 이해란 전혀 없었고, 인간미라곤 약에 쓸래도 털끝만큼도 없었다. 동정이나 연민, 관용 같은 단어가 존재하는지도 모르는 치들이었다.

"흥, 그렇게들 대단하셔? 똑똑한 학벌 하나 없으면서!"

수자는 이죽거렸다.

"깡통 소리들 요란하게 났잖아!"

커다랗게 쏴붙이면 속이 좀 시원해졌다.

그러나 한편 쩔리기도 했다. 수자 자신도 내세울 학벌이 없었다. 그녀도 이름을 밝히기 뭐한 초급대학을 잠깐 다녔을 뿐이니까. 다만 회원 중 유독 수자를 무시하는 경순이 대학을 안 나왔다는 걸 늘 의식하고 있던 데다 회원들 모두에게 학벌이 유일한 열등감이요 약점이라는 것을 알기 때문에 잠깐 악써 본 것이다. 아무리 따져 봐도 수자가 공격할 것은 그것밖에 없었다.

이상하게도 회원들 중에는 번듯한 학벌을 가진 친구가 없었다. 끼리끼리 모인다는 말이 실감 났다. 회장 격인 명옥은 원래 서울 장안의 땅 부잣집 딸이었고 그 땅에 이미 학교를 짓고 병원을 지어 재산이 탄탄해진 터에 나머지 땅들도 요지로 편입되어 거대한 부를 이룬 경우였다. 아버지에게서 많은 재산을 물려받았고 그 재산을 지킬 수 있는 남편을 함께 인계받아 더욱더 재산을 불렸다. 나머지 회원들은 다 별 볼일 없이 자라 평범하게 결혼한 뒤 남편이 사업에 성공한 경우였는데, 서너 명은 아예 대학 맛을 못 봤고 두 명은 수자처럼 시원찮은 초급대학을 다녔고 나머지는 4년제 대학을 나왔지만 명함을 내밀 수 없는 이름의 대학들이었다. 수자가 저도 신통찮은 주제에 학벌을 가지고 문제 삼는 것은 그녀들이 공통적으로 글자를 싫어하고 책은 물론 신문도 보지 않으며 그 결과 자기들이 눈으로 보는 것 이외의 세계나 가치가 있다는 것을 몰랐기 때문이다. 학력이 없다고 해서 모두 다 그렇지는 않을 것이다. 오히려 부족한 것을 메우기 위해 비상한 노력을 기울이는 사람도 많다고 들었다. 새로 나온 책을 읽고 평을 주고받거나 어떤 주제에 대해 세미나 분위기로 모임이 이루어지더라는 얘기도 들은 적이 있다. 교회나 절에서도 목사님과 스님 들이 지식과 지혜를 설파했고 평생교육원과 문화 교실, 어학연수원들이 거리거리에 그득했다. 그러나 장미회 회원들은 돈 쓰는 시간이 훨씬 재미있었으므로 다른 것을 할 기회가 없었다. 돈 쓰는 것보다 더 쉽고 짜릿하며 자기 존재를 명백히 인정받고 또 여왕 대접까지 받는 일은 없었다. 그런 한편에서 자기들도 가끔 자신들을 가리켜 비학구파라며 낄낄대곤 했다. 자성의 끝에 이르는 결론은 으레 '뒤웅박 팔자'라는 옛말과 '어쨌든 내 복'이라는 자기 합리화였다. 운이든 뭐든 그들의 말이 옳은지도 몰랐다. 수자도 그들 안에 있었을 때는 똑같은 날기질로 결속되어 뻔뻔한 말을 먼저 내뱉고 희열을 느꼈으니까. 장미회에서 제명되면서야 비판적인 생각이 움트기 시작한 거니까. 옳고 그름은 어디서 바라보느냐의 문제인 것 같았다.

　수자는 그들이 눈앞에서 자기를 따돌리는데도 혼자 버려지는데 대한 두려움 때문에 장미회를 끝까지 그러쥐고 있었다. 그렇게 몇 달이 흘러갔을 것이다. 마침내 우순이의 집안 잔치에 수자만 초대하지 않는 일이 벌어졌다. 그것을 수자는 장미회 회원이 아닌 다른 친구로부터 전해 들었다. 우순이가 아들을 결혼시켰고 식장에서 장미회 회원들이 보란 듯이 위세를 떨쳤다는 것이다. 수자는 연락도 받지 못한 터였다. 여러 사람으로부터 혼자 은밀히 다친 자존심은 치명적이었다. 수자는 단번에 시커먼 굴속으로 굴러떨어졌다. 다시는 돌아보지 않으려던 곳이었다. 굴속 저 밑에는 마르고 조그마한 소녀가 웅크리고 앉아 있었다. 소녀의 주위로 승냥이 떼가 빙빙 돌았다. 녀석들은 히히 하하 웃고 머리끄덩이를 잡아당기고 할퀴고

물어뜯었다. 소녀는 온몸을 감싸 쥐고 차라리 죽기를, 빨리 목숨이 끊어져 이 모든 것을 잊기를 바랐다. '왕따'라는 말이 생기기도 전, 거의 40년 전쯤의 일이었다.

 기억의 창고에 불이 켜졌다. 어머니는 늘 부엌에 있었고, 아버지는 하루거리로 집에 들어오지 않았다. 뭔지 잘 모르지만 식구들은 행복하지 않았다. 성장이 늦되어서일까, 어머니의 절망 탓일까. 수자는 생리에 대한 지식 없이 '그날'을 맞았다. 그녀의 인생에 최대 위기였다. 체육 시간이 되어 하얀 체육복으로 갈아입고 운동장으로 나가려 할 때였다. 뒤가 뭉근한 듯한 기분도 잠시, 아이들의 웃음소리가 화병 깨지듯 여기저기서 터졌다. 수자는 돌아보았다. 승냥이들이 한꺼번에 달려들어 히히 하하 웃고 손가락질하며 야유하고 있었다. 수자는 초경이 묻은 체육복을 입고 어쩔 줄 모르며 승냥이들한테 물어뜯겼다. 옷은 누더기로 변했고 머리는 산발이 되었고 살점이 뜯겨 나갔다. 구원의 손길은 어디에도 없었다. 그녀는 울지도 못했다. 엉덩이 밑에 피어난 흥건한 빨간 꽃이 수치와 죄악의 상징인 듯 악마들이 날뛰었다. 결국 수자는 가정 선생에게 끌려가 머리통을 맞고 부끄러움과 정숙에 대한 긴긴 훈시를 들었다. 그로부터 수자는 승냥이들의 밥이 되었다. 결핵을 앓아 엉성한 체구, 꼴찌에 가까운 성적, 당차지 못한 성격……. 아이들은 단순 냉혹했고 약자를 가차 없이 공격했다. 과연 인간은 동물의 한 종이었다. 특히나 인간에게는 언제나 공격하고 마구 짓밟을 대상이 필요했다. 수자는 승냥이들과 함께 중학교를 졸업하고 고등학교에 진학했다. 한번 찍힌 낙인은 거두어지지 않았다. 그건 불로 살에 지진 거니까.

장미회 제명 사건 241

없어질 리가 없었다.

그녀를 구해 준 것은 스물세 살 때 음악 감상실에서 만난 남편이었다. 이상하다고, 당신처럼 예쁜 아가씨가 왜 그렇게 주눅이 들어 있느냐고, 겸손은 좋지만 자기 비하는 좋은 게 아니라고 그는 매사에 그녀를 부추기고 북돋웠다. 사랑의 힘은 위대했다. 그녀는 달콤함에 취해 곧 결혼했고, 드디어 동굴에서 나왔다. 바깥세상은 환하고 경이로웠다. 그녀는 남편의 빛나는 태양 아래서 저절로 장미회 회원이 되었고 머리칼 날리며 신나게 날아다녔다. 회원들 중 가장 날씬하고 젊었고, 가장 멋쟁이였고, 그것을 위해 기울이는 노력은 그야말로 국보급이었다. 홀인원을 두 번이나 한 것도 그녀밖에 없었다.

그러나 이제 남편의 추락으로 다시 동굴 속으로 떨어지고 말았다.

소녀는 나이가 들어 추루하게 동굴 안에 엎드려 있었다.

살림살이를 추려 없애고 작은 집으로 이사를 하는 동안에도 수자의 머릿속에는 온통 같이 골프를 치던 친구들에 대한 배신감과 분노, 혼자 남은 쓰라림뿐이었다. 억울하고 분해서 미칠 것 같았다. 어떻게 하면 통쾌하게 복수할 수 있을까? 어떻게 하면 그녀들을 밟아 뭉갤 수 있을까? 어떻게 하면 그녀들이 두 손 싹싹 빌며 내게 와 굽실거릴까?

그러나 수자와 그녀들 사이에는 하늘과 땅 사이 같은 재산상의 차이가 존재했다. 그걸 뒤집기는커녕 간격을 좁혀 줄 어떤 현실적 방안도 없었다. 남편의 힘으로 그녀의 인생을 이루었듯 남편의 몰락으로 그녀의 인생이 바스러져 버렸다. 한때 구세주였던 남편은 당연히 원수가 되었다. 짧은 팔다리와 쩝쩝 음식 씹는 소리, 쪼르르 오줌 누는 소리 등 모든 것에 혐오감이 일었다. 지금까지 어떻게 참고 살아왔는지 알 수 없었다. 가족이란 무엇일까? 수자는 곰곰 생각했다. 어디서부터 잘못되었는지 모르지만 그녀의 가족은 돈을 떠나서는 결속될 수 없었다. 더구나 아이들은 멀리 있었고, 남편은 자기 문제로도 골이 터질 지경이었다. 그녀의 고민은 어디 내놓아도 웃음거리에 불과했다. 가족이란 개념은 개체의 맨존재 앞에 무력하기 짝이 없었다.

코끝이 싸했다. 찬 공기가 너무 많이 들어와 버린 것 같았다. 수자는 베란다 문을 닫고 들어와 주방으로 갔다. 수돗물을 세게 틀고 밥공기와 수저를 하나하나 흐르는 물에 씻었다. 물줄기들이 손등에 간지럽게 떨어졌다. 아침에 깨어나던 순간의 상쾌하던 느낌이 떠올랐다. 왜 그랬지? 무엇 때문에 오늘 아침에 마음이 화안했을까? 스편지에 오렌지 물이 스며들듯 다시 가슴이 화안해졌다. 왜 아침에 눈을 떴을 때 막힌 고속도로가 뚫린 듯, 쓸개 씁은 물이 씻겨 나간 듯 개운했을까? 물비누를 짜내 기름 묻은 접시들을 꼼꼼하게 닦았다. 가슴 저 안쪽에서 똑또구르르 호두 알이 굴러떨어졌다. 뭔가 간지러운, 상큼한, 감미로운, 호기심 어린 어떤 일이 있었던 것 같았다. 호두 알이 봄 길 가운데로 일직선으로 굴러왔다. 수자는 그것을 집으려고 허리를 굽혔다. 아, 참, 한효원을 만났었지! 그래, 맞다, 한효원······.

한효원은 수자하고는 아주 다른, 그러니까 정반대의, 학교 때는 말도 걸어 본 적이 없는 모범생이었다. 반장인 데다 학생회장을 했고, 졸업할 때도 전체 수석을 했던가 했다. 그 유명한 사범대학에 진학을 했고……. 학교에서는 공부 잘하는 아이가 왕이었다. 같은 논리로 운동장에서는 운동 잘하는 애가, 음악실에서는 노래 잘 부르는 애가 왕이었겠지만 공부 잘하는 것만큼 폭넓게, 모든 이들의 흠앙을 받으며 오래도록 왕좌에 앉아 있지는 않았다. 그래서 동기생들은 지금도 한효원에 대해서 매우 궁금해했다. 그녀가 어떻게 살고 있는지, 남편은 어떻고 경제적으로는 어떤지, 아이들을 저처럼 일류 학교에 보냈는지……. 그러나 그녀는 별나게 소문이 나지 않았다. 교사 노릇을 초기에 그만두었다는 얘기와 영국에서 살다 왔다는 얘기, 무슨 큰 수술을 했다는 얘기 등이 기연미연하게 퍼졌을 뿐 근황을 직접 본 친구가 없었다. 그만큼 조용하게 살고 있는지도 몰랐다. 그런 한효원이 수자네 동네 공원에서 수자에게 말을 걸었던 것이다. 그것도 수자의 이름을 정확히 기억하고 있었다.

"저 혹시…… 정수자?"

효원은 수자와 반대 방향으로 스쳐 지나가다가 불현듯 돌아서서 수자에게로 왔다. 그러고는 이름을 대며 확인했다. 수자의 눈을 정면으로 바라보고 있었다. 화장기 없는 얼굴이었지만 시선이 곧고 뱃속 저 안에 자신감을 간직하고 있었다. 수자는 당황해서 약간 뒤로 물러났다. 그런 눈빛을 본 적이 없었다. 누굴까? 어디서 본 듯한 얼굴인데……. 수자는 기억 속을 더듬었다. 얼른 생각이 나지 않았다.

"네, 맞는데……."

떨떠름하게 소극적으로 시인했다.

"거봐, 맞구나! 나 한효원이야."

그녀가 손을 내밀었다. 수자는 효원의 손을 잡고 같이 반갑게 흔들었다. 처음에는 한효원? 한효원이 누구지? 하고 머릿속을 빠르게 빙빙 돌렸고, 그러다가 아, 아아, 그 한효원! 공부 잘하는 한효원! 하고 알아차렸다.

"네가 어떻게 내 이름을 다 기억하니?"

수자는 신기해서 물었다.

"넌 눈이 크잖아. 눈이 크고 근사해서 늘 너를 쳐다봤었지. 지금도 여전히 예쁘구나!"

공연한 말이 아닌 듯 그녀가 수자의 모습을 유심히 뜯어보았다. 장미회 친구들과는 다른 눈빛이었다. 장미회 회원들은 처음 대하는 사람을 일단 위에서 아래로 빠르게 훑어본 뒤 즉각 오만한 표정으로 되돌아갔다. 그건 평가가 끝났다는 뜻이었고, 너 따위는 어림도 없다는 무언의 표시였다. 자기보다 현격히 높은 위치에 있는 상대를 만나면 표변해서 굽실거리는 게 특징이지만.

장미회에서는 솔직히 수자가 얄미운 존재였을 것이다. 이유는 두서너 가지로 추정해 볼 수 있다. 우선 수자네의 형편이 자기들보다 탐탁지 않다는 것. 수자의 남편은 월급쟁이였으니까. 월급쟁이였더라도 판사나 의사였다면 대접이 조금 달랐을지 모른다. 수자네는 대기업 임원이긴 했지만 그저 월급쟁이였다. 그러나 수자가 공을 잘 치는 바람에 자기들 그룹에 공 실력이 있는 사람을 하나 두어도 좋겠다는 의견이 있었다고 들었다. 또 하나는 수자가 쇼핑에 귀재인 데다 외모 가꾸기에도 도사여서 뭇시선을 끌었기 때문이었다. 수자는 밥만 먹으면 백화점으로, 제일평화시장으로, 할인 매장으로,

남대문시장으로 돌아다니는 게 취미였다. 수자가 추구하는 건 오직 외모 하나였다. 남에게 깔보이지 않으려면, 왕따를 당하지 않으려면 그 방법밖에 없었다. 사람들은 모두 무언가로 이 세상에 자기를 증명해야 했다. 수자는 자기를 증명할 방법이 외모밖에 없었다. 경험으로 보아 외모만 잘 치장하고 다니면 말이 필요 없었다. 구차하게 자신을 설명하거나 자랑할 필요가 없는 것이다. 차림새에 따라 대접이 얼마나 달라지는지 수자는 절절히 체험해 왔다. 그런 바탕 위에서 갈고닦은 쇼핑 솜씨와 미적 안목은 세상을 향한 그녀의 유일무이한 무기였다. 구두를 사려면 어디어디로 가라. 정장 구두인가, 캐주얼화인가? 정품과 똑같아 보이는 '짜가'를 사고 싶은가, 유사품을 사고 싶은가? 조금 조악하더라도 아예 값싼 가짜를 사겠는가? 차라리 국산 브랜드로 색다른 멋을 즐길 것인가? 종류에 따라, 경우에 따라 어디로 가서 어떻게 값싸고 효과적인 쇼핑을 즐길 것인지 수자는 무궁무진한 비법을 축적했다. 찜질방에서 잠깐 입을 나눈 잡지사 기자는 그런 정보를 책으로 내라고 권유하기까지 했다. 수자가 조금만 글과 친했더라면 쇼핑 책을 대여섯 권은 낼 수 있었으리라. 그런 탓에 명품으로만 둘둘 감고 다니는 장미회 회원들보다 명품으로 악센트만 주는 수자의 치장이 단연 돋보였다. 더구나 수자는 여성복 55사이즈를 입었다. 77이나 88을 입는 친구들과는 태가 달랐다. 수자는 백화점에 가도 3층 부인복 매장으로는 절대로 올라가지 않았다. 언제나 2층의 숙녀복 매장을 맴돌다가 상큼한 날개를 달곤 했다. 수자의 이런 모습이 장미회에 들어갈 때는 점수에 포함되었겠지만 제명당할 무렵에는 모두의 심정을 상하게 하는 요인이었을 것이다. 그것을 수자는 뒤늦게 깨닫고 있었다.

"이 동네 살아?"

한효원이 물었다.

"응, 이사 온 지 좀 됐어."

수자는 트레이닝복 차림인 것을 머쓱해하며 대답했다.

"그렇구나! 나도 이사 왔어. 한 달 전쯤."

한효원은 언제 한번 다시 만나자고 하면서 수자의 휴대폰 번호를 물었다. 그러고는 그 자리에서 자기 휴대폰에 입력했다. 그게 습관인 것 같았다. 효원이 통화 버튼을 눌렀고, 수자의 휴대폰에 효원의 번호가 찍혔다. 아파트 동 호수를 묻지 않아 다행이었다. 다른 동네 사람에게는 동 호수가 의미 없지만 이 동네 사람한테는 평수를 알려 주는 것이어서 꺼려졌다. 수자는 슈퍼마켓 계단을 타박타박 내려가며 한효원에 대해 생각했다. 뜻하지 않은 만남이었다. 숨어 있던 보석이 어쩐지 자신에게만 특별한 호의를 보인 것 같아 마음이 훈훈해졌다.

한효원…….

그녀가 탱탱한 공처럼 허공으로 솟아올랐다. 이 공 한 방이면 장미회 회원들을 단번에 물리칠 수 있을 것 같았다. 적어도 아찔한, 강한 충격을 줄 수는 있을 터. 수자는 넋 나간 사람처럼 혼자 중얼거렸다. 얘, 얘, 나 요새 바빠. 너희들하고 어울릴 새 없다니까. 다른 친구가 생겼거든. 전화 끊어!

아침잠에서 깨어나며 이런 상상을 하고 있었던 것일까.

화분 밑구멍에 망을 여러 겹으로 접어 깔고 화원에서 사 온 배양토를 부었다. 둥그렇게 가운데를 파낸 다음 관음죽을 넣었다. 처음으로 해 보는 분갈이였다. 이사 올 때 갖은 화초들을 다 버리고 왔지만 관음죽 하나만은 보듬어 싸 가지고 왔다. 언젠가 누군가가 관음죽은 그 집의 가운을 탄다고 말했던 것이 기억났기 때문이었다. 관음죽을 아무렇게나 버리고 오면 수자네 집의 운은 뭇사람들의 발에 함부로 짓밟힐 것 같았다.

배양토를 빙 둘러 더 채워 넣고 물을 주었다. 뭐 어렵지도 않았다. 배양토도 막상 만져 보니 부드럽고 촉감이 좋았다. 식물을 키우는 재미를 모르고 해마다 전문가의 손에 맡겼다는 생각이 들었다.

수자는 기분이 좋아져서 거실로 들어왔다.

직접 청소를 하고 난 다음에도, 직접 빨래를 하고 난 다음에도 개운한, 맑은 기분이 느껴졌다. 이런 걸 작은 행복이라고 하나, 수자는 생각했다. 살림을 아예 내팽개쳐 둔 건 아니었지만 언제나 집안일 대강 해치워 놓고 쇼핑하러 갈 생각에 마음이 급해서 무엇을 여유 있게 느껴 볼 겨를이 없었다.

수자는 천천히 차 한 잔을 타 마셨다.

파리 한 마리가 윙 하며 날아갔다. 지금 이 공간에 너와 내가 둘이 있구나, 다정한 생각이 들었다. 녀석은 전등을 한 바퀴 돈 뒤 커튼 뒤로 사라졌다.

나간 건 아니야. 분명 이 거실에 있겠지.

걸레를 빨아다 텔레비전이며 장식장 위를 닦았다. 먼지를 뒤집어쓴 사진틀 속에서 아이들이 희미하게 웃고 있었다. 수자는 좀 미안

한 생각이 들어서 사진틀을 정성스럽게 닦았다. 희미하던 아이들의 웃음이 또렷해졌다. 큰아이는 두 달 뒤에, 작은아이는 이번 학기를 마치고 돌아오겠다고 하였다. 강하게 키우지 못한 아이들이었다. 공부도 다른 무엇도 특출 나지 않아 중도에 돌아와 어떤 길을 걷게 될지 염려스러웠다. 그러나 이제 서른 나이에 가까웠고, 어떻게 되든, 무엇이 다가오든 그 애들의 몫이었다. 다행히도 어젯밤 남편은 작은 일을 하나 맡았다고 했다. 전에 근무하던 직장 후배들이 여기저기에 몸담고 있어 가끔씩은 일이 생기기도 했다.

거실을 말끔히 치운 뒤 수자는 우두커니 앉아 있었다. 베란다로 나가 바깥을 내다보았다. 장난감처럼 다닥다닥 줄지어 서 있는 차들을 세어 보고, 신호를 건너가는 알사탕만 한 머리통들을 헤아려 보았다. 그녀의 마음은 여전히 바깥으로, 외부로 향하고 있었다. 입고 나갈 옷, 거기 맞춰 신을 구두, 귀걸이, 목걸이, 향수……. 할인점에 가 볼까, 백화점에 가 볼까? 그녀는 시계를 올려다보았다. 10시 40분, 아직 이른 시간이었다. 수자는 갑자기 생각이 나서 휴대폰을 가져다 한효원의 번호를 찾았다. 통화 버튼을 꾸욱 눌렀다.

"얘, 나 정수자야."

톡 건드리듯 가볍게 말을 건넸다. 며칠 전처럼 반가워해 주려나 기대가 되었다. 한편 딴청 피울까 봐 겁도 났다.

"어, 그래, 잘 지냈어? 근데 집이야?"

한효원의 목소리는 스스럼이 없었다.

"응."

"난 백화점이야. 구구백화점."

"백화점? 벌써?"

웃음이 났다. 얘가 나보다 한술 더 뜨네. 수자는 뇌까렸다. 한효원이 이렇게 이른 시각에 백화점에 가 있다니, 정말 놀랄 일이었다. 백화점 문을 연 지 10분밖에 안 된 시각인 것이다. 그동안 어떻게 살아왔는지 몰라도 그날 모습으로는 학교 때의 한효원에서 크게 벗어나지 않은 것 같았었다.

"지금 옷을 보고 있는데……."

효원이 말했다.

"어, 옷?"

수자는 바짝 다가들었다. 옷이라면 자기가 전문이 아닌가. 폭포수 같은 웃음이 쏟아지려 했다. 한효원이 지금 옷을 사고 있단 말인가.

"나도 오늘 거기 들를 건데…… 넌 일찍도 갔네?"

"그러니? 지금 오면 안 돼?"

"안 되긴. 가면 되지."

"그럼 와라. 만나서 얘기도 하고 그러게."

"그래, 그럼. 거기 도착해서 주차장에서 전화할게."

"응, 그래."

매장의 소음이 파도처럼 밀려들어 오며 전화가 끊겼다. 온몸의 피톨들이 갑자기 불쑥불쑥 돌고래처럼 뛰놀았다. 어디선가 환희의 찬가가 울려 퍼지는 것 같았다. 수자는 거울을 들여다보았다. 화장은 잘 되어 있었고, 날씨에 맞춰 입고 나갈 옷도 정해 놓은 터였다. 수자가 누군가. 아침 먹기 바쁘게 돌아다니는 게 장기인 여자인 것이다. 예쁘고 화려한 물건이 있는 곳이면 어디든지 그녀의 안마당이었다.

바람을 몰고 내려가 차에 올랐다. 시동을 걸면서 수자는 자기네 집을 올려다보았다. 남편의 사업이 결딴났을 때, 모든 것을 뒤집어 최소한의 것으로 줄여야 했을 때, 결코 수자가 포기할 수 없었던 것은 타고 다니는 이 자동차와 사는 동네였다. 고물이긴 하지만 수자는 대형차를 그대로 고수했고, 신도시나 다른 지역으로 이사 가면 훨씬 더 큰 평수의 아파트에 들어갈 수 있었지만 구태여 이 조그만 아파트를 선택했다. 이 동네를 떠나기 싫어서였다. 나이 들어 시집 쪽에서고 친정 쪽에서고 참견할 사람이 없어서 망정이지 전 같으면 손가락질 받고 질타당할 일이었다.

아마도 시아버지는 수자를 불러다 인간이 돼먹지 못했다고 천둥 벼락을 쳤을 것이다. 그러나 전세로 내려가더라도, 월세를 살더라도 이 동네에 붙어 있고 싶은 게 여기 사람들의 심정이었다. 그것을, 이 동네에 삶으로 해서 누리는 프리미엄의 맛을, 사람들의 기대치와 흠양을, 그것으로 인해 저절로 부웅 뜨는 기분을 어떻게 마다한단 말인가. 아무것도 아닌 사람도 당장에 근사한 인품으로 바뀌는 마술의 맛을 어떻게 포기한단 말인가. 달콤한 맛 한번 보지 못한 후진 동네 사람한테는 설명이 불가능한 일이었다.

백화점 주차장은 아직 한산했다. 수자는 지하 2층에 차를 넣고 한효원에게 전화를 걸었다. 휴대폰 벨이 열 번 이상 울리고서야 그녀가 받았다.

"얘, 나야, 지금 왔어."

"일찍 왔네. 난 지금 3층에 있어. 그런데 여기가……."

한효원은 자기가 있는 매장의 위치를 정확히 대지 못했다. 백화점 매장은 노상 그곳을 누비는 사람이 아닌 이상 설명하기가 어려운 법이다. 백화점이란 데는 원래 물건을 효과적으로 전시하는 데 주력하는 곳이라 아주 유명한 곳이 아니면 상호로도, 점 번호로도 지적하기 어려웠다. 한효원은 이 백화점에 많이 와 보지 않은 것 같았다. 목표물을 찾던 그녀가 마땅치 않았는지 불현듯 빠르게 결론 내렸다.

"얘, 너 그냥 문화센터 앞으로 와라. 9층에 문화센터 있잖아. 그 입구에 아이스크림집 있더라. 그리로 와."

웅웅대던 매장의 소음이 뚝 끊어졌다.

수자는 9층으로 올라갔다.

엘리베이터에서 내려 문화센터 쪽으로 갔다. 한효원이 문화센터 같은 곳에 다니나 보다 생각하면서. 수자도 물론 문화센터에 등록한 적이 있었다. 골프를 치기 전에, 문화센터 초창기에. 다녀 보니 수자는 이런 곳 체질이 아니었다. 한자리에 궁둥이 붙이고 앉아 강의를 듣는 게 지겨웠고, 댄스니 탈춤이니 옷 갈아입고 몸 흔드는 것도 싫었고, 동양화니 홈패션이니 손끝 움직이는 건 아예 질색이었다. 수자는 그저 상품을 보고 다니는 게 좋았다. 사지 않더라도 진열된 상품들을 요리조리 뜯어보는 동안 마음이 즐거워졌다. 색깔, 모양, 진열 방식, 다른 물건들과의 배합 등…… 보고 또 봐도 전혀 싫증 나지 않았다. 그렇긴 하지만 수자는 지갑을 쉽게 열지 않았다. 재고 또 재고, 비교하고 대조하고 점검하고, 집에 있는 것들과의 조화를 일일이 계산하며 여간해서는 사지 않았다. 멋지게 차려입고 대담하게 굴면 아무리 만지고 걸쳐 보고 주물러 보고 나서 물건을 사지 않아도 점원이 감히 뭐라 말하지 못했다. 수자는 그래서 특히 아이쇼핑을 즐겼다. 이런 아침 녘, 청결한 상점가를 모델처럼 꼿꼿이 서서 거닐면서 양옆의 고급 물건들을 구경하노라면 자신도 그 상품들에 속한 듯 찬란한 환희가 밀려왔다. 오늘은 한효원이 먼저 왔지만 백화점 오픈 시간에 종업원들이 총집결한 가운데 극진한 인사를 받으며 여왕처럼 들어간 적이 한두 번이 아니었다.

한효원은 아직 와 있지 않았다.

수자는 아이스크림 가게 의자에 앉아 문화센터 입구를 바라보았다. 머리에 탱글탱글 힘을 주고 알록달록한 재킷을 입은 여자들이 삼삼오오 떼 지어 들어갔다. 11시 30분 수업이 시작될 시간이었다. 공부…… 의무 과정이 끝난 다음에 무엇하러 저렇게 또 공부를 하러 갈까? 사주 역학이고 부동산 강좌고 하여튼 다 공부가 아닌가. 수자는 학교 시절 공부를 못했다. 왜 못했는지 심각하게 따져 본 적이 있었다. 살면서 느껴 왔지만 그녀는 아이큐도 감성도 괜찮은 편이었다. 누구나 자신을 우수하다고 느끼는지는 알 수 없지만. 수자가 공부를 못하게 된 최초의 계기는 초등학교 6학년 때 원금 계산하는 산수 문제를 틀리면서부터였다. 복잡한 사정들을 나열하고 그러면 원금은 얼마인가, 하는 문제들이었다. 수자는 선생님으로부터 문제 푸는 방식을 배우지 않고 나열되어 있는 복잡한 사정만 자꾸 신경 썼다. 그러다 보니 문제를 풀 수 없었고, 항상 답이 틀렸고, 나중에는 산수 자체가 무서워졌다. 그렇게 고리가 끊어진 공부는 나날이 부실을 누적해 갔다.

"왔구나!"

한효원이었다. 다시 보니 마르고 왜소한 체격이었다. 입성은 튀지 않았지만 청결한 맛이 느껴졌다. 엷은 화장 너머로 쥘부채 같은 주름살이 눈가에 퍼져 있는 게 보였다. 피부 관리는 평생 한 번도 받아 보지 않은 것 같았다.

"옷 안 샀어?"

한효원이 핸드백 이외에 아무것도 안 들고 있어서 수자는 그렇게 물었다.

"그러게 말야. 있다 내려가다 네가 좀 봐 주라. 어떤 게 더 나을지······."

"여기 자주 와?"

"아니. 영국에 애들을 두고 왔는데 큰아이가 곧 결혼할 것 같아. 이번에 며느리 될 아이와 같이 온다잖아. 외국인인데 아무래도 켕기고 뭐 입을 게 있어야지."

한효원은 외국인 며느리를 보는 심정을 털어놓았다. 아이들을 거기서 낳아 길렀으니 거기 여자와 연애하는 게 당연한데 백인 며느리가 들어온다고 생각하니 내키지 않아 이제껏 반대했다고. 부모가 반대한다고 요즘 아이들이 결혼 안 할 리 없는데도 벽창호처럼 그렇게 되더라고. 한효원은 약간 주저하며 아들 얘기를 계속했다. 정확히 밝히진 않았지만 그녀의 아들은 어릴 때부터 수재여서 아마도 옥스퍼드인지 케임브리지를 나온 것 같았고, 게다가 의사에다 교수인 모양이었다. 역시 아이들을 잘 키웠구나, 짐작했고, 아이들을 일찍 낳았네, 하며 그 애들의 나이를 대강 헤아렸다.

"어느 날 불현듯 사돈의 심정이 짐작되더라. 그들이라고 해서 뭐 좋았겠니? 며느리 될 아이도 우리 아이 못지않게 잘 자랐던데 결혼한답시고 황인종을 데리고 왔을 때의 기분을 생각해 봐. 그런데도 흔쾌히 승낙했다니 그 사람들은 참 훌륭하잖니. 우린 아무것도 아니면서 한국 색시가 아니라고 기를 쓰고 반대했으니……."

"그랬구나! 한국에 오면 너희 집에서 묵어?"

"아니. 호텔에서 자겠지. 집에 와서 안 잘 거야. 그저 인사만 하는 거지."

"그때 입을 옷? 며느리 만날 때?"

"응."

"그래, 보러 가자. 내가 봐줄게. 내가 옷 보는 데는 한 눈 하거든."

"아이스크림 먹고 가."

"그럴까? 그럼 내가 사 올게."

수자가 일어섰다.

"난 블랙베리로. 너도 그거 먹어 봐."

포도 맛하고는 다른, 시지 않고 고소한 기운이 있는 블랙베리 아이스크림을 핥으면서 수자와 효원은 이런저런 얘기를 더 나눴다. 수자는 만남에 대해 곰곰 생각했다. 뜻하지 않게 한효원과 백화점 9층에서 블랙베리 아이스크림을 먹으면서 살아가는 얘기를 나눌지 누가 알았겠는가. 열흘 전에도, 일주일 전에도 전혀 짐작 못한 일이었다. 낯선 사람과도 이런 일을 벌일 수 있겠다는 생각이 들었다. 아이쇼핑 할 때 명품들이 진열장 안에서 소곤소곤 말을 걸어오는 것처럼 사람들도 도처에서 자신에게 말을 걸었던 것 같았다. 그들과의 대화가 간질간질 들려왔다. 어디 사세요? 길 건너 아파트요. 점심 드셨어요? 아뇨 아직……. 국수나 먹을까요?

한효원은 수자가 어떻게 사는지 궁금한 모양이었다. 몸에 밴 교양 탓인지 직접적으로 묻지는 않았다.

"재밌어?"

지나가듯 그렇게 물었을 뿐이었다. 외국식인 것 같았다. 사는 게 재밌어? 남편하고도 사이 좋아? 아이들하고는 어때? 하는 뜻으로 들렸다.

"우리 애들도 나가 있는데 이제 들어올 거야. 남편이 회사를 그만뒀거든."

"응?"

한효원이 놀란 표정을 얼른 감추고 고개를 숙였다. 수자는 자신의 이야기를 시나브로 하기 시작했다. 이상한 친구라고 여겨질 것 같으면서도, 술술 말이 흘러나왔다.

"난 너하고는 다르게 여기서 그저 옷이나 사 입고 지탄받기 좋게 살아왔지. 그런데 3년 전에 남편이 퇴직해서 작은 집으로 옮겼어. 난 내가 누구인지 모르겠어. 솔직히 난 애들한테도, 남편한테도 그다지 애정이 없어. 왜 그런지 몰라."

물꼬가 너무 막혀 있었던 탓일까. 자신의 목소리가 TV 인간 극장의 내레이션 소리 같았다. 이런 내용의 얘기를 다른 사람한테 해본 적이 없는데, 이상한 일이었다. 수자는 내레이션을 계속했다.

"여기 친구들이나 사람들한테는 이런 얘기 못 해. 금방 흉이 되어 돌아오거든. 남에 대한 진정한 이해가 없어. 왜들 그런지……."

"그럴 리가……."

한효원이 부정했다.

"정말이야. 너도 더 있어 보면 알아."

"우리나라 사람들이 유난하기는 해. 남 신경 많이 쓰고. 나도 처음에 귀국해서 화장 안 하고 다녔다? 거기서처럼. 근데 안 되겠더라. 그래서 요새는 외출할 때는 좀 해. 구두도 두 켤레나 샀어. 거기서는 사스 그거 있지? 한국 할머니들 신는 신발. 그거 사서 4년 내리 신다가 해져서 다른 거 사면서야 버렸지. 그렇게 살았어. 그래도 뭐 아무도 날 어떻게 생각하지 않아. 그렇긴 해."

"여기선 쥐뿔도 없어도 그저 있는 척해야 돼. 특히 골프 친구들 사이에선. 대추 세 알 먹고도 이 쑤신다며? 옛날 양반들은."

한효원이 자지러지게 웃었다. 대추 세 알 속담이 새삼스럽게 우스운 모양이었다.

"명옥이, 경순이, 수중이, 영화, 우순이, 미호, 공자…… 개들하고 골프 쳤었어. 지금은 아웃 됐지만."

"영화, 공자, 미호하고……."

한효원은 동기생들을 하나하나 그려 보는 얼굴이었다.

"넌 누구 만나는 친구 없어?"

수자가 물었다.

"별로 안 만나. 내가 집에서 일을 하거든. 번역. 고등학교 때 친구는 민정이하고 희수 더러 만나지."

의외였다. 민정과 희수는 학교 다닐 때 있었는지 없었는지조차 기억나지 않는 평범한 친구들이었다. 한효원이 그런 애들과 개인적으로 친하다는 게 얼른 납득되지 않았다. 아마도 어떤 한 시기에 한효원의 짝이었거나 앞뒤에 앉게 되어 사적인 정을 주고받았는지도 몰랐다.

"운동은 안 해?"

수자가 또 물었다.

"나 신장 수술 했잖아. 집에서 조심조심 조금씩 해."

"야 너, 건너 뚝섬 살았었지? 배 타고 다니는."

"어떻게 아니?"

한효원이 눈을 뚱그렇게 떴다.

"알지. 전기가 안 들어온다고 한 달 전부터 시험공부 했잖아."

"그랬어? 내가?"

"중간고사 기말고사 발표 나기 전부터 모든 과목을 계획 짜서 공부한다고 했어. 한 번 하고 또 하고 또 하고 네 번씩이나. 집에 가면 전기가 안 들어와서 일찍 자야 되니까 학교에서 해야 한다고 쉬는 시간에도 늘 공책 들고 외웠잖아. 나는 시험 전날 건성으로도 한 번 못 훑어보고 학교 가는데. 그땐 정말 네가 굉장해 보였거든. 비 많이 오면 학교에 못 오는데도 늘 1등만 하고. 전기가 안 들어오는데도 말야."

"참 옛날 얘기네. 정말 비 많이 오면 배가 못 떠서 학교 결석했지. 학교에 갔다가도 낮에 비 쏟아지면 집에 못 가고. 맨날 이모네 가서 잤지."

"야, 거기가 압구정동 된 거잖아."

"그래, 말야. 압구정동, 삼성동…… 봉은사는 그대로 있더라?"

"건너 뚝섬은 그때 거의 배밭이었지?"

"배밭 많았지. 전부 농사짓고."

"불과 40년도 채 안 지났는데 이렇게 바뀌다니. 밤에 압구정동 좀 가 봐."

"그러게."

껍데기만 남은 아이스크림콘을 쥐고 효원과 수자는 일어섰다. 에스컬레이터를 타고 한 층 한 층 내려갔다. 6층에서 효원이 수자의 손목을 잡고 매장으로 이끌었다.

"잠깐만, 여기 뭐 살 게 있어."

한효원은 주방 용품 코너를 찾아갔다. 각양각색의 냄비들 속에서 압력솥을 골라내 크기를 뼘으로 재며 가늠했다.

"전기 압력솥 안 사고? 그냥 압력솥?"

"응, 난 그냥 압력솥 써. 근데 고무 패킹이 망가져서 말이야. 패킹만 사려고 본사에까지 문의해 봤는데 글쎄 그 모델이 오래돼서 부품이 없대. 영국까지 갖고 가서 이제껏 쓰다가 갖고 온 건데. 말이 되니? 멀쩡한 솥을 못 쓰게 되었어. 그걸 놔두고 또 새 걸 사야 하다니."

여러 상표의 압력솥을 비교해 보던 한효원이 반가운 듯 옆 매대로 갔다.

"어머 이거 싸네?"

행사 용품 코너였다. 5~6인용의 압력솥을 염두에 두고 있나 보았다. 그런데 그녀가 마음에 들어 하는 모델은 중앙에 무더기로 쌓아 놓은 행사 용품보다 만 원가량 비쌌다. 행사 용품은 몇 년 전 모델이고, 그녀가 마음에 들어 하는 솥은 작년이나 재작년쯤의 모델인 것 같았다. 두 가지를 번갈아 만지작거리던 그녀가 결국 싼 것으로 결정을 내렸다.

"기능은 똑같은데 뭐."

아쉬워하며 스스로의 욕망을 눌렀다.

"참, 패킹 하나 더 주세요. 값은 따로 계산할 테니까. 그렇게 해 주죠?"

압력솥 박스를 들고 그들은 다시 에스컬레이터를 탔다. 패킹까지 하나 더 받아 넣은 효원은 살 때와는 달리 무척 뿌듯한 모양이었다. 이제 그 모델이 없어지거나 압력솥 회사가 망하더라도 패킹 하나를 더 쓸 수 있는 동안은 안심하고 박스 안의 압력솥을 사용할 수 있으니까. 미래에 대비하는 능력이 철통같았다.

3층에서 내려 옷 매장 사이로 들어섰다. 한효원은 아까 자기가 보아 놓은 옷을 찾으러 여기저기 헤맸다. 겨우 매장을 찾았을 때, 수자는 놀라고 말았다. 투피스나 재킷 등의 정장을 보아 놨나 했는데 간이 매대에서 파는 겨울용 패딩 점퍼였다. 옷 살 줄 정말 모르네, 며느리 만날 때 입는다면서 이런 걸 산단 말인가, 수자는 한심해졌다.

"이건데……."

한효원이 옷걸이에 주욱 걸려 있는 패딩 코트 중에서 고동색 반점퍼를 가리켰다. 판매원이 다가왔다.

"다시 한 번 입어 보시게요?"

익숙한 솜씨로 옷을 벗겨 건네주었다. 한효원이 그걸 받아 겉옷을 벗고 입었다.

"어떠니?"

옷들 사이에 비좁게 설치해 놓은 거울에 이리저리 비춰 보았다.

"글쎄…… 너한테 딱 맞긴 한데……."

반 재킷 식으로 라인을 빼서 패딩 치고는 때깔이 있었다. 특히 뒷모습이 날씬해 보였다.

"뒷모습은 예쁜데 앞모습이 좀…….."

"남자 같지?"

"응, 일자 재단이라 딱딱한 감이 있네."

판매원은 요즘 이 스타일이 파리에서 유행하고 있다고 근거도 없는 말을 떠벌렸다.

"다른 건 뭐 입어 볼 만한 게 없어."

"생각보다는 춥겠어. 두꺼운 패딩이 아니잖아."

수자는 일단 보류하게 했다. 판매원이 그게 무슨 소리냐는 듯 눈초리를 치켜세웠다.

"거위 가슴털이에요. 이거 한 벌 만드는데 거위가 스물다섯 마리 들어가요. 오리털 같은 거하고는 비교도 못 해요. 두껍다고 해서 따듯한 게 아니에요. 힐러리도 캠프 데이비드 별장 갈 때 이 옷 입었잖아요."

힐러리가? 이 상표의 옷을? 캠프 데이비드 별장까지 동원하시나? 웃을 수도 없었다. 판매원은 미국의 퍼스트레이디가 힐러리를 지나 로라 여사를 거쳐 지금은 미셸 오바마라는 것을 잊은 것 같았다. 그녀는 생각나는 대로 아무 말이나 마구 지껄여 대는 떠버리였다.

"거위 가슴털은 가볍고 포근하긴 하지만 아주 따듯하지는 않지. 이 정도 두께에선."

수자가 판매원을 무시한 채 한효원만 바라보며 말했다.

"그런 건 괜찮아. 난 안에 입는 옷으로 조정하거든. 아주 추운 날은 양모 스웨터에다가 조끼 같은 거 껴입고 푸근한 날은 티셔츠 같은 거 입고."

"그건 그렇지. 그런데 며느리를 어디서 만나길래 이런 옷을 사?"

스키장에서 만날 건가 짐작해 봤지만 완전히 스키장용 옷도 아니었다. 레저용 옷이라고 하기에도 그렇고, 평상복이라고 하기에도 어정쩡했다.

"아직 모르지. 어쨌든 난 늘 이런 옷을 입으니까. 갑자기 투피스 같은 걸 입으면 내가 어색해서 안 될 것 같애."

수자는 레터르를 뒤집어 보았다. 임시 매장에서 파는 것인데도 이태리 직수입품이었고, 50퍼센트 할인 가격이 30만 원을 넘었다. 유명 상표도 아닌 데다 돈만큼의 가치도 없어 보였다. 이런 거야말로 중간 폭리를 취하는 누군가가 있다는 얘기였다. 한효원처럼 허술한 소비자를 노려 백화점은 이런 행사를 기획했을 것이다. 아무리 남의 일이지만 그대로 사게 놔둘 수는 없었다. 수자가 입을 열었다.

"그냥 즐겨 입는 거라면 여기서 이 돈 주고 이걸 살 필요는 없지 않을까? 다른 데 가면 훨씬 싸게 비슷한 걸 살 수 있는데."

"그래? 어디에?"

한효원이 바짝 달려들었다.

"가 볼래?"

수자는 권유해 놓고도 잠깐 헤아려 봤다. 오늘 처음 만났는데 큰 시장까지 같이 가도 괜찮을까. 시장에 간다는 건 천막집에서 잔치국수도 먹고 허름한 양말도 사고 장사꾼들이랑 실랑이도 하는 건데 과연 같이 다닐 수 있을까. 걱정이 안 되는 건 아니었지만 어차피 집안 사정이며 자신이 처한 상황을 다 얘기했는데 어떠랴 싶었다.

"그러자, 그럼."

수자는 선선히 이끌었다.

한효원과 함께 지하 주차장으로 내려갔다. 다행히도 효원은 차를 가지고 오지 않았다고 했다.

동대문시장으로 가서, 주차 사정 때문에 충분히 다 돌지는 못하고 패딩 점퍼를 주로 파는 상가를 두 군데 돌았다. 한효원은 눈이 휘둥그레져서 가게마다 이 옷 저 옷을 만져 보고 값이 너무 싸다고 감탄했다. 그러고는 긴 것, 짧은 것, 동생 것, 남편 것 등 여러 벌을 샀다. 그렇게 많이 사면서도 상점에서 그냥 주는 비닐봉지만 받고 100원을 내야 하는 종이 가방은 끝내 사양했다.

봉지가 충분치 않아 짐 꾸러미가 가관이었다.

보다 못한 수자가 중간에 차를 빼 와 효원의 짐을 실었다.

사소한 것들을 한두 가지 더 산 뒤 그들은 늦은 점심을 먹기로 했다. 한효원은 시장 동네가 처음인 모양이어서 수자는 자신이 알고 있는 한정식집으로 가자고 했다.

"저쪽으로 조금 걸어가야 되는데 괜찮겠어? 아주 작은 집인데 주차장이 없어. 차를 여기다 놓고 걸어가야 돼."

"그래? 그럼 걸어가지 뭐."

그들은 길을 건너기 위해 지하도로 내려갔다. 지하도 안에도 휘황한 상점들이 어지럽게 늘어서 있었다.

"얘, 얘, 여기 좀 들어가 보자."

한효원이 수자를 데리고 레코드점으로 들어갔다. 각종 CD와 DVD, 이어폰 등속이 좁은 공간 안에 빼곡히 들어차 있었다. 한효원은 이 선반 저 선반을 기웃거리더니 한국 가곡이 꽂힌 선반 앞에 눈을 좁히며 이마를 들이밀었다.

"안경 없이도 읽을 수 있어?"

"집중해서 노려보면 대강 보여."

한효원은 CD 두 장을 빼 들었다. 그러고는 카운터에 가서 계산을 했다.

"따로따로 싸 주세요."

레코드점을 나온 한효원이 CD 한 장을 수자에게 내밀었다.

"가져가서 들어 봐. 난 거기서 이런 거 많이 들었어. 여기에 오니까 사람들이 외국 음악만 좋아하더라? 무척 서운했어."

수자는 엉겁결에 CD를 받아 넣었다.

지하도를 나가 병원 옆길을 걸었다. 마른 나무들이 촉수를 하늘로 세우고 봄을 기다리고 있었다.

"춥지?"

한효원이 수자를 바라보았다.

"이렇게 걸어 보는 것도 오랜만이다, 얘."

"난 겨울이 좋아. 차가운 바람 사이로 웅크리고 돌아다니다 보면 산다는 게 무언지 알 것 같애. 집에 돌아가면 따듯함과 아늑함이 몸서리나게 고맙고."

아, 그렇게 느끼는 수도 있네, 하고 수자는 생각했다. 수자는 그저 겨울은 추워서 싫고 여름은 더워서 싫었다. 될 수 있으면 추위 속으로 나가지 않고 여름에는 또 더위로부터 자신을 보호하는 방법만을 강구해 왔다. 선풍기는커녕 부채도 안 부치는 사람이 있다지만 수자는 이해할 수 없었다. 겨울에 냉방에서 자는 것과 무엇이 다른가? 괴팍한 고집이라고만 여겨 왔는데 무엇에건 색다른 의미를 드리울 수 있을 것 같았다.

"바로 조기야, 어서 가자."

그들은 종종걸음을 치다가 나중에는 호호 하하 웃으며 뛰어갔다. 손을 비비며 한정식집 문을 밀었다.

작고 뒤틀어진 독채인 그 집은 오묘하게 공간 활용을 해 놓아서 얼핏 화랑 같았다. 아래층에는 불규칙한 구도로 테이블이 세 개 놓여 있었다. 오늘은 그중 한 테이블에만 세팅이 되어 있었는데, 점심 시간이 지나서인지 손님은 아무도 없었다.

그들은 S자로 휘어진 좁은 계단을 올라가 2층 별실로 들어갔다. 구석구석에 조각품과 설치 작품 들이 독특하게 장식돼 있었다.

"이 그림들은 모두 한 사람이 그린 것 같네?"

벽면을 장식하고 있는 그림들을 훑어보던 한효원이 말했다.

"맞아. 한 사람이 그린 거야. 이 집 주인."

"주인이 그렸다구?"

"응, 복제화가 아니잖아. 전부 그 사람이 그린 거야."

잠자리 날개와 매미채, 맨드라미 꽃 등 유년의 기억 같은 것들이 파편으로 쪼개져 반추상 형태로 들어가 있는 비슷비슷한 그림을 한효원이 유심히 보고 또 보았다.

"주인이 화가야. 그리고 또 주방장이지."

"화가면서 주방장이란 말야?"

"이따 올라올 거야. 자기가 다 하니까. 손님들한테 와서 인사하곤 해. 종업원도 한 명이야. 자기 친구."

말이 떨어지기 바쁘게 요리사 복장을 한 주인이 구부정한 자세로 들어왔다. 그는 키가 180센티미터 이상으로 컸다.

"파리 날리네요?"

수자가 먼저 말을 날렸다.

"네, 요즘 좀……."

그가 꾸벅 인사를 한 다음 주문을 받았다. 그러고는 또 꾸벅 인사를 하고 뛰어내려 갔다.

"화가로는 먹고살 수가 없어서 몇 년 전부터 이런 걸 하다 말다 그러는 거래. 좀 벌면 틀어박혀 작품 하고 돈 떨어지면 또 나와서 주방 일 하고. 다행히도 친척 건물인가 봐."

"어떻게 요리를 할 줄 알아?"

"키는 저렇게 커도 자랄 때부터 곰살스러웠나 봐. 어머니 치마폭에서 놀았다니까. 저 사람 엄마가 요리로는 짱이래. 그래서 남자답지 않게 요리깨나 하다가 대학교 땐 요리책도 냈대. 그러저러하다가 이런 거 시작한 거겠지."

수저와 물티슈가 테이블에 놓였다.

한효원은 물티슈를 뜯지 않고 얌전히 집어 상 아래에 내려놓았다. 수자가 쳐다보자 조그만 소리로 말했다.

"난 이런 거 안 써. 위생적인 면도 믿을 수 없지만 환경에 좋지 않잖아. 편리함만을 좇아 자꾸자꾸 이런 거 쓰면 미래의 지구는 어떻게 되겠니? 멀리 가지 않더라도 우리 애들한테 해로울 거야."

수자도 한효원처럼 물티슈를 아래로 내려놓았다. 수자가 물티슈를 의식한 것은 처음이었다.

한효원의 태도는 너무 진지해서 아무도 어떤 방식으로도 조롱할 수 없을 것 같았다.

수자는 야릇한 감동을 맛보았다.

다른 친구들하고 함께 있는 자리였다면 환경오염 어쩌고 하는 발언에 분명 야유가 터졌을 것이다. 오, 너 잘났다, 혼자 잘해 보셔, 인물 났군, 났어, 등으로 시끄러웠으리라. 말한 사람이 얼굴도 못 들도록. 언제부터인지 진실이나 그 비슷한 것, 진정성, 그런 걸 말하는 태도, 말하는 사람, 말하는 표정까지 놀림감이 되어 버렸다. 진실은 이제 바보와 동의어였다. 반대의 입장을 취하는 이들이 어디 가나 큰 인기를 누렸다. 그런데 한효원은 여전히 모범생이었다. 너 고리타분하다고, 유행에 뒤진 거 아느냐고 비웃어야 마땅한데, 이 자리에는 아무도 없었고, 누가 있더라도 어쩐지 웃을 수 없을 것 같았다.

"나가다 한마디 해 줘야겠다. 이 집은 원체 손이 없어서 이걸 쓰는 모양이다만."

한효원이 정갈한 표정으로 말했다. 그녀는 한 가지도 대강대강 넘어가지 않는 것 같았다. 학교 때 시험공부 할 때처럼. 틀린 건 모두 바로잡고 잘되도록 해 놓아야만 속이 편한 듯했다. 20일에 걸쳐 네 번씩이나 모든 책과 노트를 외워야 안심이 되었던 것처럼.

음식이 나오기 시작했다. 시간 차를 두고 차례로 접시가 올라왔다. 전복죽, 버섯고기볶음, 죽순찜, 너비아니구이, 모듬전, 신선로…… 모두 간이 세지 않았고 담백하면서도 감칠맛이 있었다.

"나 학교 다닐 때 왕따 당했던 거 알아?"

신선로에서 은행 알을 건져 씹으면서 수자가 말했다.

"왕따? 응, 으응…… 뭐 좀 그런 것 같았지."

"남편 만나 사람 됐지. 그전에는 완전히 뭉개진 지렁이였어."

"그래, 희미하게 생각나는데…… 왜 그랬던 거야?"

"이유도 없지 뭐. 영악스럽지 못한 게 이유였겠지. 애들은 저보다 약하면 마구 공격하잖아."

"난 항상 네 눈을 훔쳐봤어. 불안하게 떨리는 커다란 눈. 나중에 오마 샤리프라는 배우를 영화에서 보면서 네 눈과 비슷하다고 생각했어. 난 하여간 네 눈만 기억나. 너무 불안해서 안타까웠거든."

"그랬어? 어쨌든 날 기억하고 있었다니 기분 좋네."

말은 그렇게 되받았지만 그 시절의 불안이 가슴으로 미세하게 지나갔다. 수자는 한숨을 쉬었다.

다식과 오미자차가 나왔다.

송화다식을 맛보고 진홍색 오미자차로 입가심을 했다.

"덕분에 잘 먹었다. 조그만 집이 꽤 독특하네."

"어서 가야지?"

"시간 꽤 됐어. 일어나자."

아래층으로 내려가서 수자가 지갑을 꺼내 들었을 때 효원이 자기가 내겠다고 막아섰다. 수자는 부득불 효원을 앞질러 계산했다. 100원짜리 봉투도 하나 사지 않던 애가 아닌가. 10년이나 15년 후쯤 쓸 고무 패킹을 예비하던 애. 이런 돈을 지불하고 얼마나 신경 쓸지 걱정되었다.

"얘는, 내가 내야지. 내가 이 집에 오자고 했는데."

그렇게 덧붙이는 것으로 마무리했다. 효원이 토를 달았다.

"나 때문에 이 동네 온 거잖아. 나 때문에 온종일 시간 쓰고."

"아냐. 난 만날 이런 데 돌아다녀. 남아도는 게 시간이야."

날라리처럼 말하고 밖으로 나왔다.

추위 속을 걸어 주차장으로 돌아왔다. 어느새 4시 무렵이었다. 수자는 차에 올라 시동을 걸었다. 교통 흐름이 벌써 느려지고 있었다. 수자는 막히지 않는 길로 요리조리 돌아 한강을 건넜다. 둑 밑 길을 달려, 그녀들이 사는 동네로 들어섰다. 수자는 한효원을 아파트 앞 현관까지 데려다 주고 자기 집으로 향했다.

점심을 너무 잘 먹어서 저녁 생각도 없었다. 남편도 늦는다고 했다.

연속극을 볼 시간이었지만 효원이 사 준 가곡을 들어 보려고 수자는 오랜만에 오디오를 켰다. 전주가 시작되었는데, 전화벨이 울렸다. 수화기를 드니 영화였다. 장미회 회원 중의 하나인데, 수자와는 가장 임의로운 사이였다.

"웬일로 너희들이 전화를 다 하니? 짜를 땐 언제고?"

수자의 목소리에 비아냥이 묻어 있었다.

"무슨 말을 그렇게 하니? 우리가 언제 너를 짤라?"

말은 그렇게 하면서도 영화는 좀 놀란 모양인지 주춤했고, 어색하게 사이를 띄웠다가 본론을 털어놓았다.

"내일 필드에 가자고."

"내일? 누구 하나 펑크 냈구나?"

수자는 여유 있고 능청스러웠다. 스스로 생각해도 놀라운 일이었다. 들으나 마나 사정은 뻔했다. 회원 중 한 명이 펑크 낸 게 아니고 애초 수자와 칠 생각이었다면 이렇게 날짜를 촉박하게 잡았을 리 없었다.

"계집애, 눈치도 빠르다."

정곡을 찔린 영화가 이제 돌려 말할 필요도 없다는 듯이 곧바로 사정을 설명했다. 미호 신랑이 갑자기 입원을 해서 미호가 갈 수 없게 되었다고.

"애, 나 오늘 한효원 만났다?"

수자는 골프에 대한 가부 대답 없이 불쑥 신종 카드를 내밀었다.

"한효원? 그 1등으로 졸업한 애?"

"응."

"걔가 장학금 내놨다던데……."

"장학금을? 어디에?"

"어디긴, 우리 모교지."

"얼마를?"

"그거야 모르지. 가난한 애를 골라 매 학기마다 주도록 했다니까 꽤 되지 않을까? 이자로 줘야 하니 말야. 요새 등록금 얼마니? 50만 원? 100만 원? 하여간 그 돈을 은행 이자로 나오게 하려면…….”

수자는 뒤통수를 얻어맞은 것 같았다. 100원짜리 봉투도 하나 안 사던 것과 10년이나 15년 후쯤 쓸 고무 패킹을 하나 더 사서 예비하던 것이 떠올랐다.

“꼭 자기 이름을 붙이라고 했대. 장학금에.”

한효원 장학금…… 수자는 또 한 번 충격을 받았다. 좋은 일이긴 하지만…… 꼭 이름을 붙여야 하나. 공부를 잘했으니까 역시…… 자기 이름을 남겨야 하겠지…….

수자는 내일 다른 일이 있다고 핑계를 대고 전화를 끊었다. 오디오의 볼륨을 높였다.

    복사꽃 살구꽃 환한 속에
    구름처럼 꽃구름 꽃구름 환한 속에

테너의 음성은 시원하고 쾌청했다. 수자는 눈을 감았다. 아슴아슴 잠이 쏟아졌다. 복사꽃 살구꽃 같은 구름들이 뭉게뭉게 피어났다. 구름 사이로 한효원의 모습이 설핏 나타났다 사라졌다. 그녀는 예수님처럼 등에 무엇인가를 지고 있었다. 자세히 보니 '한효원 장학금'이라는 십자가 팻말이었다. 구름이 맹렬하게 모양을 바꾸며 피어났다. 사람들은 마치 우물에 빠진 것처럼 구름 속에서 자기 모습을 드러내려고 발버둥 쳤다. 그러나 왕성한 구름의 세력 때문에 간간이 얼굴이며 발이 잠깐잠깐 보일 뿐이었다. 영화와 공자, 미호의 모습도 여기저기서 보였다. 그 애들은 한결같이 꽃다발을 들고 있었다. 저게 장미 다발인가, 모란 다발인가? 참 화려하고 예쁘기도 하지. 북두칠성처럼 여기저기서 얼굴을 내밀던 장미회 회원들이 꽃다발을 앞으로 내밀고 빙 돌며 윤무를 추었다. 꽃다발에는 반지와 브로치, 리본, 보석들이 반짝반짝 달려 있었다. 수자는 꿈속에서도 나한테는 저런 게 없지, 하는 생각을 했다. 허전하고 서글펐다. 구름이 한바탕 소용돌이쳤다. 폭풍우를 몰고 올 구름 같았다. 사람들이 구름 속에서 미친 듯이 허우적댔다. 한쪽 발을 번쩍 들어 골프화를 보이는 사람도 있었고, 신라 금관을 잡으려고 손을 뻗은 사람도 있었고, 책을 펴 든 사람도 있었고, 자기 이름이 적힌 종이를 깃발처럼 흔드는 사람도 있었고, 커다랗게 확대한 돈을 보자기처럼 머리에 쓴 사람도 있었다. 메뚜기도 잠자리도 같이 소용돌이쳤다. 네모난 궤들이 유성처럼 떨어졌다. 그것이 수자를 향해 날아왔다. 아침에 깨끗이 닦은 아이들의 사진틀이었다. 이상하게도 그 안에는 수자가 보지 못한 사람들이 찍혀 있었다. 이게 다 누구니? 그녀는 아들에게 물었다. 어머니는! 우리 아이들이잖아요! 아들의 음성이 묵직했다. 수자는 사진을 찬찬히 뜯어보았다. 아들의 말이 맞았다. 아들의 아들, 아들의 딸이 제 엄마 아버지 앞에 얌전히 손을 모으고 서 있었다. 그 아이들의 얼굴에서 수자는 자기의 흔적을 보았다. 코가 길고 눈이 큰…… 턱이 각지고 입술이 얇은……. 휴우, 그녀는 한숨을 쉬었다. 비로소 안심이 되었다. 나라는 존재는 이렇게 이어지는구나……. 내가 산 이유가 바로 이거로구나……. 한효원 장학금은 아니지만……. 수자는 깊은 잠 속으로 떨어졌다.

작가의 말

삼월에
다섯 번째 창작집을 낸다
왠지 마음에 초록빛 물이 드는 것 같다
이 연푸른 느낌으로
몇 걸음 더 걸어가면
꽃 피고 새 우는 봄이 오겠지
환상의 봄이든, 천상의 봄이든

아직 서울에는
매화도 피지 않았다

2011년 3월
봄이 오는 산 아래에서
이청해

■ 작품 해설 ■

비밀의 비밀

양윤의(문학평론가)

1 장미의 이름

　비밀을 폭로하는 많은 책들이 있다. 사라진 책과 사라진 수도자들에 대한 수수께끼를 그린 움베르토 에코의 『장미의 이름』처럼. 사라진 역사의 뒤안길을 상상하거나 알려지지 않은 예언을 역추적하는 설정은 명민한 작가들의 특기 중 하나이다. 생각해 보면, 끝이 있는 이야기의 본질은 숨겨진 비밀을 찾아가는 데 있다고도 말할 수 있다. 죽음을 향해 가는 인생 역시 비의를 담고 있는 한 권의 책이라 할 수 있을 터. 유일무이한 비밀에 대해 말하는 책이라는 점에서, 이청해의 소설은 한 권의 비서(秘書)이다. 이청해의 소설 속에는 왕궁에 넘쳐 나는 은밀한 욕망들이, 알려지지 않은 역사의 속살이, 비운의 인물이 남긴 한 조각의 비밀이, 거짓말 뒤에 숨겨진 일말의 진실이 담겨 있다. 그리고 그 진실을 성실하게 들여다보는 시선이 있다. 그 시선을 따라가다 보면 구불거리는 비밀의 정원[秘苑]에 이르게 된다. 거기서 우리는 무엇을 만나게 될까?

비밀은 쉽게 드러나지도 사라지지도 않는다. 움베르토 에코는 "지난날의 장미는 이제 그 이름뿐, 우리에게 남은 것은 그 덧없는 이름뿐."이라는 말로 소설을 끝냈다. 한때의 영화(榮華)를 봉인해 둔 그 이름은 덧없는 것의 상징으로 남았다. 이청해가 보여 주는 이 시대의 '장미의 이름'은 무엇일까? 『장미회 제명 사건』에 수록된 일곱 편의 단편들은 각기 다른 질문들을 담고 있다. 이를테면 이런 것이다. "사랑은 대체 무엇일까?" 알 수 없는 불면의 원인은 무엇일까? 내 삶의 "불행의 뿌리"는 어디에 닿아 있을까? 아버지의 굽은 등이 감추고 있는 비밀은? 대통령의 죽음에는 어떤 비밀이 숨어 있을까? 지난여름, 내가 한 일은 무엇인가? 등등. 이러한 질문들을 통해 평범해 보이던 일상은 "밝혀낼 수 없는 비밀이 숨어 있는" 미로가 된다.

작은 실마리를 붙잡고 생의 비밀을 캐려는 작가의 노력으로 각기 다른 색깔을 가진 일곱 편의 작품들은 공통의 테마에 꿰어진다. 겹겹의 비밀, 그것은 외부적으로 노출된 삶과는 다른 이야기를 품고 있는 비화(秘話)라 부를 수 있는 것들이다. 그것은 헛돌던 틈새의 아귀를 맞춰 줄 은밀한 조각이며, 사건을 예측할 수 없는 사태로 번지게 할 도화선에 붙은 불똥[飛火]이다. 그런 점에서 작가는 비밀을 다루는 자[祕書]라고 말할 수도 있겠다. 자, 이제 이 겸손한 비서(secretary)의 안내를 받으며 미로의 입구에 들어가 보자.

2 도둑맞은 비밀

"걱정 마. 우리가 덮어 줄게." 여대생 삼총사인 '나', '화란', '수경'은 "이 세상에서 가장 친한 내 친구"들이다. 이들은 진심으로 '나'의 심정을 이해하고 있으며, '나'의 실수를 외부에 알리지 않겠다고 맹세한다. 이들의 맹세는 비밀이 성립되는 장면을 보여 준다. 비밀은 지켜야 할 것(비밀)을 모두가 알고 있을 때 비로소 성립된다.

「나는 네가 지난여름 한 일을 알고 있다」(이하 「지난여름」)는 한 여대생이 여름 휴가지에서 저지른 실수에 대한 에피소드를 담고 있다. 대학 친구들과 함께 피서지를 찾은 주인공은 한밤중에 풀숲에서 급한 용변을 해결한다. 그리고 별생각 없이 그것을 퍼 담아 풀숲 아래로 내려보낸다. 서울에 돌아오고 얼마 뒤, 한 여자의 엉덩이 사진이 '엉덩녀'라는 이름으로 인터넷 게시판을 달군다. 생태 연구용 카메라에 찍힌 "도시녀의 성숙한 엉덩이"는 몰상식한 인간의 단면을 보여 주는 상징으로 유통된다. 더구나 그 도시 '엉덩녀' 때문에 무고하게 누명을 쓴 고아 소녀가 마을에서 쫓겨나게 되었다는 사연이 퍼지자, '엉덩녀'는 "한 사람의 일생을 망쳐 놓은" 파렴치한 인간으로 묘사되고, 인터넷 곳곳에서 악명을 떨친다.

인터넷에 오른 사진만으로는 그녀의 정체를 정확하게 확인할 수 없다. "아무리 보고 또 보아도 당사자가 아닌 한 더 이상의 무엇을 알아내기는 어려울" 정도의 사진이기 때문이다. 그 사진은 명백한 정황을 확보하고는 있으나, "그저 한 여자"라는 것만을 보여 주는 불충분한 증거물이다. 누구든 "그거 혹시 너 아냐?"라는 추측만 가능한 상태. 주인공은 괴로운 마음에 친구들에게 자신의 비밀을 털어놓는다.

"아랫집이 그 아래에 있다는 것도 의식 못했어. 어두웠고, 아무 생각이 없었어. 어둠 속으로 나무들만 빽빽이 차 있었지. 나는 이게 나무들한테 거름이 되겠거니 막연히 생각했던 것 같아. 모르겠어. (중략) 그때까지도 나는 그 원인이 내 똥 때문이라는 것을 까맣게 몰랐어. 섬사람들이 다 모여들고 민박객들도 전부 모여들어 인산인해를 이루었을 때에야 뭔가 이상하다는 생각이 들었어. 쥐방울은 쥐방울대로 발악을 했고 아랫집 사람들은 점점 더 격앙되어 극악을 떨었지. 사악한 기운이 무섭게 우리 방까지 뻗쳐 들어오자 비로소 발목이 움찔움찔하며 혹시 저게 내 똥 때문이 아닌가, 어머 진짜 그거 때문인가 보네, 아아, 그거 때문이네, 하고 깨달은 거야. 주고받는 말들이 퍼즐처럼 맞춰져 사태가 파악된 거지. 그러나 이미 때는 늦었어. 어쩔 도리가 없었어."
—「나는 네가 지난여름 한 일을 알고 있다」, 184~185쪽

'쥐방울'이라고 불리는 고아 소녀가 사람들에게 화를 입은 것이, 그리하여 '엉덩녀'라는 사진이 인터넷에 돌아다니게 된 것이, 모두 "내 똥 때문"이라는 사실을 친구들에게 발설하는 순간이다. '똥'이라니. 그게 무슨 의미가 있겠는가. 그건 그저 떠다니는 기표일 뿐이다. 어떤 의도도 의미도 가질 수 없는 사물이 바로 모든 사건, 모든 소란의 맨 처음에 있었다. 친구들은 그녀의 비밀을 지켜 주겠다고

약속을 하고 그녀와 헤어진다. 그리고 주인공은 홀가분한 마음으로 집으로 돌아간다. 그러나 다음 날 엉덩녀의 주인공이 바로 '나'라는 사실이 학교 전체에 퍼져 있다. 비밀을 도둑맞은 셈이다. 창피함과 배신감을 느낀 주인공은 괴로움에 폐인이 되어 지내다가, 결국 도서관에 불을 지른다. 결국 비밀은 발설하지 않겠다는 약속을 타고 발설되는 것이며, 숨기겠다는 언명을 드러냄으로써 드러나는 것이다. 소문과 비밀은, 겉으로는 정반대인 것 같지만 사실은 서로를 필요로 한다. 비밀은 소문을 타고 전파되며, 소문은 비밀의 형식으로 전파된다. 타인의 고통에 무심한 사람들의 사악한 속물성만을 탓할 수는 없다. 내 정체가 폭로된 것은 애초에 내가 그것을 발설했기 때문이다. 그것이 소문과 짝을 이룬 비밀의 속성이다.

  흥미로운 것은 인터넷에서 소문이 유통되는 양상을 보여 주는 대목이다. "나는 지난여름 당신이 한 일을 알고 있다"는 제목이 붙은 게시물은 무고한 소녀의 누명을 벗기고, 진범에게 책임을 질 수 있는 기회를 제공하고자 했던 악의 없는 시도였을 것이다. 그런데 그 글이 익명의 사람들에게 인용되고 다양한 방식으로 전용되기 시작하면서 사태는 걷잡을 수 없이 큰 파장을 낳는다. 엉덩이는 단순한 희화화의 대상이 되는가 하면, "본능적 악의"를 투사하는 매개체가 되기도, 섹스와 관련된 조롱의 대상이 되기도 한다.

  비밀은 은폐될 때가 아니라 노출될 때 비로소 성립된다. 아무도 모르면 비밀이 아니다. 비밀은 누구든 비밀이라는 것을 알고 있을 때 비로소 유지될 수 있다. "이건 너한테만 말하는 건데."라는 '고백의 방식'으로만 통용되는 것이다. 이것이야말로 비밀의 문법이다.

"맹세해도 좋아. 목숨 걸고 덮어 줄게." 이것이 고백에 화답하는 방식이다. 목숨을 걸고 비밀을 지켜 주겠다던 친구들은 비밀을 유포하는 행동대장이 된다. 이러한 과정을 통해 주인공도 모르는 담론이 주인공의 자리를 대체하기 시작한다. 여름 피서지에서 실수를 저지른 이는 주인공 '나'이지만, 인터넷 공간에서 소문의 형태로 떠다니는 '엉덩녀'의 이미지는 나와 동일인(의 것)이라고 말할 수 없다. 오히려 '나'와는 무관한 '엉덩이'일 뿐이다. "나는 네가 지난여름 한 일을 알고 있다"고 말할 때, 그 '나'는 어디 있는가? '나는 너를 안다'라고 말할 때 전제되어야 할 '나'와 '너'의 인칭 관계가 여기서는 성립되지 않는다. '나'와 '너'의 관계는 시선과 엉덩이의 관계이지 인칭적 관계가 아니다. 여기서 일종의 단락(短絡)이 생겨난다. 즉 카메라(시선)가 알고 있는 비밀(엉덩이의 비밀)과 '나'가 알고 있는 비밀(지난여름의 사건)이 불일치한다는 말이다. '나'가 알고 있는 비밀과 '너'가 저지른 비밀은 엉덩이에서 비롯된 내밀한 사물(똥)로 엮여 있을 뿐 동일한 대상이 아니다. 나의 엉덩이가 '나'를 대신하는 상황이라 할 수 있을 것이다. '나'의 정체성이 제대로 드러나지 않는 방식으로 '나'의 이미지가 떠다니고 있는 셈이다.

「지난여름」에서 확인되는 불일치는 「시크릿 가든」에서도 발견된다. 「시크릿 가든」의 주인공 북희는 폐경기에 접어든 쉰셋의 중년 여성이다. 그녀는 젊은 시절 결혼할 뻔한 남자가 있었으나, 그에게 호적상 부인이 있다는 것을 뒤늦게 알고 파혼한 과거가 있다. 결혼식 당일 그녀는 결혼식장이 아닌 한강 둔치로 간다. 그리고 해 지는 서산을 보며 결혼식장에 왔다가 돌아갔을 사람들의 표정을 상상한다.

나는 그들 사이를 유령처럼 배회했다. 그들이 돌아가면서 지껄였을 말, 그들이 그날 내게 품었을 생각을 나는 평생 잊지 못한다. 내가 그 뒤 얼마나 남의 이목에 신경 쓰면서 살아왔는지 아무도 모를 것이다. (중략) 걔 생긴 것도 좀 암상이잖아? 즈이 오빠도 폐인이나 마찬가지고. 인생이 술술 잘 풀릴 것 같지는 않았어.

―「시크릿 가든」, 32쪽

결혼식에 신부가 나타나지 않았으니 그녀는 많은 이들의 구설수에 올랐을 것이다. 북희 대신 그녀에 대한 담론이 그 자리를 대신할 것이다. 자기 결혼식에 가지 않았다는 사실도, 나 대신 나의 엉덩이(소문)만 남겨 놓는 것도, '나'의 정체성이 드러나지 않는 소문의 형태로 주인공의 부재를 대신하는 방식이다. 「시크릿 가든」의 북희는 배우자의 자격으로 존재해야 온당하지만, 호적에 이미 다른 이의 이름이 올라와 있다는 사실 때문에 이미 소외되었다. 거기에 자신의 결혼식에 참석하지 않아서 생긴 소문을 또한 겪어야 했으므로, 그녀는 이중으로 소외된다. 이것이 북희가 서 있는 상황의 이중적 단락이다.

이것은 자의식의 비밀이기도 하다. 자의식이란 내가 나를 대상화함으로써 성립되는 것이다. 대상화된 '나'가 주어인 '나'를 접수해서 주어로서의 '나'를 유령으로 만들 때 자의식이 떠오른다. 실정적인 자리인 주어로서의 '나'는 없어지고, 사람들의 담론 안에 떠다니는 대상화된 '나'만 남는다. 자의식의 구조에서는 주어가 사라지고 목적어의 나만 남는다. 결혼식에 나는 없고 대상화된 나만 남듯이.

대상화된 '나'를 설정하기 위해서 '나'의 실정적인 자리를 지워야 하는 역설이 보여 주는바, '나'와 '나' 사이에는 단락이 있다. '나'는 없는데 소문은 그렇게 '나'의 자리를 채운다. 그것은 처음에는 물렁했다가 이내 견고해진다. 예컨대 "순두부처럼" 시작되어 "두부로 경화"되고 "돌처럼 되었다"가 끝내 "바위가" 된다.

"나는 너를 안다"고 말할 때, 대상('너')은 실제 누군가가 아니다. 그저 엉덩녀의 이미지를 통해서 소문으로 만들어진 '너'(라는 허상)일 뿐이다. 사람들이 생각하는 자신의 이미지를 역추적하는 북회의 자의식은, 서로 떨어져 있는 두 개의 '나'를 매개하고 있다. 이것이 바로 자의식의 비밀이다. 떨어져 있지만 나와 나를 잇고 연결하는 것. 자의식은 '나'와 '나' 사이에 어느 하나가 결락되어 있다는 것을 감춘다. 단락은 떨어져 있으면서도 계속 연결된다고 '가정되는' 한에서, 실제로 연결의 역할을 하는 무엇이다. 자의식도 이와 같은 방식으로 작동한다. 떨어져 있음에도 불구하고 주어로서의 '나'는 대상화된 '나'가 어떠어떠하다고 말해지는 그 술어적 진술들을 수행한다. '나는'(주어)과 '나를'(목적어) 사이의 낙차와 빈틈 사이에 다른 무엇이 끼어든다. 소문의 형식으로 비밀을 폭로하는, 그런 것이.

3 첫 경험의 비밀

「시크릿 가든」에는 매우 흥미로운 영화가 한 편 소개된다. 나이 지긋한 할머니가 젊고 잘생긴 남창을 집으로 불러들인다. 칠순을 훨씬 넘긴 나이지만 아직 처녀인 그녀. 할머니는 오늘이 첫 경험이라고 남자에게 말한다. 남자는 놀라서 커피를 쏟는다. 둘은 몸을 섞으려 하지만 남창의 몸은 전혀 반응하지 않는다. 사내는 무척 당황하고, 할머니는 괜찮으니 나중에 다시 시도하자고 남자를 안심시킨다.

소설 속에서 노르웨이나 스웨덴쯤의 영화라고 소개된 이 짧은 영화는, 스페인 감독 보르야 코비아가(Borja Cobeaga)의 독립영화 「첫날밤(The First time)」이다. 남창과 할머니의 미학적인 이야기에서 우리가 눈여겨볼 지점은 처녀 할머니의 솔직함을 예찬하는 태도나, 할머니가 주책이라는 식의 풍자적인 전언이 아니다. 요점은 이것이다. 그 할머니는 자기 몸이 늙어서 남창이 반응하지 않는 것을 모른다는 것. 그 무지가 도덕관념('늙은 여자가 젊은 남자를 유혹하는 것은 부끄러운 짓이다')이나 상식('그건 이상한 짓이다')이 둘 사이에 틈입하는 것을 막는다. 남창의 몸이 제때 반응하지 않자 할머니는 그에게 괜찮다고 말한다. 그것은 자신의 '늙음'이나 남창의 '반응하지 않음'에 대한 괜찮음이 아니다. 처녀인 할머니에게는 늙은 몸에 대한 반성적인 의식이 없기 때문이다. 반성은 일종의 피드백이므로, 아직 한 번도 경험하지 않은 일에 대해서는 반성할 수 없는 노릇이다. 요컨대 할머니에게는 늙음에 대한 자의식이 없다. 할머니의 늙은 몸과 남창의 몸 사이의 반향은 남창의 반향이지 할머니의 반향이 아니다. 우리는 여기서 할머니의 몸과 의식 사이에 단락이 있음을 확인할 수 있다. 떨어져 있지만 붙어 있는, 간극을 품은 채로 연결된 그 거리가 일종의 에코를 만들지만, 정작 할머니는 그 반향의 의미를 알지 못한다. 프로이트도 말했듯이, 경험은 그 경험이 어떠한 사회적 코드를 가진 것인지 해독되기 전까지는 그저 몸의 흔적으로만 남는다. 각인되어 있을 뿐 그것의 의미를 채울 수가 없기 때문이다. 흔적과 의미 사이의 결락은 설명할 수 없는 어떤 상황에 직면했을 때 생겨나는 단락과도 같다. 거듭 말하지만 여기서 중요한 것은 할머니와 젊은 남자 사이의 '성적 불능'의 문제가 아니다. 이 미학적인 영화는 우리에게 무엇인가에 직면한 다음에야 반성할 수 있다는 것을 말해 준다. 그것은 우리의 사고 과정 자체에 내재한 결락이기도 하다. 내가 '나'라고 말하는 것, 내가 '나'를 안다고 주장하려 할 때에도, 그 선언 안에는 빈틈이 끼어든다. 늙음에 대한 한탄이라는 주제에 집중해서 이 소설을 정리한다면 일종의 노인 소설이라고 말할 수도 있겠다. 그런데 질문은 여전히 남는다. 내가 늙었다고 말하는데, 과연 나는 누구인가? 도대체 누가 늙은 것인가? 나는 너를 안다고 말하는데, 너는 어디에 있는가? 나는 네가 한 일을 안다고 하는데, 아는 자는 누구인가? 이청해의 소설에서 이러한 질문들은 보다 근본적인 결락의 지점을 겨냥하고 있다.

이러한 틈새를 찾아가는 과정은 끊이지 않는 고통과 슬픔을 바라보는 일과 다르지 않다. 그것은 언제나 당장은 알 수 없는 불길함과 불일치와 부조리를 경험해야 하는 시간이 되기 때문이다. 「밤을 건너는 사람들」에서는 아버지의 숨겨진 비밀을 알기까지 주인공이 이해하지 못했던 여러 가지 사건들이 설명된다. "불면의 뿌리"를 거슬러 올라가면, 거기에 내가 알고 있던 '아버지'(라는 실체)가 서 있는 것이 아니다. 오히려 내가 알고 있는 아버지를 부정하는 '아버지'의 실상, 곧 그분의 비밀이 감춰져 있다고 말해야 할 것이다. 주인공이 떠올리는 아버지는 왜소하고 촌스러운 중년 남성에 불과하다. "정확한 모습은 기억나지 않는다. 희미한 어떤 남성, 볼품없는 옷을 입고 마르고 왜소한, 의식은 좀 있지만 외모가 촌스러운, 현실에 시든 장년의 남자가 뇌 갈피에 막연하게 끼어 있다." 가난하게 살아온 아버지는 '화려한' 여대, 고상한 까페의 이미지와는 상반된, 촌스럽고 남루한 모습으로 그려진다. 그러나 시간이 흐르고 성인이 되어서 아버지의 이미지는 전혀 다른 지식인의 그것으로 뒤집어진다. 그러한 뒤집힌 삶의 역학 작용은 아버지의 삶에만 영향을 끼친 것이 아니다.

사실대로 적어 내면 아버지에게 화가 이어질 것을 두려워한 이모부가 좀 다르게 적어 내라고 어머니를 부추겼다고 했다. 어머니와 이모부가 머리를 맞대고 식구들의 이름과 나이를 조금조금 다르게 고쳐서 적어 냈는데, 그것이 실제 호적이 되고 말았다. 어머니 아버지와 큰오빠는 이름이 달라져 있었고, 위의 형제들은 나이가 한두 살 적게 되어 있었다. 그러나 나는 두 살 많게 올라 있었다. 우연이 무의식중에 만들어 놓은 내 인생의 각본이었다. 나는 각본대로 살지 않을 수 없었다.
―「밤을 건너는 사람들」, 222쪽

실제와 괴리된 삶을 살아가게 되는 계기는 참으로 많다. "기계적인 숫자가 당사자의 삶을 관장한다는 걸 나는 몸으로 느끼며 살아왔다"고 말하는 주인공의 삶에는 역사적인 굴곡이 많이 개입한 듯 보인다. 삶을 사는 사람들의 의지와 무관하게 그들의 삶을 뒤흔드는 어떤 외적 작용이 있다. 그것은 쉽게 거부할 수 없는 힘이다. 우리는 그것을 운명으로 받아들이고 그 행로에 순응하라고 배우며 자랐기 때문이다.

여기서 원래 '나'와 호적에 올라 있는 '나' 사이의 간극을 단락의 또 다른 의미로 설명할 수 있을 것이다. 단락(short circuit)은 본래 전기 회로의 접촉이자 동시에 절연을 의미하는 말이다. 단락은 명백하게 분리되어 있는 두 지점을 매개하는 동시에 갈라놓는다. 정신분석학적인 의미에서 단락 행위는 자극을 받았을 때 어떤 이성적인 가공을 거치지 않고 반응을 곧바로 밖으로 드러내는 행위를 가리키기도 한다. 그때 심리적 단락은 곧장 (질문 이전의) 답변을 만들어 내는 방어기제를 작동시킨다. 결락이 완전한 매개로 작용한다는 말이다. "기계적인 숫자가 당사자의 삶을 관장한다"는 작중인물의 말은 이러한 의미로 해석할 수 있을 것이다. 세월의 흐름 속에서 나를 규정하고 대상화하는 어떤 상태들을, '나'는 받아들이고 수행한다. 나는 늙었고, 나는 파혼하였고, 나는 똥을 누었다. 그러나 그것은 '나'와 무관한 것이기도 하다. '나'와 '나' 사이의 틈에 무언가가 끼어들고, 그 낙차 속에 자의식의 반성 작용이 시작된다. 그러므로 '첫 경험'이란 존재하지 않는다고 말해야 할 것이다. 왜냐하면 어느 누구도 처음을 기억할 수 없기 때문이다. 단지 처음 그것의 반향을 알아차리고 그것의 의미를 채워 가는 것일 뿐이다. 때문에 이렇게 상반된 질문이 던져지는 것일지도 모른다. "이런 것들이 의미가 있을까?"라는 것과, "아무렇게나 주사위를 던져도 결국은 완전이라는 하나의 몸체로 통하는 게 아닐까?"라는 것이.

4. 비밀, 저 자신을 가리키다

「시크릿 가든」은 공식적인 실록에는 드러날 수 없는 방정맞은 왕궁의 뒷담화로 가득하다. 궁녀들의 외설적인 속삭임이 상상 속에서 활기차게 그려진다. 그것은 공식화된 역사책 바깥에, 떠돌아다니는 말로만 존재할 수 있는 이야기들이다. 왕의 간택을 기다리는 궁녀들의 마음속 말이나 중년 여인의 속된 욕망에 대한 고백은 어쩌면 타락한 말들에 불과할지도 모른다. 그 숨겨진 역사나 삭제된 욕망들은 순수한 기원이라기보다는 억압될 수 없는 실재라고 표현하는 편이 낫겠다. 문자로 억압된 말들, 그것은 불행을 현시하는 것이기도 하다. 그건, 차마 말로 할 수 없는 일들에 대한 중얼거림이다. 그러므로 이 비밀의 화원이 숨기고 있는 것은 왕을 둘러싼 '성욕'이 아니다. 비원은 아무것도 숨겨 놓지 않았다. 비밀이 비원, 곧 비밀의 구조 속에 '담기지' 않기 때문이다. 그것은 상징화되지 않으며 따라서 저 바깥에 얼룩으로, 무의미한 뒷말로 남아 있다. 그렇다면 비밀의 화원이 숨기고 있는 것은 비밀이 아니라, 비밀을 숨기고 있는 듯이 보이는 그것의 구조일 것이다. 비원 자체가 비밀이라는 말이다.

「내가 예순네 살이 되었을 때」에서 주인공 '예은'은 외할머니가 머물고 있는 노인요양시설을 찾아간다. 할머니는 "생성되지는 않고 없어지기만" 하는 존재이다. 할머니는 "트렁크에 처박아 둔 못 입는 옷처럼" 취급받는다. 나와 할머니 사이의 거리는 "산 자와 죽은 자만큼"의 거리다. 예은은 "아직 죽지 않았는데도" 죽은 이와 다름없이 취급받는 할머니를 슬픔에 잠겨 바라본다. 그렇다면 이 할머니

역시 죽음을 숨긴 존재가 아니라 그 자체로 죽음의 근사치(죽음 이미지의 구현)라는 점에서, 비밀과 동형의 구조를 가진 존재가 될 것이다. 인간은 살다가 죽는 것이 아니라, 끊임없이 "죽음에 이르는 과정"에 있다. 아니, 인간 자체가 그 과정이다. 비밀이 그렇듯이.

「바보 이야기」는 아직 "이름도 가족부도 없는 아기"에 대한 이야기이다. 주인공은 시누이가 남겨 놓은 갓난아이를 대신 맡고 있다. 주인공은 아이를 맡기고 모른 척하는 시누이가 원망스러워 아기를 내다 버리겠다고 마음먹지만, "모든 곳이 아기를 버리기에 적합치 않"다는 사실을 깨닫고 아이를 받아들이기로 한다. 어디서도 보존될 수 없으며, 그 때문에 보존되어야 하는 저 아기 역시 비밀의 분신이다. 삶은, 태어났으나 제대로 기록되지 않아 셈(count)해지지 않는 존재 미달의 형태이거나, 죽지 않았으나 죽은 상태로 기록되는 잉여의 상태, 그 사이에 서 있을 것이기 때문에.

아기와 할머니가 표상하는 인간 존재의 두 모습은 사실 모두가 알고 있는 공공연한 비밀이다. 「장미회 제명 사건」에서 '장미회'가 누구도 알지 못하는 비밀스러운 결사가 아니라 한낱 속물적인 친목 모임에 불과한 것처럼 말이다. 이 모임은 "동정이나 연민, 관용 같은 단어가 존재하는지도 모르는 치들"의 모임일 뿐이다. 그러나 주인공 "정수자"가 남편의 실직으로 장미회에서 제명되는 순간, 장미회라는 이름은 "시크릿 가든"처럼 작동하기 시작한다. 그녀의 이름을 지운다는 것은 그녀가 자리한 상징적인 장소를 말소한다는 것이다. 장미회가 아무리 속물적인 모임이라 해도 그것은 그녀를 지우고 소문으로 만들기에는 충분한 힘을 갖고 있다.

여기서 가장 핵심적인 비밀은, 비밀의 배후에 다른 어떤 의미가 있는 것이 아니라는 데 있다. 미로 속에 어떤 보물이 숨겨져 있는 것이 아니다. 길을 잃게 만드는 미로 그 자체가 비밀이다. 시크릿 가든(비원)은 왕의 성역이고 알려지지 않은 속살을 숨긴 공간처럼 보이지만, 실은 비원이라는 구조 자체가 비밀이었다. 그것은 비밀을 숨기고 있는 것이 아니다. 아무것도 숨기고 있지 않으며, 그로써 그 자체로 비밀의 구조, 곧 미로가 된다. 그것이 바로 비밀의 비밀이며, 이청해가 우리에게 지시하는 소문 혹은 비밀이다.

이청해

서울에서 태어나 이화여대 국문과를 졸업했다. 1990년 중편소설 「강」으로 KBS 방송문학상을 수상했다. 이듬해 《세계의 문학》에 단편 「빗소리」로, 《문학사상》에 단편 「하오」로 등단했다. 장편소설 『초록빛 아침』, 『아비뇽의 여자들』, 『체리브라썸』, 『오로라의 환상』(전2권), 『그물』, 『막다른 골목에서 솟아오르다』가 있으며 소설집 『빗소리』, 『숭어』, 『플라타너스 꽃』, 『악보 넘기는 남자』, 장편동화 『내 친구 상하』 등이 있다.

장미회 제명 사건
이청해 소설

1판 1쇄 찍음 | 2011년 4월 15일
1판 1쇄 펴냄 | 2011년 4월 22일

지은이 | 이청해
발행인 | 박근섭, 박상준
편집인 | 장은수
펴낸곳 | (주)민음사

출판 등록 | 1966. 5. 19. 제16-490호
서울시 강남구 신사동 506번지 강남출판문화센터 5층 (우)135-887
대표전화 515-2000 / 팩시밀리 515-2007
www.minumsa.com

ⓒ 이청해, 2011. Printed in Seoul, Korea
ISBN 978-89-374-8362-2 (03810)

* 이 소설집은 2008년도 한국문화예술위원회의 문예진흥기금을 지원받아 발간되었습니다.